O FILÓSOFO, A ENFERMEIRA E O TRAPACEIRO

Romance histórico sobre
um estranho trio que se une
para desvendar crimes
no Brasil Império

ROMANCES HISTÓRICOS DA MARCO POLO

A AMIGA DE LEONARDO DA VINCI • Antonio Cavanillas de Blas
O FILÓSOFO, A ENFERMEIRA E O TRAPACEIRO • Max Velati
O INQUISIDOR • Catherine Jinks
PORTÕES DE FOGO • Steven Pressfield

Proibida a reprodução total ou parcial em qualquer mídia
sem a autorização escrita da editora.
Os infratores estão sujeitos às penas da lei.

A Editora não é responsável pelo conteúdo deste livro.
O Autor conhece os fatos narrados, pelos quais é responsável,
assim como se responsabiliza pelos juízos emitidos.

Consulte nosso catálogo completo e últimos lançamentos em **www.editoracontexto.com.br**.

MAX VELATI

O FILÓSOFO, A ENFERMEIRA E O TRAPACEIRO

Romance histórico sobre
um estranho trio que se une
para desvendar crimes
no Brasil Império

Copyright © 2020 do Autor

Todos os direitos desta edição reservados à
Editora Contexto (Editora Pinsky Ltda.)

Ilustração de capa e de miolo
Do autor

Montagem de capa e diagramação
Gustavo S. Vilas Boas

Preparação de textos
Lilian Aquino

Revisão
Hires Heglan

Dados Internacionais de Catalogação na Publicação (CIP)

Velati, Max
O filósofo, a enfermeira e o trapaceiro : romance histórico
sobre um estranho trio que se une para desvendar crimes
no Brasil Império / Max Velati. – São Paulo : Contexto, 2020.
224 p.

ISBN 978-65-5541-029-7

1. Ficção brasileira 2. Ficção histórica
3. Brasil – Império – Ficção I. Título

20-1605 CDD B869.3

Angélica Ilacqua CRB-8/7057

Índice para catálogo sistemático:
1. Ficção brasileira

2020

Editora Contexto
Diretor editorial: *Jaime Pinsky*

Rua Dr. José Elias, 520 – Alto da Lapa
05083-030 – São Paulo – SP
PABX: (11) 3832 5838
contexto@editoracontexto.com.br
www.editoracontexto.com.br

Quem atira uma pedra acerta um parente.
Provérbio africano

*Para
Davide, Zulato, Nitza e Angélica*

Capítulo 1

Eu tinha 11 anos quando numa tarde quente de outubro decidi ser na vida um canalha. Foi uma espécie de revelação. Ganhei um bom dinheiro num jogo de cartas e esse triunfo matou em mim o garoto obediente de colarinho engomado e botinhas engraxadas e colocou em seu lugar um vigarista sem remorsos. Raspando com as mãos em concha o dinheiro das apostas, comecei ali a jornada que fez de mim exatamente quem eu queria ser.

O jogo foi no cemitério de Santana do Ouro Velho e aproveitávamos a sombra de um anjo de asas abertas esculpido em pedra-sabão. A mesa era um túmulo de mármore negro onde jazia um alfaiate, morto pelo irmão caçula com golpes de tesoura durante uma discussão sobre três metros de linho. Arriscávamos ali as nossas mesadas, e apostar aquelas moedas de cobre sobre o cadáver de um homem brutalmente assassinado tornava o jogo ainda mais excitante. E Deus sabe que vivíamos para a excitação. Éramos três garotos mimados, filhos de barões do café e traficantes de escravos, e sobre o mármore havia uma quantia considerável. Jogávamos o *Voltarete*, como todo mundo no Império. A ideia foi de Tomaz, um garoto ruivo de olhos azuis e enormes dentes amarelos que faziam você pensar em cavalos sempre que ele sorria. Era dois anos mais velho do que eu e o Imperador da Escola. Dava ordens, decretava leis, exigia tributos e impunha sentenças sem sofrer qualquer contestação. Sua liderança era mantida pelo medo, não tanto pela força física; não era o maior garoto da escola nem o mais violento, mas tinha um temperamento instável, imprevisível e perigosamente rebelde. Transgredia todas as regras sem medo dos adultos e era capaz de tirar do bolso do paletó novidades sempre excitantes: uma garrafinha de conhaque, um dedo arrancado de um escravo enforcado, uma caixa de charutos. Certa vez apareceu com uma pistola *Simeon North 1819* escondida num saco de pano onde guardava a merenda. Para nosso jogo naquela tarde quente, ele havia surrupiado o baralho de um cocheiro e estava confiante de que poderia esvaziar os nossos bolsos. Já tinha destino certo para as nossas moedas e avisou que, para cumprir o que chamou de seus "compromissos", jogaria sem misericórdia. Aos 13 anos era conhecido nos bordéis do Beco do Lampião como "Fagulha" e deixava por lá mais dinheiro do que a maioria dos homens da cidade. Afonso era o terceiro jogador, um menino da minha idade e um animalzinho doente e assustado. Tinha as palmas das mãos suadas até mesmo no inverno e recuperava a saúde na casa dos avós enquanto o pai fazia fortuna como um dos maiores traficantes de escravos do Rio de Janeiro.

Mais de meio século escorridos na ampulheta desde aquela tarde e ainda me lembro da expressão de Tomaz usando a máscara de dor que todo jogador conhece ao perceber que foi abandonado pela Fortuna, essa maldita deusa cega. Empilhei cuidadosamente minhas moedas sobre o mármore sentindo uma felicidade imensa, não tanto pelo dinheiro, mas por ver no rosto sardento e esperto de Tomaz aquela expressão de derrota. Era a primeira vez que eu o vencia. Até aquele dia eu estava feliz em ser o Primeiro-Ministro ou ao menos o seu súdito favorito, e, por isso, tive que me conter para não gargalhar ao vê-lo sacudindo a cabeça, alisando os cabelos e tentando sorrir para não demonstrar fraqueza. Afonso remexia os bolsos vazios sem saber também como havia perdido tolamente uma fortuna. Eu tinha limpado os dois com uma sequência improvável de três *voltaretes de respeito*, a maior combinação de cartas do jogo.

Naquela tarde, aprendi o que todo jogador profissional é obrigado a saber: no carteado há sempre um tolo e um ladrão. Eu havia marcado com a unha do polegar o verso dos ases negros e assim não foi difícil controlar o jogo. Não queria só me divertir nem estava especialmente interessado em ganhar dinheiro. Em algum ponto muito além da excitação pelas apostas nasceu em mim um poder maligno: eu queria ganhar tudo de todos. Foi esse clarão, essa revelação perversa que me cegou por mais de três décadas; o poder de enganar e humilhar, a satisfação de controlar na ponta dos dedos o destino de cada adversário, o domínio perfeito dos próprios nervos, a aventura de explorar o vasto território entre a matemática das probabilidades e o comportamento humano. Naquela tarde quente, trapaceando entre um anjo de pedra e o cadáver de um homem assassinado, roubando os meus melhores amigos de infância, decidi tornar-me na vida um canalha e abracei este destino com o fervor de quem aceita um sacramento e a gratidão de quem recebe uma graça.

☙

Se você espera ganhar sempre, não pode pensar que trapacear é um pecado. Esqueça qualquer noção de virtude, honra, honestidade e nobreza. Sua consciência deve ser um deserto e com o tempo toda a sua alma será consumida pelo Vazio e pela Desolação. O jogo será o oásis, a única fonte de vida nesse deserto. Vão se romper todos os laços de amizade, todos os preceitos morais e todos os elos da sociedade. O bronze da catedral poderá soar triste pela morte do pai, da mãe, de um amigo, mas será impossível abandonar a mesa. O jogo domina todas as suas faculdades, todos os sentimentos. Quem sofre dessa doença sabe que não há infecção mais grave para a alma. Preciso que você, caro leitor, entenda tudo isso para que saiba o tipo de canalha que me tornei. Com mentiras e armadilhas atraí jogadores experientes e tornei-me um mestre em reconhecer sinais sutis, tiques nervosos e os estranhos rituais de proteção dos supersticiosos. Aquele cavalheiro jamais cruza as pernas ou os braços, aquele outro respira sobre as cartas na crença de que o hálito carrega o poder da sua alma; o outro não joga antes das seis da tarde e aquele outro não toca no baralho se não estiver usando na lapela um alfinete de ouro. Cada um, mais cedo ou mais tarde, acabava na minha teia habilmente tecida com astúcias e trapaças. Mas não roubei apenas a bolsa de profissionais. Seduzi sem piedade gente honesta e fiz com que apostassem o pão dos filhos e o único teto. Usei meus truques para provocar falências, dividir famílias e coloquei no bolso sem remorso dotes e heranças. Em pelo menos um caso confirmado fui responsável por um suicídio. Meu nome estava amaldiçoado e respingado de sangue no bilhete de despedida que um cavalheiro, irremediavelmente falido, teve o cuidado de deixar sobre a mesa antes de apertar o gatilho.

Peço que o caro leitor entenda que fiz tudo isso sem uma piscadela de hesitação, sem que minha mão tremesse, sem uma única gota de vergonha ou arrependimento. Se puder acreditar que me tornei incapaz de um pensamento honesto ou de uma ação generosa, então poderá compreender o que Isoba fez por mim.

Aos 14 anos eu já estava completamente consumido pelo carteado e era tão conhecido quanto Tomaz nos bordéis, embora frequentasse com mais entusiasmo a Rua do Macedo, o ninho de casas de jogo de Santana do Ouro Velho.

Meu pai percebeu que eu estava me transformando em tudo o que ele mais temia. Era um fazendeiro de café bem relacionado na Corte e sonhava com o título de Barão de Ouro Velho. Já tinha investido uma fortuna em doações para hospitais e asilos e não perdia uma oportunidade de cortejar ministros, receita segura para ser incluído na lista de candidatos apresentada de tempos em tempos ao Imperador. Comparecia sempre em grande estilo a festas e eventos oficiais e recebia aqui e ali notícias animadoras, mas nada acontecia. Continuava gastando e insistindo, acreditando possuir todas as condições para o baronato. Na frondosa árvore dos Marcondes não havia bastardia, artesãos ou qualquer galho mouro ou judeu. Cumprindo exigências tão severas e já com mais de dez mil contos de réis investidos no negócio, não poderia admitir ter o sonho arruinado pelo meu comportamento. Quando percebeu que eu pouco me importava com os castigos e as surras e que ganhava nas mesas de jogo mais do que o suficiente para sustentar os meus vícios, fui despachado às pressas para estudar em Paris. Rapidamente descobri os lugares certos para um carteado e juntei-me aos boêmios franceses de pior fama. Os professores consideraram o meu estilo de vida intolerável e fui expulso do internato aos 17 anos. Meu pai conseguiu que eu fosse aceito por uma pequena, mas respeitável escola em Londres e então cruzei o Canal. Durante a travessia, concluí que para continuar recebendo as gordas mesadas era melhor ser um aluno razoável, mas empenhei-me apenas o suficiente para não ser expulso outra vez. Cumpria as minhas obrigações e suportava estoicamente a companhia tediosa de janotas e falsos rebeldes, mas contava os segundos até poder sair pela noite como o vigarista predador que me tornara. Durante o dia, fingia ser um acadêmico pouco promissor, mas ainda um acadêmico, enquanto nas madrugadas buscava sobre o feltro verde de mesas perigosas o meu verdadeiro destino.

O jogo era ilegal em Londres, mas impedir o carteado seria tão impraticável como proibir o *fog* na cidade. Era possível ganhar ou perder fortunas nos dois lados do Tâmisa a qualquer hora do dia ou da noite. Na Rua Ratcliff, seguindo o rio de Whitechapel a Stepney, os *pubs*, os bordéis e os bailes públicos estavam sempre de portas abertas e havia algum dinheiro se você estivesse disposto a suportar o cheiro azedo de cerveja ruim e salsicha barata. O esforço valia a pena. Rapazes ricos costumavam frequentar os bairros violentos, onde eram disputados por prostitutas, algumas com 15 anos de idade. Para mim, essas aventuras acabaram se mostrando mais perigosas do que lucrativas. Com minhas roupas elegantes, meu sotaque exótico e minhas libras sem fim, despachadas do Rio de Janeiro pelos escritórios de meu pai como cartas de crédito, eu estava destinado ao lado oeste da cidade, o endereço do dinheiro. Minha boa aparência combinava com a agitação nos arredores dos Correios; as ruas largas, a multidão de prósperos negociantes, magnatas do algodão, da lã e do açúcar. O som do dinheiro era o ruído das carruagens com aros de metal puxadas por cavalos ferrados e bem cuidados, os arreios de couro novo rangendo na marcha elegante. Eu também não destoava dos frequentadores dos restaurantes da Rua Oxford ou dos apreciadores de charutos do Cigar Divan. Misturava-me com tranquilidade ao desfile de abençoados que aos sábados percorria a pé ou a cavalo a Rotten Road e ali eu examinava damas e cavalheiros como o lobo avalia as ovelhas.

Aprendi rapidamente que cartas de recomendação produzem outras cartas de recomendação e assim meu rebanho foi ficando maior. Nos mínimos detalhes fui assegurando a minha condição de cavalheiro e cultivei com esmero todos os bons modos do Velho Mundo: cartas de agradecimento formal sempre em francês, jantar das dezessete às vinte horas e o número certo de batidas na porta. Os carteiros batem secamente duas vezes, o cavalheiro cinco lentamente e as damas sete vezes rapidamente, um meio elegante de saber o tipo de visita antes mesmo de abrir a porta. O maior triunfo para quem vence todas as provas de etiqueta e elegância é o convite para o jantar oferecido pelas ricas companhias inglesas. O felizardo será recebido no grande salão atrás dos Correios e o banquete será servido em baixelas de ouro. Para ser franco, eu não tinha ambições de frequentar a "alta sociedade" simplesmente porque não é possível ser inglês se você não é inglês. Além disso, todo vigarista profissional sabe que nesse ofício o melhor é se manter no "círculo da moda" pela mesma razão que tosquiar muitas vezes a lã é mais lucrativo do que assar uma só vez a ovelha.

De maio a junho, a vida dos endinheirados fica agitada com as óperas, os espetáculos e as corridas em Epson e Ascot. De outubro a março, os ricos vão para o campo para a temporada de caça e, no isolamento rural, as garrafas ficam vazias mais depressa e as apostas mais generosas. Nos hotéis também fiz bons negócios, preferindo circular nos arredores de St. James. Frequentei com sucesso os salões do Claredon, na Rua Bond, onde falam francês, e minha curta, mas intensa temporada em Paris, servia para quebrar o gelo. O Grillon's, na Albermale, também era bastante lucrativo e preferi evitar jogar no Fenton's pelo simples fato de que foi ali que me instalei e um trapaceiro nunca joga em casa.

Todo jogador sabe que o *Whist* é um jogo tedioso, com pouco espaço para trapaças, mas felizmente o *Cribbage* oferece oportunidades excelentes para quem tem talento. E eu, caro leitor, tinha talento.

˙●˙

Quem leva o jogo a sério sabe que a sorte é algo que se pode desejar, mas o que está por vir precisa ser planejado e o destino na mesa de jogo nunca é deixado ao acaso. *Faber quisque fortunae suae*, "cada um é o artífice de sua fortuna". Assim, depois de perder quantias consideráveis, anotadas na minha caderneta como investimentos, estabeleci a minha reputação de jogador honesto com mais dinheiro do que juízo. Era aceito nas melhores rodas, tolerado de boa vontade como um cavalheiro um tanto exótico, perdoado por não ser inglês e acolhido alegremente por ter bons modos e os bolsos cheios de libras bem inglesas. Enquanto desempenhava o papel de falso estudante, mas rico e dominado por uma compulsão verdadeira pelo jogo, fui pacientemente afiando as minhas garras de predador.

No mundo da trapaça, mais cedo ou mais tarde o artista sente a necessidade de trabalhar com um parceiro, pois um pássaro não voa com uma asa só. Meu primeiro assistente foi um jovem italiano que chamarei aqui de Salvatore. Foi um acordo breve, mas proveitoso, e tínhamos muito em comum: ambos estrangeiros de boa aparência, jogadores compulsivos, devotos fiéis da deusa cega e dilapidando o patrimônio da família sem nenhum remorso. Começamos com trapaças simples, golpes quase inocentes, um deles conhecido pelos profissionais como "telégrafo", muito eficiente se a mesa estiver cheia de otários e você se surpreenderia ao saber como é fácil encontrá-los.

Salvatore rodeava a mesa como um espectador inocente, bebericando o seu *brandy*, e sem dizer uma palavra era capaz de descrever as cartas dos meus adversários usando um código. Tocar o nariz, soltar a fumaça do cigarro para o lado esquerdo ou direito, segurar a taça com três ou quatro dedos. Tínhamos um repertório de gestos naturais que se mostraram lucrativos por algum tempo. É preciso prudência nessas coisas e já tínhamos outras artimanhas em preparação quando Salvatore foi chamado de volta à Toscana. Até hoje não sei ao certo, mas suspeito que a fonte de seus rendimentos tenha secado ou alguma tragédia familiar tenha se revelado mais importante ou lucrativa do que a nossa sociedade. Por alguma dessas razões, Salvatore se foi no meio da noite depois de limpar a minha carteira e deixar como recordação uma dívida considerável no hotel.

Eu tinha 21 anos, gostava de Londres e penso que Londres também gostava de mim. Mesmo agindo com cautela, sabia que essas boas relações não iriam durar para sempre. Comecei a ficar conhecido pelos trapaceiros mais hábeis e quando isso acontece o nosso manual recomenda mudar de pasto ou associar-se ao lobo mais feroz da região. No submundo, essa sugestão está fundamentada na crença de que "cão não come cão, lobo não come lobo".

Meus informantes concordavam que o Sr. Gurney poderia ter algum interesse nos meus talentos. Eu o conhecia apenas de vista, mas sua reputação no mundo do crime equivalia a um título de nobreza. Mesmo que sempre bem-vestido e comportando-se como um refinado cavalheiro, ainda assim era fácil perceber que tinha origens modestas. Era um sujeito calvo, baixo, mas corpulento, sobrancelhas grossas, quase unidas, nariz largo quebrado mais de uma vez e uma voz que soava como lixa raspando o granito. Parecia um lutador do pugilismo clandestino organizado às quartas-feiras na Saville House, na praça Leicester. Soube mais tarde que essa impressão era plenamente justificada e que na juventude James Gurney tinha feito ali um bom dinheiro e uma terrível reputação derrubando lutadores com o dobro do seu tamanho.

Fui apresentado a ele formalmente no saguão do meu hotel e trocamos algumas palavras polidas, mas, pela natureza da conversa que pretendíamos ter, seguimos em silêncio num coche alugado até os arredores da Igreja de São Olavo. Atravessamos um pequeno pátio às escuras e entramos num casebre onde alguns rapazes empilhavam caixas de chá, certamente contrabandeadas. O Sr. Gurney me levou, então, ao seu escritório ou pelo menos foi assim que chamou um cômodo imundo no segundo andar com uma mesa e duas cadeiras. Acendeu um lampião e de uma gaveta tirou uma garrafa de *scotch* e dois copos. Eu estava nervoso e recusei polidamente, mas ele deu a entender que recusar não era uma opção. Disse que precisávamos beber, pois "só os bêbados e os loucos falam a verdade". E foi o que fizemos. Com um gesto impaciente fui dispensado de mostrar os meus talentos de jogador e guardei o baralho com uma ponta de orgulho ao saber que já tinha uma reputação entre a nobreza dos canalhas. O Sr. Gurney era uma lenda viva, controlando com mão de ferro quase todos os crimes e violências de uma cidade com mais de dois milhões de habitantes. Fez dinheiro nas lutas clandestinas e entrou depois para o ramo de arrombamentos, agenciando uma legião de *Dollymops*, que era como chamavam as prostitutas que trabalhavam durante o dia como faxineiras ou copeiras e depois faziam discretamente algum extra nos bailes públicos. Passavam informações aos arrombadores e o resto era uma questão resolvida por um diamante de vidraceiro ou mesmo com um pouco de jornal com melado para abafar o ruído do vidro quebrado. O Sr. Gurney foi então galgando posições no submundo e sagrou-se como o monarca de uma nação clandestina formada por ladrões, chantagistas, assassinos e vigaristas. Inspirando medo, derramando sangue e contando com uma rede de espiões, ele estava sentado no trono das oportunidades. Eu sabia exatamente o que ele poderia fazer por mim, mas tinha dúvidas se meus talentos, limitados ao carteado e à falta de escrúpulos, poderiam interessá-lo. Eu era um estrangeiro com dinheiro, modos de *gentleman* e dedos ágeis, mas só isso. Seria fácil encontrar outros jogadores com meus atributos, bastando para isso procurar nos lugares certos. Foi no final da garrafa, já com a língua mais solta, que o Sr. Gurney abriu o coração. Explicou que eu tinha uma qualidade rara, algo realmente valioso a oferecer. A verdade é que ele precisava de uma rota de fuga, um plano para escapar das autoridades. Os negócios estavam crescendo demais e, na opinião dele, isso não era bom, mas era tarde demais para recuar. A lei estava fechando o cerco desde 1829 com a criação da Polícia Metropolitana.* As autoridades estavam investindo em grupos de policiais eficientes e boatos diziam que haveria uma faxina em Londres. Para alguém que começou "carregando peixes em Billingsgate", como o Sr. Gurney costumava se referir a si mesmo, ele já tinha ido longe demais. Calculava que com um pouco de sorte e muito suborno teria apenas mais um ou dois anos de atividade. Pretendia fugir antes disso e, pelo que tinha ouvido falar, o Brasil seria o local perfeito para uma segunda vida, um "renascimento", como chamou. Ele cuidaria de mim em Londres, mas, quando chegasse a hora, eu deveria cuidar dele no Brasil. O trato era esse, a verdade sagrada do louco e do bêbado. Não vi nenhuma dificuldade na proposta e selamos ali nosso acordo com um aperto de mãos como se fôssemos os cavalheiros honrados que para o resto do mundo fingíamos ser. Foi a partir daí, pela mão do Sr. Gurney, que comecei a minha escalada no mundo do crime, começando por visitar um certo alfaiate na Rua Regent. Era um mestre no seu ofício e atendia uma clientela respeitável nos salões da frente, mas pelas portas dos fundos oferecia seus serviços aos melhores ilusionistas e trapaceiros de Londres. Comprovei sua competência quando recebi meus ternos e fraques preparados com bolsos secretos. Com esses e outros recursos que o Sr. Gurney se apressou em providenciar, começamos a depenar Londres com paciência e método.

Com uma ponta de orgulho devo dizer que o Sr. Gurney permitiu que eu conhecesse e usasse os recursos de uma Londres que jamais era revelada a estrangeiros. Artimanhas, truques de arrombamento, códigos e sinais, alguns tão inocentes quanto uma canção assoviada descrevendo uma presa a caminho, além de golpes mortais e técnicas sujas de luta corpo a corpo; tudo isso me foi revelado por gente perigosa, com uma vida inteira dedicada ao crime. Aprendi a usar a bengala, a faca e a navalha como os assassinos de aluguel e ganhei livre acesso aos lugares mais perigosos da cidade. Passei a frequentar também as tabernas clandestinas, onde, depois de um longo dia aplicando golpes, todos os vigaristas são milagrosamente curados da gravidez indevida, da cegueira, do aleijão e da loucura. Bebiam, jogavam e dançavam perfeitamente saudáveis para no dia seguinte voltarem às ruas como a falsa grávida ultrajada, o velho marinheiro cego, o valente soldado aleijado e o louco miserável.

O Sr. Gurney lucrava tanto com a prostituição quanto com o contrabando. Por uma questão estritamente comercial, mantinha suas garotas um pouco mais bem cuidadas do que a média, o que não quer dizer que não levassem uma vida triste, perigosa e miserável. Carregavam menos *rouge* no rosto do que as demais e as roupas imitavam os modelos da moda, mas os tecidos eram baratos e grosseiros. Para elas, pertencer ao Sr. Gurney significava muito em termos de proteção, e podiam contar com melhor tratamento no Hospital Magdalen ou no Lock se ficassem muito doentes. Mas a vida era dura, o dinheiro curto e a concorrência violenta. O *Times* e o *Morning Chronicle* diziam que eram 9 mil prostitutas em toda a cidade, mas todo mundo sabia que passavam de 50 mil. Na Commercial Road, entre as ruas Flower-and-Dean e Aldgate, ficam amontoadas, e descendo a Haymarket era possível esbarrar em 20 mulheres a cada 100 passos, todas bêbadas, desesperadas, muitas doentes e algumas com 14 anos de idade.

Minhas responsabilidades estavam limitadas ao carteado e nas mesas de jogo passei a contar com uma multidão insuspeitável de "telegrafistas", "iscas" e "chamarizes", além de uma eficiente rede de informantes e batedores de carteiras. No jogo do *Cribbage* decidimos violentar a sorte e utilizamos com sucesso baralhos "preparados", com 6, 7, 8 e 9 ligeiramente mais curtos, enquanto as cartas 5 e 10 eram sutilmente mais estreitas, mas apenas mãos muito profissionais poderiam perceber esses arranjos. Foi o recurso de preparar baralhos que nos animou a dar o passo seguinte, mas depois disso a deusa cega decidiu acabar comigo.

Um baralho bem preparado torna qualquer trapaça mais fácil, mas é preciso muito cuidado. Para evitar truques desse tipo, as autoridades inglesas têm uma dura legislação. Na Inglaterra, apenas Londres tem permissão para fabricar baralhos e na Irlanda isso só pode ser feito em Dublin ou Cork. Os pacotes são embrulhados na fábrica e recebem um selo oficial. Vender ou mesmo expor na vitrine baralhos sem essa marca é contra a lei. O mais importante é que antes de as cartas receberem o polimento final, o ás de espadas ganha um carimbo e, para isso, um sisudo comissário supervisiona atentamente a tarefa. Todos os fabricantes cumprem essa formalidade e, por essas razões, os baralhos ingleses têm boa reputação em toda a Europa. Os baralhos franceses também são decentes, mas pecam na qualidade por serem feitos com apenas três camadas de papel prensado e não quatro, como se faz na Inglaterra. Além disso, são impressos com tinta à base de óleo, segundo uma receita bastante discutível criada pelo Sr. De la Rue.

Eu já havia encontrado baralhos com pequenos macetes no verso das cartas, mas eram fabricados na França, Alemanha ou

Espanha, jamais na Inglaterra. Esta era a beleza do nosso golpe: trapacear usando os baralhos mais confiáveis da Europa. Para isso, o Sr. Gurney fez o que sabia fazer. Subornou o dono da Sanderson & Hewley, um fabricante respeitável, e conseguiu chantagear um comissário provando, assim, que o amor aos filhos está acima da ética profissional e da lei. Ajudei um gravador alemão a criar e inserir códigos misturados habilmente aos ornamentos no verso das cartas. Trabalhei por semanas nas oficinas gráficas até que tudo estivesse perfeito, mas minha responsabilidade maior nisso tudo era a tarefa de sempre: jogar com habilidade, dedilhar a sorte como se fosse um alaúde, arrancando com artimanhas e astúcias todo o dinheiro dos adversários. Em alguns meses fizemos uma fortuna considerável, mesmo descontando os altos investimentos, mas então a sorte virou. O desenhista alemão teve uma crise de consciência ou não recebeu o pagamento combinado e o fato é que denunciou o golpe. O comissário também cedeu quando foi interrogado e todo o esquema foi descoberto. James Gurney conseguiu escapar porque tinha informantes na polícia, mas fui preso no meu quarto de hotel.

Descobri da pior maneira a principal diferença entre as leis inglesas e brasileiras. No Brasil, as leis protegem a vida mais do que a propriedade, enquanto na Inglaterra é o oposto. Cinco libras de multa por quebrar um nariz e talvez uma semana de prisão, mas não ouse roubar um único alfinete de gravata ou sentirá todo o peso da justiça de Sua Majestade.

As acusações contra mim eram graves e as provas inquestionáveis. Os depoimentos arrancados do comissário e a confissão do artista alemão selaram a minha sorte. Nos tribunais, foi fácil perceber que aqueles senhores de perucas brancas tinham mais o que fazer do que perder tempo com um vigarista estrangeiro e meu julgamento foi rápido. Na opinião dos meus acusadores estavam diante de um caso que não deixava dúvidas quanto à culpa, mas foram além filosofando no sentido de que havia na "coisa toda" um aspecto "interessante". As evidências e a minha culpa mostravam até que ponto o modo de vida inglês poderia influenciar "outras culturas primitivas". Nas alegações finais foi dito que eu não passava de um "ladrão vulgar gerado em uma terra primitiva", mas que, após anos de convivência com distintos cavalheiros ingleses, eu havia adquirido um "verniz de civilização e um certo refinamento". Minha conduta prova, assim, que a Inglaterra poderia educar e polir um selvagem, um ladrão comum, mas os valores ingleses nada podiam contra "uma índole preguiçosa e criminosa, tão comum nos países abaixo do Equador". A questão toda acabou resumida ao fato de que eu estava roubando a Inglaterra e, no desdobramento dessa lógica, roubando o mundo civilizado. Pela força desse argumento esperei com resignação a pena de morte por enforcamento, mas fui condenado a seis anos de trabalhos forçados no presídio de Dartmoor, na Cornualha. Ao ouvir a sentença, pensei que de onde estivesse James Gurney ainda estava cumprindo a sua parte no trato e protegendo os próprios interesses. Pensei que para manter aberta a sua rota de fuga ele havia afastado a corda do meu pescoço, mas então outro pensamento me ocorreu. A notícia de minha prisão poderia ter chegado aos ouvidos de meu pai percorrendo as vias comerciais até a Corte e o dinheiro dele poderia estar puxando alguns cordéis. Eu tinha razão em ambas as suposições. Um bilhete anônimo deixado na minha cela confirmou que meu pai estava em Londres, mas não desejava me ver. Em poucas linhas, explicava que um acordo estava em andamento e em breve eu teria mais notícias. Poucos dias depois, sob o prato de sopa, encontrei outro bilhete, mas dessa vez estava escrito na gíria dos ladrões e deduzi que era de James Gurney ou alguém a seu serviço. Era um aviso de perigo deixando claro que eu deveria me preparar para o pior. Em Dartmoor, eu teria alguma proteção, mas alguma coisa havia acontecido e a notícia era de que eu seria enviado em breve para o novo presídio de Pentonville, ao norte de Londres, um lugar sobre o qual ninguém parecia saber nada, a não ser que funcionava segundo "novos conceitos reformistas". O bilhete dizia que da prisão eu seria deportado para a Terra de Van Diemen, como era chamada a colônia penal inglesa localizada na Austrália, e me desejava toda a boa sorte do mundo.

Essa previsão se confirmou e recebi uma nova sentença que me condenava a 18 meses no presídio de Pentonville e, em seguida, à deportação para a Austrália, onde deveria permanecer até o fim dos meus dias.

O presídio de Pentonville foi criado para ser um túmulo para os vivos. Os outros presídios foram construídos para fazer justiça, mas Pentonville – ou "A Vila" como ficou conhecido – foi planejado como um ato de vingança. Os edifícios, cercados por muros de cinco metros de altura, formam cinco galerias que partem de um ponto central e à primeira vista não parece uma prisão. Para cumprir pena ali era preciso ter boas condições físicas e idade entre 18 e 35 anos. Eu preenchia essas exigências e no dia 15 de setembro de 1843 tornei-me o prisioneiro D2-186. Antes da porta da cela se fechar recebi a visita do Sr. Fields, diretor do presídio, acompanhado do Major Joshua Jebb, ex-oficial de engenharia e inspetor-geral das prisões. Num tom bastante cordial, foi ele quem me explicou que Pentonville funcionava segundo um conceito reformista revolucionário. Disse que a única maneira de transformar um criminoso em um novo homem era submetê-lo a um completo isolamento. Para ele, o delinquente era um indivíduo infectado e para evitar a "contaminação por associação" era fundamental destruir qualquer possibilidade de contágio. Limpando os óculos com um lenço, ele explicou que era necessário privar o detento de todo o contato com os outros habitantes do submundo e da delinquência. Só do completo isolamento, do trabalho exaustivo e da estrita obediência às leis morais poderia nascer um novo homem. Acrescentou com orgulho que Pentonville oferecia todas essas condições e ainda um outro importante benefício. Além do isolamento, do trabalho duro a ser realizado na própria cela e da rígida disciplina, eu seria submetido ao que ele chamou de "barreira do silêncio". Nenhum detento de Pentonville tinha permissão para falar. O Sr. Fields então acrescentou que essas condições eram a única maneira de recuperar um criminoso e eu faria bem em aceitar tudo isso como benefícios generosamente concedidos pela justiça inglesa. Deveria, portanto, provar às autoridades todos os dias a minha mais sincera gratidão. Antes de saírem, o major enfatizou mais uma vez que detentos dóceis em suas celas silenciosas eram o único processo eficiente de desinfecção.

 Por onze meses e dezenove dias, vivi numa cela de quatro metros por dois sem nunca dirigir a palavra a um guarda ou detento. Das seis da manhã às sete da noite trabalhava na mesinha perto da cama consertando sapatos e via meus companheiros de infortúnio quando caminhávamos pelo pátio por trinta minutos, se o tempo estivesse bom, mas jamais vi seus rostos. Fora da cela éramos obrigados a usar máscaras de pano* para impedir qualquer tipo de reconhecimento e camaradagem. A única identificação era uma pequena placa de latão presa à roupa mostrando o nosso número de registro. Ouvindo uma conversa entre os guardas, soube que alguns prisioneiros afiaram as bordas dessas placas e cortaram a própria garganta.

Depois de alguns meses, quando não suportei mais a solidão profunda e a maldita barreira de silêncio, gritei na minha cela até perder a voz e arranhei as paredes com a minha placa de identificação. Fui contido por três guardas e aprendi que em Pentonville havia uma diferença entre isolamento e o castigo que chamavam de "segregação". Fui jogado na solitária, o ventre imundo da besta, um buraco eternamente escuro, com uma pequena abertura para fazer circular o ar e um cano que jorrava água a cada dois dias. Todas as noites desciam por uma corda uma panelinha com uma sopa amarga e alguns gramas de pão. Fiquei ali na escuridão imunda por quarenta dias e só sobrevivi porque passei a maior parte do tempo aprendendo o código de pequenas batidas usando uma colher contra o cano. Por esse código, soube que o homem que me ensinou essa linguagem estava na solitária no fim do corredor e se chamava Daniel, condenado a Pentonville por ter matado o padrasto e no buraco há cinquenta e sete dias por ter agredido um dos guardas.

Para manter a eficiência do sistema de isolamento, o prisioneiro tinha direito a receber apenas uma visita a cada três meses e o encontro não poderia durar mais do que quinze minutos. Essa era a única ocasião em que era permitido falar abertamente. Meu pai veio me visitar somente na quarta data de visita. Da porta da cela, segurando o chapéu e a bengala, explicou que as coisas estavam se ajeitando e em breve eu teria notícias. Num tom que não escondia o seu descontentamento, deixou muito claro que todo o esforço e todo o dinheiro gasto para resolver o meu caso eram apenas em consideração à minha mãe. Se fosse pela vontade dele, eu poderia apodrecer em Pentonville, na Austrália ou no Inferno. Já tinha aceitado há anos a ideia de que seu único filho estava morto. Só então entendi que ele havia usado seu dinheiro e sua influência para que eu fosse deportado para Van Diemen, onde não causaria mais constrangimentos. Sem essa interferência para piorar a minha situação, ele avaliou que eu poderia sobreviver aos seis anos de trabalhos forçados em Dartmoor e, de volta ao Brasil, eu seria enquanto vivesse uma mancha de esterco no nome Marcondes e o fim de qualquer sonho de baronato. Não posso imaginar que tipo de ameaça ou chantagem minha mãe teria feito, mas ali estava meu pai na porta da minha cela, obrigado a dar a notícia de que em breve eu seria libertado. Fiquei sentado na cama, calado, mesmo com a única permissão para falar em meses.

No dia 19 de outubro de 1844 deixei a prisão. Antes de passar pelos portões, tive que assinar uma declaração jurando jamais colocar os pés novamente na Inglaterra. Recebi então uma passagem para o Brasil no vapor da Royal Mail zarpando de Southhampton.

Trinta e oito dias depois desembarquei no Rio de Janeiro.

Tinha ficado ausente mais de nove anos. Um dos comissários que cuidava dos negócios da família já estava à minha espera no cais e foi ele quem providenciou tudo para que no dia seguinte eu viajasse com alguns tropeiros. Segui com eles pelo Caminho Novo da Estrada Real* até quase Santana do Ouro Velho. Desde a travessia do Atlântico e durante toda a viagem com os tropeiros, eu fui incapaz de falar ou tomar iniciativas. Viajei num estado de semiloucura e, mesmo com o fim da regra e tão longe dos muros de Pentonville, eu ainda era prisioneiro da "barreira do silêncio".

Percorri o Caminho Novo com os tropeiros, mas cavalguei sozinho os dois últimos dias de viagem. Nos pastos e terreiros de café, encontrei velhos escravos dos tempos da minha infância. Apressavam-se em tirar o chapéu e acenar, mas pelas suas expressões eu sabia o que estavam se perguntando.

Alguém deve ter avisado que eu estava chegando, pois, quando passei pelo curral, deixei o cavalo e entrei no jardim da casa-grande, minha mãe já estava no pátio. Ao abraçá-la não consegui chorar. Ela conseguiu, mas não inteiramente de alegria pelo meu regresso. Foi um choro convulso, doído, um desabafo, um gesto que mostrava o seu grande arrependimento em relação a tudo e a todos, e isso me incluía. Em quase dez anos, ela tinha envelhecido algumas décadas. As rugas bem marcadas na testa, sob os olhos sem brilho e ao redor da boca; a tristeza, mais do que os anos, havia roubado cruelmente o viço da dama que costumava reunir junto ao piano todos os homens da nossa aristocracia rural. Abracei uma mulher magra, cansada, viúva de tudo, adequadamente vestida naquela manhã de cetim negro. Enxugou os olhos e finalmente conseguiu sorrir. Soube por ela que meu pai estava em São João del-Rey cuidando dos negócios e fiquei aliviado ao saber que ao menos naqueles primeiros dias não precisaria enfrentá-lo.

Um escravo levou para o quarto a minha única mala e depois que saiu tomei coragem para me olhar no espelho. O rapaz de 23 anos que vi era um homem destruído. Foi isso que os escravos viram e se perguntaram o que havia acontecido com o garoto feliz a quem haviam pajeado e servido. Eu poderia responder que, em dez anos, jogando contra a deusa cega, apostando a minha juventude, havia perdido todas as fichas que colocara sobre a mesa. Vítima infeliz do esquema clássico da boa trapaça, tinha recebido algumas boas cartas só como isca e, por fim, fui roubado de todo o ânimo e felicidade. No espelho, avaliando a minha imagem com os olhos treinados de jogador, vi apenas um grande otário.

&.

Gostaria de poder dizer que o retorno ao lar significou o meu renascimento e que me tornei a partir de então o filho que meu pai sempre desejou, mas nada disso aconteceu. Pelo menos não por muito tempo.

Tive com meu pai um encontro decisivo no dia em que ele voltou de São João del-Rey duas semanas depois do meu regresso. Poderia ter sido um diálogo, mas outra vez apenas ele falou. Mandou um criado avisar que ele estava me esperando na biblioteca. Encontrei-o sentado na poltrona lutando para tirar as botas longas de viagem, salpicando de lama o assoalho recém-polido. Ofereci-me para ajudar, mas ele recusou com um gesto impaciente. Falou sobre as regras da casa sem me olhar nos olhos, o decálogo que eu deveria respeitar se desejasse viver sob aquele teto. Eu sabia que ele não acreditava nem por um instante que eu pudesse cumprir o que chamou de "acordo de homens de negócios", acrescentando que no meu caso seria ridícula a ideia de um "acordo de cavalheiros". Eu era um investimento perdido, um naufrágio e tudo se resumia a tentar salvar o que pudesse para diminuir o prejuízo. Isso significava me obrigar a ocupar nos negócios da família uma função apenas um pouco melhor do que um moleque de recados, um cargo feito de pequenas tarefas e grandes humilhações. Deixou claro – e dessa vez seus olhos azuis faiscaram na minha direção – que eu não estava sendo preparado para assumir nada, mas apenas retribuindo a comida e o teto. Quando terminou, apontou a porta e as botas e entendi que minha primeira tarefa era levá-las para fora.

Eu não tinha mesmo nenhum interesse nos negócios, desprovido que era das esporas venenosas que se adquire quando se vive de comprar e vender. Qualquer ambição ou planos para o futuro haviam sido destruídos pela rotina enlouquecedora de Pentonville.

Cada uma das proibições impostas por meu pai acertava em cheio um dos meus vícios, mas concordei com tudo. Como eu já suspeitava, minha prisão havia colocado uma pedra sobre o negócio do baronato e só restara a alternativa de substituir a nobreza impossível pelo temor e respeito que uma montanha de dinheiro pode comprar. Meu pai seguia o conselho de Sêneca: *dat censos honores*, "a riqueza concede honrarias". Naquela tarde na biblioteca fui recrutado para servir unicamente ao plano de ganhar dinheiro. Para isso, recebi no dia seguinte instruções gerais por escrito sobre as plantações, a escravaria e alguns meses depois fui despachado para a Corte. Ali, por mera formalidade, fui apresentado aos sócios da Domingues & Cia., parceiros comerciais dos Marcondes há décadas.

Em minha defesa devo dizer que por quase quatro anos dediquei-me de corpo e alma a ser um auxiliar de valor. Enfrentei sem mapa ou guia um labirinto de comissões, partilhas, percentuais e investimentos. Comprei e vendi escravos, milho, café e gado como se fossem a mesma coisa. Foi assim que descobri que meu pai e eu tínhamos mais semelhanças do que diferenças. A seu modo, Inácio Marcondes era um jogador compulsivo e um grande trapaceiro. Para lucrar nos negócios, mentia sem hesitar não apenas para os rivais e concorrentes, mas principalmente para amigos, sócios e aliados. Roubava nas contas, nas arrobas, nos percentuais, no câmbio, nas sacas, na quantidade e qualidade de tudo o que vendíamos ou comprávamos. Descobri, por fim, que mentia também para nós. As constantes viagens eram visitas à amante, uma vendedora de uma loja de aviamentos em São João del-Rey, uma pobre órfã que não tinha completado ainda 16 anos. Compreendi, então, a dor de minha mãe e descobri que a sua tolerância para a infidelidade de meu pai era o preço que ela concordara pagar pela minha liberdade.

Capítulo 2

A criada encontrou o corpo de minha mãe no banheiro. Meu quarto era o mais próximo e corri assim que ouvi os gritos. Hesitei na porta ao ver que ela não estava totalmente vestida, mas a criada jogou sobre o corpo um lençol e então me aproximei. Segurei suas mãos geladas e percebi que não havia mais nada a fazer. Morrera sozinha na madrugada fria, com as costas contra a parede de azulejos cor de marfim, deslizando para o chão suavemente. A cabeça pendia sobre o peito, os olhos cinzentos, sem brilho, fixos num ponto misterioso no chão, os ombros relaxados e as mãos sobre as coxas, palmas voltadas para cima como se ela estivesse recebendo uma graça, abrindo mão de tudo ou ambas as coisas.

Meu pai estava outra vez entretido com seus assuntos em São João del-Rey e o melhor que pude fazer foi deixar as criadas cuidando do corpo, enquanto eu despachava o capataz no melhor cavalo da fazenda. Encarreguei-o de avisar meu pai depois de passar por Santana de Ouro Velho e dar a notícia ao padre Clemente e ao médico da cidade. Ainda em trajes de dormir, sentei-me na varanda para refletir sobre a minha parcela de culpa naquele suicídio.

Eu deveria ter percebido os sinais. As refeições feitas no quarto, o descuido com a aparência, as bruscas variações de humor, as flores secas na capela da fazenda, os lapsos de memória e um indício ainda mais revelador: o silêncio do piano.

A prisão de Pentonville havia me ensinado que é possível aguentar grandes dores e grandes perdas, mas o sofrimento de pequenas dores todos os dias pode subitamente tornar-se insuportável. Minha mãe sabia que a minha tentativa de me tornar um novo Marcondes era um grande engano, apesar de um esforço bem-intencionado. Tudo não passava de um teatro de mau gosto e eu, um ator ruim escalado para um papel impossível. Ela também sabia que meu pai não estava mais naquela casa e naquele casamento. As viagens eram cada vez mais frequentes e o maior escândalo é que ele parecia sinceramente apaixonado. As joias da família estavam sumindo das gavetas e dos cofres e há tempos eles dormiam em quartos separados.

Suponho que ela tenha considerado tudo isso antes de beber toda a garrafinha de láudano. Encontrei o frasco vazio perto da janela do banheiro, um xarope de ópio e ervas receitado em quantidades mínimas contra dores e melancolia, mas fatal em grandes doses. O rótulo indicava que aquela marca era produzida na Turquia com o dobro de morfina dos xaropes que eu conhecia.

Depois do enterro, pensei que, para manter as aparências de um casamento de quase três décadas, por algum tempo meu pai seria um viúvo, se não inconsolável, ao menos digno. Para minha surpresa, duas semanas depois de termos jogado terra sobre o caixão, recebi dele durante o jantar uma pasta de couro recheada de papéis. Disse que eram instruções detalhadas sobre as tarefas da fazenda e nossos negócios na Corte. Com uma jovialidade obscena anunciou que estava de partida para a Europa e planejava ficar ausente pelo menos por um ano. "Você não é o único Marcondes que esteve preso", ele disse.

Fiquei olhando a pasta de couro ao lado do meu prato enquanto ele terminava o jantar. Não consegui dizer nada, assim como também não consegui dizer adeus três dias depois, quando ele partiu num coche alugado levando uma dúzia de malas.

As semanas seguintes foram cheias de tarefas, mas vazias de sentido. Cuidei de alguns negócios de gado e despachei relatórios para os sócios do Rio de Janeiro, mas sem supervisão fui mergulhando aos poucos num estado de torpor, habitando durante o dia um território frio e enevoado entre o Remorso e o Vazio, anestesiado toda noite pelo álcool da adega e pela escuridão sem sonhos.

Pensei que ficaria assim até morrer e tudo o que me restava era dia após dia ir deslizando suavemente para o túmulo como minha mãe. Hoje, avaliando tudo o que aconteceu, morri de certo modo. O Marcondes que fui até então morreu quando compareci por mero acaso à inauguração da Casa de Madame Dália, uma mistura excitante de bordel oriental e cassino de luxo. Para os cavalheiros de Santana de Ouro Velho, cheios de dinheiro e apetites secretos, aquilo era a montanha vindo a Maomé, uma raríssima oportunidade de satisfazer prazeres antes impensáveis e tudo isso, todo o cardápio de pecados, bem ali na nossa cidade encravada nas montanhas de Minas.

Na minha infância, eu costumava brincar no pátio de uma serraria no final da Rua dos Tropeiros, na saída da cidade. Reconheci parte do madeirame do telhado da velha serraria transformado habilmente numa imitação de um pagode chinês. Quem escolheu aquele lugar para um cassino e bordel sabia o que estava fazendo; perto o suficiente do centro da cidade para ser visitado a qualquer hora, longe o bastante para garantir privacidade e bem distante da igreja.

Do lado de fora, sob a luz dos lampiões e lanternas chinesas penduradas nas árvores, vi que haviam gastado um bom dinheiro. Colunas maciças pintadas de vermelho vivo sustentando um pequeno telhado marcavam o início de um caminho de cascalho. A estradinha cortava um delicado jardim com camélias do Japão, cravinas da China e magnólias, no qual murmurava uma fonte com três peixes esculpidos em granito branco. Depois, um labirinto de biombos ornados com dragões dourados. Adiante, no primeiro degrau do portal de entrada, um homem distinto de cabelos brancos, vestindo trajes de gala de cavalheiro, mas mal escondendo seus modos militares. Ao ver nosso grupo de convidados importantes, exibiu o sorriso do tubarão quando se aproxima o cardume. Seu discurso de boas-vindas nos fazia crer que havíamos morrido sem pecado e estávamos prestes a entrar no céu chinês. A satisfação de todos os nossos desejos e um banquete com todas as delícias para o corpo e para a alma estavam logo ali, atrás da porta de cedro estampando dragões entalhados com maestria. Dois rapazes de torso nu, mulatos bonitos com calças largas de seda, seguravam tochas, dando à cena um toque ritual de antigos segredos e pecados. Um gongo soou lá dentro e as portas do céu do Oriente se abriram para nós. Três moças, chinesas de verdade, conduziram nosso grupo boquiaberto até o salão principal. Ali, pude perceber que, ao preço de uma fortuna considerável, haviam produzido em nosso quintal um templo de ruína financeira e moral, um requintado endereço para a completa danação pelo jogo, pela bebida e pelo sexo.

No amplo salão com assoalho de madeira de lei, vi mesas de mármore, um belo balcão de bebidas e todas as paredes enfeitadas com aquarelas eróticas chinesas. Pesadas cortinas separavam este recinto do salão de jogos e, no cômodo seguinte, havia um pequeno teatro onde às onze horas em ponto a casa oferecia, aos sábados, danças maliciosas e espetáculos curtos, "mas deliciosamente picantes", como explicou o cavalheiro que nos guiava. Segundo ele, era um lugar para abandonar todas as inibições e recomendava para dar coragem alguns drinques especiais. Nossa visita incluiu o andar de cima, onde ficavam os quartos das prostitutas. Eram cômodos espaçosos, arejados, decorados com bom gosto. O aroma era muito agradável, as toalhas impecavelmente limpas e sobre uma mesinha de centro haveria sempre uma cesta de frutas. Éramos dez ou doze cavalheiros convidados, jovens e velhos, e ficamos impressionados com todo aquele requinte.

Movido pelos velhos hábitos do ofício, fui examinar as mesas de jogo. Haviam trazido da Itália mesas Ridotto e a roleta era uma H. C. Evans, fabricada em Chicago e com a reputação de ser muito difícil de "preparar". Observei com atenção os quatro *croupiers* estampando a fria máscara profissional e sobre as mesas, pacotes ainda fechados de baralhos italianos. Madame Dália sem dúvida entendia do seu negócio ou estava amparada por gente muito experiente.

Eu não planejava jogar e não poderia mesmo se quisesse. Antes de viajar, meu pai havia se assegurado de que eu recebesse apenas a quantia mínima para o sustento e, mesmo se eu estivesse com os bolsos cheios, não me arriscaria. Para valer a pena, seria preciso investir naquela casa um bom dinheiro, usar todos os truques da arte e ainda assim poderia levar meses até o dinheiro começar a aparecer. Como os "sapadores", que nas guerras de cerco na Idade Média cavavam túneis e minavam as muralhas do castelo, eu teria que abrir caminho começando de baixo, conquistando a confiança de serviçais, garçons e prostitutas até chegar aos *croupiers*. Mas sem recursos e sozinho era uma aventura proibida.

A inauguração de um templo de prazeres em uma cidade que se orgulha de suas virtudes católicas é sempre uma celebração carregada de culpa e prazer em partes iguais. Ao menos é assim até que o álcool comece a fazer efeito. Madame Dália estava ciente desse fato e logo algumas moças em trajes sensuais começaram a servir *champagne* com a generosidade dos casamentos de luxo e das inaugurações. Quando ficou clara a vitória do prazer sobre a culpa, Madame Dália se juntou a nós numa entrada triunfal. Usava um vestido bem justo de seda negra ao estilo oriental, mas sem decotes ou aberturas, mostrando nisso um recato encantador. Os cabelos negros presos à moda asiática, a boca vermelha, a pele alva e os olhos escuros completavam o personagem que ela decidira interpretar para nós. Tinha feições regulares, com tudo nas proporções certas, e aquele rosto em outra mulher não seria desagradável, mas não chamaria a atenção. E ainda assim Madame Dália era belíssima. Carregava no rosto e no corpo o raro poder que transforma o comum em sublime, sem que seja possível explicar como isso acontece. Sob nossos aplausos, desceu as escadas lentamente, examinando cada um de nós com sabedorias duramente adquiridas ao longo de quarenta e tantos anos.

Eu estava encostado perto da janela, tentando manter distância de um grupo ruidoso de jovens mais bem-vestidos do que educados, quando Madame Dália se aproximou. Por alguns instantes ficamos frente a frente e ela sorriu com um toque de desejo. Outro em meu lugar teria ficado lisonjeado, mas eu conhecia o suficiente de cassinos e bordéis para saber que o sorriso profissional tem a obrigação de parecer sincero. Talvez eu fosse mesmo especial para ela, mas não do modo como gostaria. Em alguma gaveta de um dos quartos no andar de cima por certo havia uma lista de cavalheiros já marcados para a tosquia. Meu nome provavelmente estava em outra lista, no pequeno grupo de clientes perigosos, indivíduos que deveriam ser observados atentamente e que mereciam cuidados especiais, sobretudo dos *croupiers*.

Mas eu também estava livre para observar e fazer minhas suposições.

Dália certamente não era o seu nome e foi uma escolha bastante profissional: doce, pronunciável em vários idiomas e difícil de esquecer. Por tudo o que ouvi, Madame Dália tinha criado uma vida pública tão interessante que a mulher real estava bem protegida atrás do personagem. Ela própria parecia cultivar com prazer os boatos que a nossa aristocracia rural sussurrava como segredos obtidos de fonte segura. Diziam que era uma portuguesa de sangue nobre desonrada por um oficial da cavalaria. Depois de um trágico aborto, jurou levar todos os homens à ruína e, na minha opinião, tivesse sido este o caso, havia escolhido os meios certos para a vingança. Um bordel e um cassino são os melhores caminhos para os piores destinos, a estrada reta e lisa para a ruína.

Outro boato que corria como informação obtida em confiança era que Madame Dália era filha de um bandido francês que traíra os comparsas depois de um grande golpe. Diziam que ele morrera assassinado e Dália teria conseguido escapar com o produto do roubo. Depois de receber um aviso de que também estava jurada de morte pela quadrilha, tornou-se uma fugitiva. Nessa versão, ela teria perambulado alguns anos pelo Oriente até decidir se esconder em nossas montanhas.

Entre sorrisos e brindes de *champagne*, ela nos ofereceu naquela noite respostas espirituosas com um delicado e aparentemente genuíno sotaque da Galícia. Sobre sua vida pessoal e seu passado não negou nem afirmou nada, deixando em aberto todas as histórias e todas as biografias. No seu ofício, esta é a grande arte de ser quem nós queremos que ela seja, a transformação da sua carne naquilo que deseja a nossa imaginação.

Quando o número certo de rolhas de *champagne* já havia espoucado, os cavalheiros deixaram Madame Dália em paz e começaram a mostrar mais interesse pelas moças, rapazes e mesas de jogo.

Bebericando a minha *champagne* perto da mesa de *Voltarete*, tive o privilégio de observar Madame em ação. Suas mãos delicadas eram muito experientes e sua intimidade com o baralho, um talento difícil de esconder, mas só alguém com a minha experiência poderia perceber essas virtudes e entender a sua sofisticada estratégia. Para os jogadores daquela mesa, ela estava tentando parecer melhor do que era e esta era a beleza de sua performance. Todos pensavam estar enfrentando uma mulher que não tinha muita experiência, mas não podia demonstrar isso e era justamente o contrário. Madame sem dúvida era da minha religião, uma artista do blefe a ser respeitada no feltro verde e suas mãos treinadas fizeram essa confissão apenas para mim.

Entre os especialistas do nosso ofício, há um movimento arriscado que se faz com o polegar e o dedo médio para encaixar determinada carta. O risco dessa manobra difícil é o som da raspagem da carta, um detalhe que já encurtou a carreira de muitos colegas. Para encobrir o ruído, o artista costuma tossir ou pigarrear. Madame estava preparando esse bote contra o jogador mais agressivo da mesa e no momento exato da raspagem ofereci meus serviços pigarreando casualmente. Soubemos naquele instante que éramos da mesma estirpe.

Para afastar qualquer suspeita, continuei meu passeio pelo salão avaliando as ovelhas com olhos de lobo, sentindo o cheiro de sangue e imaginando o gosto da carne macia, mas, com os bolsos vazios, eu era um predador com focinheira.

Quando eu estava pronto para sair, considerando a noite terminada, um garçom polidamente me indicou uma mesa onde me aguardava uma garrafa de Perrier-Jouet acomodada num balde com gelo. Era um rapaz bonito, com menos de 30 anos e olhos de um cinza metálico que diziam que ele subiria na vida. Com um gesto elegante, puxou a cadeira, e me lembro exatamente de suas palavras carregadas com o sotaque do sul.

– Madame deseja que nesta casa sua garganta jamais fique seca outra vez.

No primeiro gole, eu soube que estava em casa. Naquela mesma noite, ocupei de graça o quarto de Madame Dália sem saber se meu coração tinha tirado a sorte grande ou se aquela era a maneira que ela tinha escolhido para me manter longe de seus *croupiers*. O mais surpreendente para mim é que eu não me importava se fosse apenas isso. Estava agradecido por ter amor, mesmo que falso, mesmo que fosse apenas uma questão de negócios.

Quando se ganha a vida no blefe e no roubo, verdade e mentira perdem seus valores absolutos. Dália e eu sabíamos disso e do mesmo modo que ela não estava preocupada em descobrir o que me levava a seu quarto todas as noites, eu também não procurava saber suas motivações para manter a porta aberta. Jogamos esse jogo por meses aceitando histórias, mentiras e falsas confissões como se tudo fosse possível e, no nosso mundo, o apenas possível era bom o suficiente para ser verdade. Soube então, desse modo, que Maria Cadaval, nascida de fato na Galícia, era filha de uma empregada doméstica e um artista do Circo Chiarini, aposentado à força depois de uma queda. Para ganhar a vida, o malabarista aprendera os truques do nosso ofício e Maria se mostrou uma aluna exemplar. Havia um verniz de verdade sobre o pai ter sido assassinado por comparsas e também não era totalmente falsa a história de que o produto do roubo acabou nas mãos de Maria, mas não era uma fortuna e durou apenas até ela chegar a Paris. Com os poucos trocados que tinha, alugou um quarto em Montparnasse e fez tudo o que precisava fazer para sobreviver: mentiu, roubou, dançou, vendeu-se por dinheiro e comida e posou para artistas em começo de carreira. Por amor sincero, casou-se com um fabricante de molduras, mas ele morreu poucos meses depois atropelado por uma carroça. Desamparada, fez algum dinheiro com o *cinq à sept*, encontros amorosos no fim da tarde. Foi assim que conheceu um certo Kaspar, ator, dramaturgo e estrela principal de um teatrinho especializado em peças macabras, histórias de sexo e sangue que atraíam não apenas trabalhadores querendo emoção barata, mas intelectuais e boêmios fascinados com a coragem e o realismo das produções sobre o Mal assinadas por Kaspar.

Maria tinha 34 anos e estava apaixonada ou talvez cansada de levar uma vida incerta. Recusou encontros furtivos com todos os outros amantes e nas primeiras semanas dedicou-se à Kaspar como se fosse amor verdadeiro. Logo descobriu que ele tinha acessos de fúria e certa noite, depois de um espetáculo malsucedido, ele destruiu o camarim e Maria apanhou bastante. Jurou matá-lo antes de uma segunda surra. Depois de outro fracasso, estavam no banheiro do teatro e, furioso, chegou a esmurrá-la duas vezes antes que ela o atingisse na têmpora com um castiçal. Talvez ela recebesse alguma compaixão da Justiça se não tivesse golpeado ainda mais seis vezes depois que ele caiu.

Os jornais devoraram a história. Kaspar gozava de certa reputação entre os artistas e intelectuais e a família tinha algum dinheiro, pelo menos o bastante para contratar os serviços do Sr. Vidocq.* Escondida na casa de uma amiga, Maria foi avisada que sua cabeça estava a prêmio e precisava fugir da França. Na verdade, não estaria segura em nenhum lugar da Europa. Assim, desembarcou no Rio de Janeiro porque acreditava que estaria longe o bastante de Paris e dos homens de Vidocq. Nunca soube que ele fechara a agência poucos meses depois de sua fuga.

Na Corte, não teve dificuldades em achar trabalho com o que, a esta altura, já sabia sobre a vida. Fez fama nas melhores casas de espetáculos, começando no Eldorado, o "pesadelo das boas famílias", e passando depois ao Alcazar, onde começou a trabalhar também na organização dos espetáculos. Tornou-se uma funcionária valiosa atraindo os ricos desocupados, mas seduzindo também para a prostituição as modistas da Rua do Ouvidor, propondo fama e dinheiro às mais bonitas e ambiciosas. Nos prostíbulos da Travessa do Senado, no Hotel Ravot e no Bordeaux, as garotas sonhavam em se apresentar no Alcazar. Maria ensinava a todas como se vestir, com se comportar e como, despidas, poderiam oferecer noites inesquecíveis aos cavalheiros que durante o dia frequentavam o Café Londres, o Java e o Café do Brito. Maria me disse que sexo por dinheiro não fazia mais parte das suas atividades há muito tempo. Pelo que me contou, não teve ninguém em muitos anos e não pretendia se apaixonar se pudesse evitar. O meu caso, segundo ela – e eu queria acreditar –, tratava-se de uma deliciosa surpresa que justificava uma "perigosa exceção".

Fomos mais do que amantes. Fomos casados e unidos pelos vínculos e laços que conhecíamos, parceiros e cúmplices na união honesta de dois ladrões. Madame Dália ou Maria Cadaval, de Pontevedra, foi minha única e verdadeira mulher por sete meses e dezoito dias, o tempo mais precioso de minhas lembranças, a felicidade mais honesta de uma vida até ali completamente desonesta.

§

Na mesa de jogo, para arrancar do adversário até mesmo a roupa do corpo, é preciso alimentá-lo de tempos em tempos com pequenas vitórias, migalhas que fortaleçam suas esperanças ocultas e seu sentido de merecimento. Qualquer um que esteja apostando dinheiro nas cartas julga ser o mais perfeito merecedor da Fortuna. O trabalho do artista consiste em fazer pequenos sacrifícios que levem o adversário a acreditar que a qualquer instante os astros finalmente vão se alinhar e a justiça será feita. O especialista deve conduzir o jogo nessa direção, pois não há método mais seguro do que esse para a tosquia completa. Para o artista, a beleza dessa trapaça é confirmar que ganhar na vida não é uma questão de Direito ou Destino, mas sempre fruto da Destreza. E, por meio dessa indiscutível evidência, o jogador profissional jamais se deixa levar pelo Destino. É sempre pela Destreza que impõe o seu Direito.

Mesmo sabendo de cor essa lição, eu perdi tudo.

Dália foi a migalha que a deusa cega jogou sobre a mesa, a vitória que me encheu de esperanças. Pensei que merecia uma felicidade que só Maria Cadaval poderia oferecer, mas foi um delírio, a miragem de um oásis, a mais dolorosa ilusão de merecimento. Alguém com meus pecados não tem muitos direitos e tudo o que aconteceu foi a Justiça Divina cobrando as minhas dívidas.

O envelope com o carimbo de "urgente" estava sobre a mesa do escritório da fazenda há dois dias. Eu passava mais tempo na Casa de Madame Dália do que cuidando dos negócios, e foi por mero acaso que encontrei a carta no meio da pilha de recibos e relatórios de contabilidade. A mensagem não era clara. O Sr. Antônio Domingues, parceiro dos Marcondes em muitos negócios e com escritórios na Corte, pedia que eu fosse para o Rio de Janeiro o quanto antes para tratar de um assunto da maior gravidade, algo que por dever cristão ele não poderia explicar por escrito.

Eu conhecia o Sr. Domingues muito pouco. Na posição de nosso comissário na Corte, encarregado da saúde financeira dos Marcondes, eu tinha que supor que a situação era grave. Com toda a razão, ele me considerava um fracasso como homem de negócios e no seu universo um homem valia apenas pelo dinheiro que soubesse acumular. Se precisava de mim no Rio de Janeiro era porque a parceria nos negócios enfrentava alguma calamidade burocrática e, na ausência de meu pai, a solução dependia da minha assinatura. Era difícil imaginar alguma pendência que meu pai não tivesse previsto, mas o mundo dos negócios tem as suas reviravoltas, como eu estava prestes a descobrir.

Considerei simplesmente ignorar a mensagem. Culparia mais tarde um extravio, algum engano ou a preguiça de um escravo doméstico. Uma viagem para a Corte me manteria longe de Dália por quase dois meses. Seria insuportável. Mas meu pai saberia que nunca houve extravio, engano ou negligência dos criados. Foi então por covardia, para não ter que enfrentar mais uma vez o profundo desprezo de Inácio Marcondes, que mandei arrear meu cavalo, arrumei a minha mala e parti naquela tarde. Mandei um escravo entregar um bilhete à Dália em que explicava as graves circunstâncias da viagem e prometia estar de volta antes do Natal. Bati a porteira e segui a meio galope pelo Caminho Novo da Estrada Real, agradecido por esta via ter encurtado tanto a viagem.

Longe de Dália e do meu templo chinês, tudo parecia insuportável e eu tinha pela frente pelo menos três semanas de chuva e calor de um resto de setembro tão mal-humorado quanto eu. Perto de São João del-Rey, juntei-me a alguns tropeiros para me proteger dos salteadores, mas evitei qualquer tipo de camaradagem. Por respeito às minhas roupas caras e meu cavalo de raça, fui deixado em paz, mas foi uma viagem tensa e cheguei ao Rio de Janeiro amaldiçoando tudo e todos.

Hospedei-me no Hotel du Louvre, na Praça da Constituição, e entreguei aos criados as minhas roupas e botas para que tudo fosse limpo e engraxado. Avisei também que precisaria de um tílburi logo cedo e despachei um mensageiro do hotel com um bilhete a ser entregue na residência do Sr. Domingues, na freguesia do Engenho Velho. Em três linhas eu avisava que estaria no escritório dele no dia seguinte antes do almoço. Em outros tempos talvez eu aproveitasse a noite e fosse à Confeitaria Francioni na Rua do Ouvidor ou ao Casino Fluminense, mas decidi ficar no hotel. Além do cansaço, soube que a Corte enfrentava mais um surto da febre Califórnia.* Fui cedo para a cama, mas fiquei pensando em Dália e também não pude evitar de me perguntar o que poderia ser tão urgente e por que eu era necessário numa questão que o dever cristão impedia que fosse revelada por escrito. Precisei de algumas doses de *scotch* para relaxar e por fim adormeci.

Depois do café da manhã, tomei o tílburi e dei ao cocheiro um endereço na Rua do Ouvidor. No elegante escritório da Domingues & Co., fui recebido por um jovem secretário, magro, pálido, com olhos brilhantes e lábios apertados de tensão. Para alguém como eu acostumado a ler expressões, ali estava um funcionário que exalava medo, a quem tinham dado mais responsabilidades do que poder de decisão. Medo de dizer a coisa errada, de cometer algum engano, de tropeçar na escadaria que ele acreditava que o conduziria à riqueza e ao prestígio. No carteado, um adversário desse tipo segura as cartas com força junto ao rosto, respirando pesado sobre elas, e empilha com rigor doentio as fichas sobre a mesa. Não estranhei, portanto, quando me perguntou três vezes se eu queria algum refresco e sua insistência em me dizer a cada minuto que o Sr. Domingues me receberia dentro de alguns instantes. A verdade é que tive que esperar quase uma hora. Fiquei admirando os móveis pesados de madeira escura, as estantes abarrotadas de livros de Direito e pastas de papelão meticulosamente numeradas. Na única parede livre de estantes e arquivos, um quadro a óleo mostrava o bergantim* *Progresso*,* de bandeira brasileira, enfrentando heroicamente ondas enormes. Para um observador casual, aquela tela era só o trabalho de um artista de talento, mas pelas anotações nos relatórios de meu pai, eu sabia que o *Progresso* era um tumbeiro* a serviço da Domingues & Co. em sociedade com os Marcondes. Nos porões daquela embarcação enfrentando o Atlântico eram transportados para a venda centenas de negros feridos, doentes e aterrorizados.

Cansado de ser tratado com descaso, chamei o secretariozinho e pedi que informasse ao Sr. Domingues que eu talvez, e apenas talvez, estivesse disponível nos próximos dias para conversar, mas no saguão do Hotel du Louvre. Neste momento, as pesadas portas do escritório principal se abriram e vi sair o Sr. Domingues e dois outros cavalheiros que eu conhecia de vista e que imaginei serem sócios ou conselheiros. Os três pareciam extraídos da mesma forma: corpulentos, cabelos ralos, faces coradas, dentes ruins, dedos finos de contar dinheiro, ternos dos melhores alfaiates do Império, caixinhas de estanho com rapé no bolso da casaca e correntes de ouro da grossura de um polegar pendendo dos coletes. O que me deixou inquieto é que não sorriram nem mesmo o falso sorriso dos negociantes. O que li em suas faces gordas foi preocupação sincera e a usual máscara da respeitabilidade escondendo a ganância feroz. Os dois cavalheiros se desculparam e, alegando compromissos urgentes, se foram com seus chapéus e bengalas, enquanto eu era conduzido pelo Sr. Domingues a uma sala reservada.

Ele pediu desculpas pela demora e perguntou se eu havia feito boa viagem. Agradeceu minha pronta resposta ao seu pedido e então fez um discurso desajeitado sobre a misteriosa Vontade de Deus e a pequenez humana. Quando percebeu que não estava se saindo muito bem, tirou da gaveta uma pasta de couro e, com solenidade teatral, colocou em minhas mãos duas cartas. A primeira mostrava o timbre do Ministério dos Estrangeiros e estava assinada pelo próprio José Antônio Pimenta Bueno, Marquês de São Vicente. Informava com pesar que um terrível naufrágio ocorrera na Costa da Grécia nas primeiras horas do dia 5 de agosto daquele ano. A segunda carta era um relatório de uma companhia de navegação italiana, mas escrito em francês. Informava que meu pai e sua acompanhante estavam infelizmente entre as dezenove vítimas fatais do naufrágio do vapor *Elena*, de bandeira italiana. A carta, assinada pelo diretor da Companhia, lamentava a terrível tragédia e enumerava as providências tomadas para o resgate dos corpos. Entretanto, admitia o fracasso dessa missão devido ao mau tempo e outras circunstâncias locais difíceis de serem contornadas. Ao final, a Companhia oferecia endereços de advogados em Roma e Londres assegurando que estariam à disposição para quaisquer outros esclarecimentos e medidas legais.

Preciso confessar que a notícia não me deixou triste. Não posso dizer que fiquei feliz, mas talvez o mais justo seja dizer que me senti aliviado. Um problema a menos, um espinho no dedo finalmente extraído. Depois do susto inicial, também preciso confessar que pensei em dinheiro. Daquele instante em diante, eu teria o que precisasse para satisfazer meus vícios. Ao contrário do Sr. Domingues e seus sócios, não deixei que minhas expressões me traíssem. Usei todo o meu repertório de sinais e gestos de quem está sinceramente abalado. Mantive a cabeça baixa, os olhos úmidos e balbuciei alguma coisa sobre a vida ser uma Grande Incerteza e desde o berço nada além de uma angustiante espera da morte. O Sr. Domingues foi a audiência perfeita concordando inteiramente com as minhas reflexões, mas, no momento que julgou mais oportuno, tirou da gaveta um grosso envelope. Espalhou sobre a mesa o seu conteúdo e vi que eram diversos contratos e procurações. Ali estava a preocupação sincera dos cavalheiros. Eu era o único herdeiro de meu pai e com direito a uma fatia significativa nos negócios da Domingues & Co.

Recostei na poltrona de couro cheirando a cera de abelha e fiquei olhando os documentos sem tocá-los. Estávamos no meu território. O Sr. Domingues fez tudo para que eu pensasse que a minha assinatura era mera formalidade. Percebendo que eu não estava com pressa de segurar a pena que tão prontamente oferecia, explicou que o escritório estava administrando naquele momento várias frentes de negócios lucrativos, mas o tempo não era nosso aliado. Com ares de professor, revelou que havia dinheiro jorrando das lavouras de café do Vale da Paraíba, das Províncias do Sul e do Centro-Oeste. A Casa Comissária Domingues estava preparada para cuidar de pagamentos, remessas, letras de câmbio, notas promissórias, ações e todos os negócios defendendo sempre os meus interesses. Garantiu que bastaria a minha assinatura e o escritório cuidaria de tudo. Meu futuro estaria garantido mesmo se eu desejasse manter distância dos espinhos venenosos do mundo do comércio, mesmo se mantivesse a minha participação restrita a uma ou duas reuniões anuais. Se estivéssemos jogando cartas, eu teria corrido desta rodada esperando melhores condições para uma emboscada nos meus termos e foi exatamente o que fiz. Prometi levar comigo os papéis, examinar tudo com um zelo que deixaria meu pai orgulhoso e despacharia por um mensageiro de confiança todos os documentos devidamente rubricados e assinados. Cuidaria de tudo assim que tivesse me recuperado do grande choque. O Sr. Domingues ficou muito contrariado. Tinha planejado resolver de um só golpe tudo ali mesmo e talvez tivesse garantido isso aos sócios. Contava com a minha falta de talento e tutano para os negócios e ali estava o boêmio preguiçoso escapando da armadilha. Ele fez, então, uma nova jogada sugerindo que haveria um bônus se alguns negócios fossem resolvidos antes dos prazos estipulados em contrato e que a Domingues & Co. abriria mão de sua parte dessa bonificação em meu favor como gesto de boas-vindas ao novo sócio. Era a minha vez de jogar e embarguei a voz, esfreguei os olhos e disse numa voz miúda que naquele momento só conseguia pensar nos preparativos de um funeral simbólico, sem o corpo, e não sabia sequer por onde começar. O Sr. Domingues entendeu que precisava fazer um recuo estratégico, ceder nas condições para garantir o negócio, e disse que eu deveria providenciar tudo em Santana do Ouro Velho da maneira que achasse mais conveniente e que a Domingues & Co. insistia em assumir todas as despesas. Bastaria enviar a nota. Agradeci emocionado, deixando claro que apreciava muitíssimo aquele gesto, e voltei ao hotel com a pasta de couro debaixo do braço. Estava atordoado com o rumo que a minha vida acabava de tomar, mas a deusa cega ainda não tinha virado todas as cartas.

O que estou prestes a contar é terrivelmente doloroso. Queria oferecer a você, meu caro leitor, os detalhes que dão cor e sentido a uma história, mas este porão da memória, além da dor, está vazio e esta parte da história não faz sentido.

Na manhã do dia seguinte, eu estava no saguão do hotel escrevendo um bilhete para o Sr. Domingues e a mensagem deveria ser entregue junto com os comprovantes das minhas despesas no hotel. No bilhete eu agradecia o apoio naquele momento difícil e procurei tranquilizá-lo em relação aos negócios. Garanti que em breve ele receberia todas as procurações e contratos assinados, mas eu não pretendia fazer nada disso. Havia passado boa parte da noite examinando aqueles papéis, percorrendo um labirinto de jargão jurídico cheio de laços e armadilhas. O que pude deduzir é que ofereciam apenas uma pensão vitalícia bastante modesta e em troca eu deveria conceder aos sócios da Domingues & Co. a parte do leão, além de plenos poderes para decidirem sobre investimentos futuros.

Meu plano era consultar Dália. Ela saberia o que fazer. Talvez nos tornássemos sócios, afinal bordéis e cassinos eram os únicos negócios que eu conhecia e finalmente tinha capital para investir. Na viagem de regresso à Santana do Ouro Velho, pretendia amadurecer essa ideia e faria à Dália uma proposta irrecusável.

Coloquei o bilhete e meus comprovantes de despesas num envelope do hotel e estava dando instruções ao *concierge* quando a conversa entre dois cavalheiros no saguão chamou a minha atenção. Por alguns instantes interrompi o que estava fazendo e discretamente comecei a ouvir o que diziam. Era fácil para qualquer um do meu ofício perceber que havia um golpe em andamento. O vigarista era o sujeito bem-vestido, corpulento, de riso fácil e modos impecáveis. A sua presa do dia era um homenzinho sisudo e triste, com o rosto e as mãos do mesmo tom amarelado dos livros contábeis. Era ele quem contava que o filho adolescente precisava ser enviado para o colégio jesuíta em São Leopoldo, mas recebera informações de que não estavam mais aceitando alunos, pois todas as vagas para o ano já estavam preenchidas. O trapaceiro estava cumprindo à risca os mandamentos do ofício, escutando com paciência, encorajando a vítima a falar e tomando o cuidado de não se gabar. Apenas sugeriu com displicência estudada que talvez pudesse ajudar na questão. Deu a entender que tinha boas relações com os jesuítas graças a um parente e sabia que seriam mais compreensivos se houvesse uma pequena doação, um gesto que mostrasse o quanto a família estava empenhada na educação do jovem. O homem franzino concordava em tese com a ideia da doação, mas se lamuriava dizendo que a família era humilde e estava investindo no adolescente todas as economias, um sacrifício que faziam para salvar a alma do filho deste mundo cheio de vícios, tentação e crime. O vigarista tinha que reforçar essa ideia; era ali que deveria jogar o anzol e disse com ar grave de quem conhece o mundo: "Tempos de Sodoma e Gomorra" e acrescentou: "uma lição a ser aprendida com o incêndio do bordel chinês em Santana do Ouro Velho".

A partir daqui tudo o que tenho para contar são fragmentos porque naquele instante minha vida explodiu.

Soube depois que sacudi pela lapela o vigarista antes risonho, obrigando-o a repetir o que havia dito. Muito assustado, ele só conseguiu balbuciar que a notícia havia sido publicada no *O Paiz* ou talvez na *Gazeta de Notícias* há duas semanas. Um funcionário do hotel trouxe para mim a *Gazeta* e uma nota pequena lamentava sem muito pesar um incêndio num "bordel chinês luxuoso" e informava que a tragédia, considerada pelas autoridades como uma fatalidade, "causara a morte de seis pessoas e uma égua".

Eu tinha uma longa viagem pela frente e não sei exatamente como cheguei à Santana do Ouro Velho. Sei que esgotei três montarias e enfrentei dias de chuvas em mangas de camisa. Cheguei febril à cidade e atravessei a galope as ruas calçadas de pedra até o local onde havia sido tão feliz.

Cinzas.

Caminhei trêmulo, sem forças, sobre os restos de uma imensa fogueira. Vi palavrões e desenhos obscenos rabiscados com carvão no chão e nas paredes que ainda estavam de pé. As letras SLD rabiscadas com fúria numa coluna. Um olho de Dragão pintado no resto de biombo mostrando as escamas da cabeça ainda douradas. Um pedaço da roleta Evans com todos os números negros. Uma taça de cristal quebrada. Uma dama de ouros chamuscada que guardei comigo para sempre.

Eu poderia contar a você, caro leitor, sobre os meus grandes esforços para saber exatamente como tudo aconteceu e descobrir onde Dália e os outros infelizes estavam enterrados. Soube pelo padre Clemente que, dos seis corpos encontrados, apenas um ofício religioso foi realizado. O defunto era um cavalheiro distinto, de muitas posses, e que em circunstâncias normais receberia as horas de uma cerimônia solene e luxuosa, mas foi despachado um funeral simples, organizado pela viúva muito magoada por saber que o marido frequentava aquele lugar. As prostitutas não poderiam ser enterradas em campo santo e o padre não sabia me dizer que providências foram tomadas. O mais certo é que tivessem encontrado descanso em sepulturas sem marcas. O padre tinha razão e não era uma prática incomum, especialmente porque ninguém era da região. Imaginei que os que sobreviveram haviam abandonado a cidade. As mulheres, os garçons e os *croupiers* simplesmente desapareceram, o que também não era de causar espanto. Tinham que ganhar a vida e era melhor deixar para trás aquele lugar amaldiçoado. Por essa razão, não encontrei nenhum rosto familiar nos buracos de jogo da Rua do Macedo ou nos bordéis tristes do Beco do Lampião. Era como se a Casa de Madame Dália nunca tivesse existido. As únicas informações que obtive foram sobre Matias, o velho cavalheiro que nos recebeu no dia da inauguração, o anfitrião de modos militares. Estava à beira da morte numa enfermaria para indigentes em São João del-Rey. Cheguei a tempo de vê-lo com vida apenas por alguns minutos. Com uma perna amputada e os pulmões cheios de fumaça, estava delirando, gritando ordens para soldados invisíveis, mandando seus homens afiarem as baionetas. A enfermeira, uma mulher exausta responsável pela ala, disse que ele não duraria muito e eu deveria dar graças a Deus. O estoque de ópio estava no fim e ele não suportaria as dores nem ela os gritos. Perguntei se ele havia dito alguma coisa sobre a causa do incêndio e ela se lembrou apenas de que durante alguns momentos de lucidez ele havia dito que o fogo começara no estábulo do bordel e que ninguém da cidade havia movido um dedo para ajudar a debelar as chamas. Matias morreu no dia seguinte e paguei pelo funeral.

    Depois de seguir cada indício, cada boato e cada pista, por menos promissora que fosse, o que consegui apurar é que o incêndio começara mesmo no estábulo e o cavalariço havia sido a primeira vítima. Dália havia morrido tentando salvar duas meninas trancadas no andar de cima, já praticamente tomado pelas chamas. O cavalheiro rico que teve direito a um funeral era Manoel de Sá Ramirez, um fazendeiro bem conhecido na região, e a viúva vingou-se oferecendo ao marido adúltero um caixão de pinho barato e o enterro simples dos escravos.

Depois do funeral de Matias, despachei as procurações e os contratos devidamente rubricados, carimbados e assinados. Que a Domingues & Co. fizesse bom proveito.

Com a pensão assegurada, prometi a mim mesmo beber e jogar até morrer. Viveria para as cartas e apostas, para as farras e noitadas; o apóstolo da boêmia, minha única profissão de fé. Viveria meus dias assim na certeza de que Deus nunca existiu, de que a religião é um cassino e o Céu, uma trapaça. A Fortuna, a deusa cega que puxa os cordéis do nosso viver, a única divindade, a única. Teria sido assim até o fim dos meus tristes dias se Isoba não tivesse aparecido.

Capítulo 3

Isoba nunca me disse onde nasceu, mas sei que foi em 1816 em alguma aldeia da África Oriental. Sei também que recebeu uma educação especial do avô para tornar-se uma espécie de sacerdote ou, para usar uma expressão que ouvi muitas vezes, "um homem de conhecimento". Essa educação exigia que aprendesse os costumes de muitas tribos e ele tinha 23 anos quando seguiu com o avô Ajani para Moçambique, onde deveria aperfeiçoar seus conhecimentos da língua echwabo.

Acamparam perto de Quelimane e aqueciam-se junto ao fogo com alguns caçadores quando foram atacados por um grupo bem armado de negros e brancos. Ajani e Isoba usaram lanças e facões com destreza, mas os atacantes eram muitos e tinham laços, lanças e até armas de fogo. Ajani morreu com um tiro de mosquete no pescoço. Desesperado, Isoba agarrou-se ao corpo do avô e foi espancado até perder os sentidos. Mais morto do que vivo, foi levado numa carroça até um grande acampamento e ali foi acorrentado junto com outros rapazes. Percebeu então que haviam centenas de prisioneiros agrupados por sexo e idade, incluindo dezenas de crianças. Ele já tinha ouvido histórias terríveis sobre os *pombeiros*, bandos que emboscavam negros e formavam comboios arrastando os cativos para o litoral, onde negociavam os prisioneiros com traficantes de escravos. Aquele grupo tinha como chefe ou libata* um negro gigantesco de olhos atentos e que dia e noite verificava pessoalmente as correntes e as cordas.

Isoba ficou ali exposto ao sol e à chuva, vestindo trapos, comendo o suficiente apenas para não morrer. No décimo segundo dia, vieram os traficantes e o gigante fechou negócio recebendo em troca de centenas de prisioneiros uma carga de fumo de má qualidade e cachaça.

Na lua minguante, Isoba e os outros cativos foram separados em grupos de três. Barcos de fundo chato foram trazidos pelo Rio Quelimane e cada grupo foi obrigado a se esconder num compartimento secreto nas embarcações onde mal caberia uma pessoa.

Aproveitando as noites escuras, os traficantes desceram o rio remando cautelosamente até o Canal de Moçambique e assim todos os cativos foram embarcados no bergantim *Progresso* de bandeira brasileira. Os embarques às escondidas eram parte das precauções que os traficantes tomavam para despistar os navios ingleses que patrulhavam a região.

No *Progresso*, Isoba encontrou outros cativos amontoados nos porões; 481 negros incluindo dezenas de mulheres e crianças. Todos receberam um pouco de sal para colocar na língua e então um padre aspergiu água benta em todos enquanto gritava: "Vocês agora são filhos de Deus! Vão para uma terra distante aprender as coisas da fé! Esqueçam suas terras de origem e deixem de comer cães e ratos! São agora criaturas de Deus e pela graça que estão recebendo sejam contentes!".

Foram oitenta e dois dias de viagem e uma travessia especialmente difícil. O percurso poderia ser feito em setenta dias sem escalas até o Rio de Janeiro e este era o prazo limite para as provisões de água, mas o tumbeiro encontrou obstáculos.

A tripulação do *Progresso* era formada por dezesseis traficantes experientes: três espanhóis, um português e os demais brasileiros, incluindo o capitão. Escaparam das patrulhas inglesas com manobras ousadas de navegação e duas vezes substituíram a bandeira brasileira pelo pavilhão português. Com essas e outras astúcias chegaram ao Brasil no verão de 1840. Haviam jogado ao mar 136 negros vítimas de disenteria, fome, sede e asfixia.

O capitão poderia ter desembarcado os cativos no Rio de Janeiro, onde as autoridades recebiam suborno para fazer vista grossa, mas preferiu lançar âncora na restinga da Marambaia, ao sul da cidade. Ali, Isoba e seus companheiros de desgraça foram desembarcados ao anoitecer como cabiúnas,* levados em botes pequenos até a praia, tocando os pés no novo chão do Inferno. Com passos hesitantes, desacostumados à terra firme, foram outra vez separados em grupos e trocados ali mesmos por sacas de café. Feridos, famintos, doentes, exaustos, magros como gafanhotos, foram levados para um "depósito" no Rio de Janeiro como se fossem, eles próprios, sacas de café.

O "depósito" era o famoso Entreposto do Valongo, e sobre esse lugar terrível Isoba não precisou me contar muito. Conheci esse mercado de escravos pessoalmente quando era criança, no tempo em que meu pai ainda tinha esperanças de fazer de mim um homem de negócios.

O Rio de Janeiro oferecia muitos locais para quem quisesse comprar escravos, mas o Entreposto do Valongo gabava-se de oferecer sempre "Negros bons, moços e fortes", como anunciava a placa na entrada. O local funcionava junto ao Cemitério dos Negros Novos e por uma razão prática. O "depósito" produzia tantos mortos que mantinha dois escravos trabalhando continuamente jogando terra sobre uma montanha de cadáveres incinerados uma vez por semana. O Entreposto oferecia os sobreviventes em cerca de 50 cômodos ou "lojas", que eram como chamavam um complexo de casas alugadas e pátios com chão de terra batida e bancos baixos de madeira. Homens, mulheres e crianças usavam trapos, vestimentas precárias cujas cores sinalizavam a marca dos proprietários, por vezes indicados também por um corte especial de cabelo ou a marca cruel feita com o ferro em brasa. Assim os cativos aguardavam o capítulo seguinte de suas desgraças, alguns com expressões e atitudes francamente desafiadoras, outros aterrorizados e muitos, talvez a maioria, completamente apáticos, como se já tivessem abandonado todas as esperanças.

Duas vezes por dia, os cativos recebiam comida farta, mas não por misericórdia. O pirão, a carne seca, o peixe salgado e a farinha de mandioca eram servidos em cuias ou em abóboras escavadas. Essa alimentação generosa era apenas uma outra forma de castigo; todos eram obrigados a comer em excesso para adquirir rapidamente melhor aspecto depois dos sofrimentos da viagem. Pela mesma razão, tinham que esfregar os dentes e as gengivas com raízes e passar no corpo óleo de palma. Para evitar a tristeza e os surtos de suicídio, eram forçados a entoar canções e dançar com todo o vigor, e os que se comportavam bem recebiam tabaco. Os doentes eram mantidos fora das vistas e as "lojas" ofereciam a comodidade de "lotes" organizados por idade. A sala mais procurada exibia jovens de 19 a 24 anos e nas "lojas" das crianças era possível comprar "crias de peito" ou "crias de pé".

Vi tudo isso com meus próprios olhos.

Depois de conhecer Isoba – e sinto uma vergonha imensa ao admitir que foi só depois disso –, entendi que não há alforria ou abolição que repare tanto mal. A verdade triunfante de Isoba colocou um fim à loucura criminosa que me ensinaram desde o berço. Fui educado a pensar que "o homem branco manda, a mulher procria e o escravo trabalha". As coisas eram assim e eu deveria acreditar nisso se quisesse que meu pai se orgulhasse de mim. Como qualquer homem de negócios, eu precisava aprender a reconhecer um bom escravo examinando as suas feições, sua disposição, sua força física, sua constituição e seus dentes, do mesmo modo que é feito quando se negocia um cavalo. No Entreposto do Valongo era isso o que todo mundo fazia. Ali, como nos outros mercados do Império e principalmente nos pelourinhos manchados de sangue, os horrores da escravidão estavam publicamente expostos, mas nenhum branco tinha olhos para ver ou ouvidos para ouvir, nem mesmo os juízes ou os padres, que recomendavam aos escravos mais paciência e aos senhores um pouco mais de benevolência. Até as delicadas senhoras de pele alva, com sombrinhas francesas e vestidos floridos desenhados por Carolina Remy, até elas perambulavam risonhas pelos mercados comprando escravos e depois saltitavam de volta aos seus bordados e seus exemplares do *Novo Correio de Modas*, como se o mundo estivesse em perfeita ordem.

Isoba também viu tudo isso com os próprios olhos e sentiu na própria carne.

Recuperou-se dos maus-tratos, mas percebeu que seria impossível fugir do Valongo. Assim, com 24 anos de idade foi vendido em leilão público a um fazendeiro por 400 mil réis.

Trinta anos depois, numa manhã fria de julho de 1872, eu teria o privilégio de conhecer o grande Isoba.

A notícia de que eu estava procurando um escravo para comprar havia se espalhado graças aos meus companheiros de carteado da Rua do Macedo. Naquela manhã de inverno, com a neblina densa pairando sobre os morros da fazenda, decidi juntar alguma lenha para queimar no fogão da cozinha e espantar o frio.

Uma carroça puxada por duas éguas magras surgiu na estrada principal. O carroceiro, enrolado num cobertor imundo, fustigava os animais com uma vara de bambu e atrás, amarrados em fila, vinham sete negros caminhando no passo miúdo da exaustão. O homem saltou da carroça, tirou o chapéu e mostrou um sorriso com os caninos de ouro. Disse que era dono de uma fazendinha beirando a estrada para Barbacena, mas estava em dificuldades financeiras. Contou que soube por acaso na cidade que eu estava procurando escravos e se dispunha a negociar por bom preço todo o "lote". Disse ainda que planejava mascatear no Rio de Janeiro por algum tempo para fugir dos credores enquanto dois sobrinhos cuidavam da terrinha. Percebi logo que aquela confissão sobre as dívidas era apenas um truque pra ganhar a minha confiança. Vi na carroça apetrechos de garimpo mal escondidos sob a lona e deduzi que ele havia exaurido a mina onde tentara a sorte. Provavelmente, estava a caminho de São João del-Rey para negociar o ouro. Era comum o garimpeiro se desfazer dos escravos na primeira oportunidade livrando-se dos negros tão exauridos quanto a mina. Se nos campos e nos engenhos um escravo vivia em média sete anos, no trabalho duríssimo do garimpo a expectativa de vida era ainda menor. Era fácil perceber isso olhando aqueles sete homens que mal se aguentavam em pé.

Isoba era o terceiro da fila e o mais alto do grupo. Mesmo exausto, mantinha-se aprumado, mas não foi por isso que o escolhi. Vi como vantagem a sua condição de surdo-mudo apresentada pelo falso fazendeiro como algo que influenciaria o preço a meu favor.

Eu tinha bebido muito na noite anterior e estava em jejum. Minha cabeça latejava e eu só queria tirar da minha frente aquele grupo miserável e ter alguém para preparar uma refeição quente. Fechei o negócio pagando 700 mil réis por Isoba. O garimpeiro insistiu para que eu fizesse uma oferta por todos, mentindo sobre a idade e a saúde de cada um, mas dei a entender que, se não saísse logo das minhas terras, não haveria mais negócio. Paguei o combinado, guardei o recibo no bolso e Isoba foi desamarrado, aparentemente sem entender o que estava acontecendo. Antes de tocar em frente as éguas arrastando os outros infelizes, o carroceiro jogou no chão uma trouxinha de pano com os poucos pertences de Isoba e seguiu viagem.

Fiquei olhando o escravo que havia comprado com a mesma quantia que estava acostumado a perder numa noite azarada nas mesas da Rua do Macedo. Isoba tinha o rosto bem-feito, sem marcas tribais e os olhos cintilavam como ônix polido. Vestia calças baratas de sarja, puídas nos joelhos; o paletó, com bolsos rasgados, era dois números menor e as mangas deixavam visíveis as marcas de açoite nos antebraços. E como todos os escravos do Império ele estava descalço.

A neblina tinha baixado ainda mais e o frio era intenso, mas ele parecia não sentir nada, enquanto eu tiritava mesmo vestindo calças de flanela, paletó de lã inglesa, camisa de algodão e colete. Julguei que estivesse pela casa dos 40, portanto, 10 ou 12 anos mais novo do que eu, mas Isoba já tinha 54 anos.

Indiquei um barraco de taipa perto do paiol dando a entender que ele deveria se acomodar ali, mas ele não se mexeu. Ficou olhando ao redor com olhos atentos e então algo estranho aconteceu: eu me senti envergonhado.

A fazenda estava em ruínas, os campos cobertos de ervas daninhas e o pouco gado que ainda restava era couro, ossos e doenças. A casa da fazenda que costumava despertar inveja até nos fazendeiros mais ricos da região, transformara-se num casebre sujo, com paredes descascadas e um telhado precisando de reparos. Os salões estavam cobertos de poeira e, empilhadas nos cantos, as poucas mobílias francesas que eu ainda não tinha conseguido vender para pagar dívidas de jogo ou abastecer a adega. Do resto, eu havia me desfeito até mesmo dos candelabros. A casa e a choça perto do paiol não passavam de buracos de ratos; escravo e senhor na mesma miséria e por isso me senti envergonhado. Incapaz de cuidar da fazenda, havia chegado à conclusão de que seria bom ter um criado para manter as coisas em ordem, a cozinha limpa e as minhas roupas lavadas enquanto eu me destruía. O fato de Isoba ser surdo-mudo era uma conveniência inesperada: a casa continuaria silenciosa e isso era um pensamento agradável.

Indiquei outra vez a choça gesticulando com mais ênfase, mas Isoba não se mexeu. O falso fazendeiro já estava longe e comecei a suspeitar se não havia sido enganado e se Isoba não teria também problemas mentais.

– Como gostaria que eu o chamasse? – perguntou subitamente.

– Mas... mas... o homem disse que você era surdo e mudo!

– O homem que vai naquela carroça não tem nada a me dizer que eu queira ouvir. Também tenho certeza de que ele não está interessado no que tenho a dizer. Achei mais conveniente deixar ele pensar que eu não poderia falar ou ouvir, mesmo se quisesse.

Foi uma surpresa e tanto. Ele não só falava, mas mostrava domínio do português, sem sotaque ou tropeços. E voltou a perguntar:

– Como deseja ser chamado?

– De *senhor* Marcondes, naturalmente!

– Neste caso, Sr. Marcondes, pode me chamar de Sr. Isoba. É o meu nome.

Dei uma boa gargalhada. Achei-o insolente de um jeito divertido.

– O *senhor* – eu disse com ironia –, mesmo vestindo trapos neste frio, ainda encontra disposição para fazer graça. Considerando que é meu escravo, deveria...

– Lamento interrompê-lo – disse com modos de um perfeito cavalheiro –, mas discordamos neste ponto.

– Em que ponto?

– Quando diz que eu, Isoba, neto de Ajani, sou um escravo.

Outra vez não pude deixar de rir.

– As evidências estão todas contra o *senhor* – contestei achando tudo muito divertido. – Sei que anda na moda ter ideias abolicionistas, mas no presente momento o *senhor é* um escravo. Há poucos minutos foi vendido como escravo, comprado como escravo e paguei pelo *senhor* a exata quantia de 700 mil réis. O recibo está aqui no meu bolso. Filho ou neto de quem quer que seja, a partir de agora o *senhor* me pertence como escravo.

Até então ele segurava junto ao peito a trouxinha jogada da carroça, mas colocou-a no chão e cruzou os braços com tal imponência que deduzi que aquela altivez deveria ter provocado no passado muitos castigos por insolência.

– Eis o nó – disse ele – e precisamos desatá-lo! Se tiver interesse, posso esclarecer a questão.

– Por favor, *senhor* Isoba, prossiga – concedi tirando do bolso o cachimbo, o saquinho de couro de búfalo cheio de tabaco e começando a encher o fornilho.

– Vamos imaginar, Sr. Marcondes, que por um capricho do Destino o senhor tivesse sido emboscado por inimigos que jamais suspeitou ter. Vamos imaginar que tivesse sido acorrentado nos porões de um navio onde foi maltratado dia e noite. Vamos considerar ainda que, durante essa terrível e longa experiência, o senhor estava sendo levado a uma terra estranha e que, ao chegar, foi atirado a uma prisão com centenas de almas sofridas, doentes, feridas, muitas à beira da morte por desespero e tristeza. Vamos considerar então que, dessa prisão medonha, o senhor tenha sido arrastado para outros lugares terríveis, acorrentado, comendo pouco, quase nada, sofrendo castigos cruéis por alguma razão misteriosa ou por razão nenhuma. Vamos considerar também que, apesar da comida sempre insuficiente e dos castigos, tenha sido obrigado a trabalhar dezoito horas por dia sob o estalar do chicote. Pergunto então, Sr. Marcondes, ao final de tudo isso, como seria a sua aparência? Não estou perguntando sobre a sua condição de homem livre ou escravo, mas apenas quanto ao seu aspecto físico.

Tirei do cachimbo uma longa baforada sem saber onde ele pretendia chegar.

– Meu aspecto seria horrível – respondi afirmando o óbvio.

– Como o senhor se descreveria?

– Já estive preso e para responder vou precisar mais da memória do que da imaginação, acredite. Eu teria cabelos longos, a barba longa e suja e estaria magro, talvez doente e coberto de cicatrizes, isso para dizer o mínimo.

– Concordaria se eu dissesse que o senhor ou qualquer pessoa que tivesse passado por tudo o que descrevi teria ao fim um péssimo aspecto?

O talento de Isoba como orador era notável. Ele poderia discursar melhor do que os políticos e advogados que eu conhecia dos palanques e tribunais, mas principalmente das mesas de carteado. Tinha lançado um ataque habilidoso, mas eu estava disposto a mostrar que nem todo o dinheiro gasto pelo meu pai com a minha educação europeia havia sido em vão. Isoba precisaria mais do que a lógica das aparências para vencer aquele debate. *Fallaces enim sunt rerum species*, "enganadoras são as aparências das coisas", alertava Sêneca.

– Compreendo agora o seu ponto de vista – eu disse cheio de condescendência –, mas o *senhor* confunde o *parecer* com o *ser*, o aspecto físico com a condição real. A minha *aparência* seria a de um escravo, mas, apesar dessa semelhança, eu não *seria* um escravo. Se não tivesse cometido algum crime, seria na verdade uma vítima inocente das desgraças que descreveu e não seria um escravo porque nasci um homem livre.

– Desatamos o nó, Sr. Marcondes! – exclamou triunfante – Não cometi crime algum e também nasci um homem livre. Se tenho essas marcas é porque qualquer um estaria nas minhas condições se tivesse encontrado forças para sobreviver a tudo o que tive que suportar.

Tinha que reconhecer o terreno perdido, mas acreditava ter ainda alguma chance de vencer aquele debate.

– Bravo! Uma bela manobra! Mas sua lógica está deixando de fora evidências importantes.

Fiz uma pausa para organizar os meus argumentos e aproveitei para encher outra vez o meu cachimbo. Quando pensei ter o suficiente para um contra-ataque, soltei uma longa baforada e apresentei cheio de arrogância o meu ponto de vista.

– Há menos de uma hora foi vendido como escravo e assinei um documento no qual é reconhecido pelas leis deste país como um escravo chamado Celestino. Tenho no bolso um recibo assinado por seu antigo proprietário e, neste papel, o *senhor* é legalmente considerado um escravo. Se amanhã estivermos juntos no mercado da cidade e se por acaso nos separarmos, poderei perguntar a qualquer um "onde está o meu escravo Celestino?" e todos me apontarão você... digo... o *senhor*.

Ele não precisou de dois segundos para refletir antes de rebater meus argumentos.

– Esses fatos não provam que sou um escravo. Indicam apenas que é assim que querem me chamar aqui, um grande erro da mesma forma que Celestino não é o meu nome. Tomaram essas decisões a meu respeito, mas não me conhecem. Pelas leis onde nasci e onde todos me conhecem, eu sou Isoba, neto do grande Ajani e um homem livre. Se na minha terra eu estiver no mercado, todos vão dizer: "Lá vai Isoba, neto de Ajani, um homem de conhecimento!". Mudar o meu nome e me chamar de escravo não muda quem eu sou. Chamar uma zebra de falcão não fará a zebra voar.

– Se não se vê como escravo, por que se sujeita a esse sofrimento? Por que não foge neste minuto?

Pela primeira vez ele precisou de tempo para pensar antes de responder. Pela sua expressão percebi que sabia o que queria dizer e só estava avaliando se eu era capaz de entender.

– Já fugi antes – disse ele –, mais de uma vez. Na última tentativa, eu me lembro que corri por três dias. Escondido no matagal à noite, cercado por homens armados e cães, acabei adormecendo de cansaço. Meu avô veio falar comigo no sonho e entendi tudo.

– O que entendeu?

Isoba ficou em silêncio olhando o céu. Penso que estava avaliando se eu era digno de ouvir o que ele tinha a dizer.

– No sonho, meu avô me ofereceu uma tigela de leite fresco. Tomei um gole. Estava delicioso. Recobrando um pouco as forças, eu disse a ele que estava muito cansado e com medo. Pedi permissão para odiar os brancos. Ele tocou a tigela com o cajado e o leite ficou preto como carvão. Ainda assim era leite, mas negro como a noite. "Beba!", ele disse. Tomei outro gole e o sabor era o mesmo do leite branco e tinha o mesmo frescor. Ele então me perguntou: "Sabe o que a cor da pele significa?". Eu não soube responder. Ele disse: "Significa apenas a cor da pele". Bateu o cajado de leve na minha cabeça e explicou a lição. "Se odiar os brancos porque são brancos vai dar razão a quem odeia você porque é negro. É ódio baseado em cor do mesmo jeito. Está gastando as suas forças do jeito errado. Se entender isso, não vai mais sentir medo ou cansaço. Pare de odiar e comece a andar pelo caminho que não existe." E então ele me explicou o que eu deveria fazer e tem sido o caminho que eu sigo. Por agora, aprendo a viver em suas terras, sob suas leis e estranhos costumes. É uma dura jornada de "homem de conhecimento" e Ajani disse que eu deveria me preparar para sofrer neste caminho que não existe. Não sou um escravo e aqui posso ajudar outros que foram convencidos de que é apenas isso o que são. Tenho o dever de lembrá-los de que um leão não dá meia-volta quando o cão late. Ajani disse que esta jornada tem fim. Voltarei para casa livre pelas suas leis e embarcarei de cabeça erguida. Então saberei.

– Saberá o quê?

– Saberei que cumpri até o fim a minha jornada nesta terra. Não importa onde eu esteja ou como sou chamado, nunca deixarei de ser Isoba, neto do grande Ajani. O meu nome, o nome do meu avô e de todos os meus ancestrais estão a salvo comigo.

Eu estava diante de um homem que jamais pertenceria a ninguém. Toda doutrinação que eu recebera desde criança para enxergar um escravo como pouco mais do que um animal de carga desabou aos pés daquele homem sujo, exausto, faminto, vestindo trapos, mas com forças para raciocinar com rara clareza e sorrir cheio de dignidade mesmo depois de décadas de sofrimento.

– O senhor está certo – eu disse e desta vez com respeito sincero. – Da minha parte estamos de acordo e o senhor não é um escravo. Resta agora a questão do dinheiro que paguei por um escravo que não existe.

Ele sorriu de um jeito matreiro sabendo que estava prestes a desatar outro nó.

– Vejo que ainda tem salvação, Sr. Marcondes. Não me enganei quando decidi que valia a pena tomá-lo como aluno.

– Como... como aluno? – perguntei chocado.

– O senhor tem muito a aprender, mas a doação que fez àquele infeliz conseguiu chamar a minha atenção. Decidi que no momento posso tomá-lo como aprendiz.

– Mas o senhor não para de me surpreender! Em qual assunto pensa que preciso de tutor?

– A lista é grande, Sr. Marcondes. É um homem inteligente, mas infestado de vícios. Para começar, diria que falta ao senhor força e direção.

Pensei em fazer o papel de alguém injustamente ofendido, mas o esboço que ele pintara com poucas pinceladas era exato demais para que eu fingisse ofensa.

– E como chegou a essa conclusão?

Ele andou ao meu redor avaliando-me com a atenção de quem está comprando um escravo.

– Quer mesmo saber? – o tom era de desafio.

– Quero.

– Neste caso, eis o que sei, Sr. Marcondes. A palidez mostra que evita sair de dia. Magro e sem músculos está claro que também evita exercícios e trabalhos pesados. Pelo nosso debate há pouco, eu poderia deduzir que é um homem de letras, mas um intelectual de verdade teria manchas de tinta nos dedos. As suas mãos estão limpas, bem cuidadas e diria que são mãos de jogador. O tradicional anel no dedo mínimo da mão esquerda confirma essa suposição. O rosto inchado indica excesso de álcool e os tremores, a falta dele neste momento. Os cotovelos do paletó estão gastos porque passa muito tempo na posição de um jogador de cartas. Suas roupas são feitas sob medida, botões de osso e o relógio de bolso é de ouro. Suponho que tenha uma pequena renda assegurada porque sequer regateou o valor da doação entregue ao garimpeiro. Recebeu tudo o que tem e tudo o que vejo como herança, pois é óbvio que não conseguiu este lugar ou o que gasta por esforço próprio. Mencionou que já esteve preso e, julgando pelo que esta fazenda deve ter sido, seu nome de família jamais permitiria que isso acontecesse neste país. Posso deduzir que foi preso longe daqui, onde seu nome nada significava. Tudo isso me diz que estou diante de um trapaceiro educado no estrangeiro e que há muito tempo perdeu os poderes e o respeito por si mesmo. Há muito mais a ser dito, mas preciso saber se está disposto a ouvir.

– Estou pronto – respondi sabendo que talvez não estivesse.

– O que descrevi mostra um homem atormentado, sem direção, atrapalhado nos objetivos, confuso quanto às prioridades, alguém que se despedaçou antes de ter uma chance de ser completo. Falta ao senhor clareza, força física, força moral, perseverança, disciplina... falta ao senhor até mesmo dignidade. Eu tenho tudo isso de sobra e não temos tempo a perder. O Abismo evoca o Abismo, o Mal agrega o Mal. Terá que decidir agora se quer nascer outra vez ou continuar apodrecendo.

Fiquei em silêncio, esmagado pelo peso daquelas verdades tão duras quanto exatas.

Enxuguei os olhos, bati na cerca o cachimbo para limpar o fumo e indiquei a porta da frente da casa da fazenda no gesto solene para que as visitas importantes entrem primeiro. Isoba poderia ocupar o quarto de hóspedes, não que isso fosse grande coisa, mas era o mínimo que eu poderia oferecer ao meu tutor.

Este foi o primeiro encontro com Isoba e minha primeira lição sobre escravidão e liberdade. Recebi depois inúmeras lições preciosas sobre uma infinidade de assuntos, pois ele falava sério sobre me aceitar como aluno.

Depois do incêndio e da morte de Dália, tornei-me um fantasma assombrando a fazenda por mais de vinte anos, um espectro sem forças para partir daquele lugar e sem coragem para morrer. Meu único esforço no mundo dos vivos era vestir-me com algum capricho para tentar a sorte nas mesas de apostas ralas na Rua do Macedo. Era sempre recebido com festa pela matilha que farejava de longe o dinheiro no meu bolso. Entre um copo e outro, esses companheiros de carteado juravam amizade eterna e depois pediam pequenos empréstimos em nome de uma amizade que só para isso servia.

Assim correram os dias, as semanas, os meses e os anos, como uma única farra sob uma cascata de cartas se derramando num oceano de álcool.

&

As cartas não mentem, mas não do modo como as cartomantes querem que você acredite. As cartas não mentem porque não se importam. São forças selvagens capazes de grandes violências e incapazes de qualquer compaixão ou remorso. Já vi sobre o feltro verde uma vida inteira de economias duramente amealhadas dissolvida num instante por um simples dois de copas. Já vi uma fortuna respeitável por gerações acabar nos bolsos de um vigarista por um mero quatro de paus. As cartas não mentem porque desconhecem qualquer tipo de misericórdia. São feras selvagens e o trabalho do artista é domar essas forças, conduzir pelas rédeas essas criaturas sem coração, separá-las ou uni-las conforme o seu desejo. O artista do meu ofício é um deus colocando ordem no Caos. Desde o incêndio, eu havia abdicado desse poder e jogava ao acaso, sem truques, correndo com as feras no Caos, deixando a deusa cega me guiar, saboreando a vitória ou morrendo na derrota como um homem comum, sentenciado a ser um otário até o fim da vida. Não era mais o menino trapaceando no cemitério, jurando sobre o mármore negro vencer na vida como o pior dos canalhas. Tudo isso tinha ficado para trás. Eu era um fantasma jogando estupidamente porque isso é o oposto de investir sabiamente. E, sobretudo, eu jogava porque é isso o que um viciado faz.

Nos casebres e sobrados imundos da Rua do Macedo, quando o jogo acabava e os garçons afrouxavam as gravatas e começavam a varrer o chão, eu pegava a estrada com meu cavalo velho e voltava à fazenda nas primeiras horas da manhã. No meu quarto, olhando para o teto manchado e as paredes descascadas, contava os segundos até chegar a hora de jogar outra vez.

Isoba viu tudo isso no nosso primeiro encontro. Suponho que tenha visto também alguma pequena virtude, uma qualidade que eu mesmo não sabia que possuía, cego que estava sobre tudo, escravo que era de tantos vícios. Na sua imensa generosidade, Isoba pagou o meu preço e decidiu me libertar.

Capítulo 4

Nos meses seguintes, conheci melhor o meu tutor e aprendi a conhecer a mim mesmo ou o que restara após tantos anos de abuso. Havia sobrado pouco e fui construindo a minha fortaleza tijolo por tijolo, dia após dia. Pensei que não sobreviveria às crises de abstinência, um inferno humilhante de suor e vômito, um calvário de delírios e tremores. Não teria conseguido sem Isoba, que manteve o pior à distância com um chá amargo em que juntava um pó vermelho, guardado depois com respeito religioso na sua trouxinha de pano.

Foi um tempo de perdão com dias bons e ruins. Penso que nisso tudo a decisão mais importante foi simplesmente ter concluído que estava cansado de me sentir cansado. Depois de ter feito as pazes comigo mesmo, comecei a sentir aos poucos um pequeno, mas constante fluxo de energia vital. O resto seguiu na direção certa quando decidi adotar os bons hábitos do meu tutor. Comecei a acompanhá-lo em longas caminhadas pela fazenda e passei a cuidar de pequenas tarefas em casa. Quando percebi, já estava ajudando nos trabalhos mais pesados. Passava as noites em casa, aproveitando a biblioteca do meu pai ou sentado na varanda, fumando o meu cachimbo, recuperando-me de um dia cheio de tarefas, tais como consertar cercas, cavar valas ou juntar o gado no curral. Dormia um sono profundo e reparador, muito diferente da exaustão alcóolica que chamei de descanso por mais de vinte anos.

Na cidade, ao avistar os meus companheiros de carteado, fazia o possível para não ser visto. Teriam muitas perguntas sobre o meu sumiço e não entenderiam as respostas. Além disso, esses encontros terminavam sempre com um pedido de empréstimo e eu não estava mais correndo para o Abismo. Graças aos meus novos hábitos e com a orientação de Isoba, a fazenda começava a prosperar e foi bem a tempo.

A pensão garantida no meu acordo com os sócios de meu pai foi diminuindo a cada ano até quase desaparecer na crise financeira agravada depois pela Guerra do Paraguai. Antes do conflito, o Império já enfrentava sérias dificuldades no mercado financeiro e no comércio do café. O Ministério da Fazenda chegou a autorizar o Banco do Brasil a emitir notas até o triplo do valor disponível. Com relações diplomáticas rompidas com a Inglaterra,* ficou muito mais difícil tomar empréstimos nos bancos ingleses, e então veio a guerra aumentando as despesas públicas em mais de 1000%.

A Domingues & Co. fechou as portas devendo ao mercado uma fortuna e eu, para sustentar os meus vícios, vendi todos os escravos, quase toda a mobília, o piano e a maior parte do gado. Para consertar o telhado, Isoba e eu tivemos que improvisar até mesmo as ferramentas, mas com nosso empenho o gado voltou a engordar, plantamos uma horta e fizemos planos para abrir novas áreas de plantio. Considerei por tudo isso extintas para sempre as minhas farras de boêmio, e sem arrependimentos, abandonei de vez a vida de jogador, essa maldita caça ao tesouro às avessas que comecei no dia em que roubei meus amigos de infância.

Para ser franco, não sei exatamente como encontrei forças para me afastar para sempre do carteado. Talvez tenha sido a necessidade de lidar com desafios reais ou o fato de ter pela primeira vez o apoio de um amigo ou ainda o estranho sinal que Isoba entalhou com a faca na porta do meu quarto. Segundo ele, aquela marca ritual anulava para sempre o meu casamento com a deusa cega.

Nas longas caminhadas, dividindo tarefas ou conversando na varanda, fui conhecendo melhor o meu tutor e sua incrível jornada de "homem de conhecimento".

Sua educação foi entregue aos cuidados do avô Ajani, mas isso foi feito depois de uma seleção rigorosa entre as crianças de várias tribos. Ajani fez uma cabana no pasto e ali submeteu meninos e meninas a testes de inteligência, equilíbrio, resistência, observação e memória. Isoba, que então tinha outro nome, destacou-se no grupo e foi escolhido aos 5 anos de idade para iniciar um treinamento. A cerimônia que deu ao menino o nome de Isoba e o tornou discípulo de Ajani era por si só uma prova de resistência. Uma nova cabana foi erguida e o menino teve as unhas cortadas e o cabelo raspado. Após um banho de purificação, recebeu uma roupa de linho nova indicando que uma nova existência iria começar. Foi então amarrado a uma estaca no centro da cabana e por três dias recebeu como alimento apenas leite. Ajani acompanhou tudo mantendo a fogueira acesa, contando histórias, entoando canções e traçando no chão com o cajado símbolos tão antigos quanto o Mundo. Depois de três dias, o menino estava fraco e sonolento. Ajani tocou-o com o cajado e disse: "O Mal está morto". Com isso todos os seus defeitos, impurezas da vida anterior e até mesmo a relação com seus antepassados foram destruídos. Os adultos entraram na cabana, dançaram e choraram como se ele tivesse morrido. Ao amanhecer, Ajani deu um tapa no rosto do menino e o chamou de Isoba. A partir daquele instante, ele era o mais novo elo de uma antiga e misteriosa corrente de "homens de conhecimento".

Ajani deve ter sido um homem extraordinário, um Sócrates africano, um grande filósofo que soube reconhecer no menino virtudes muito raras e, assim, Isoba começou cedo um treinamento bastante exigente. O objetivo era torná-lo capaz de um raciocínio "tão puro quanto a água da montanha, tão afiado quanto uma navalha". Precisaria aprender a controlar os gritos da carne, dominar a fome, não ter sede e não sentir frio. Além disso, semelhante à célebre recomendação de Platão, deveria preparar o corpo para a caça e a guerra. Assim, Isoba foi treinado em diversas formas de luta, por exemplo, uma espécie de esgrima chamada *istunka*, um tipo de boxe que se chama *musagwe* e uma difícil arte de combate com mãos e pés que chamam de *engolo*. Aprendeu também um pouco de Medicina, um tipo de Astronomia, dialetos e costumes de várias tribos, mas aprendeu, sobretudo, a usar a cabeça. Recebeu lições sobre estranhos métodos destinados a tornar o cérebro capaz de vencer todos os tipos de obstáculos e adversidades.

Ajani percebeu nele um raro poder e como um jardineiro dedicado cuidou para que tudo que fosse observado caísse em solo fértil e germinasse como sabedoria.

Tive o privilégio de conviver com Isoba por mais de uma década e testemunhei inúmeras vezes os resultados impressionantes de sua educação especial. Comprovei como ele era capaz de perceber pequenos indícios que ninguém notaria e como depois reunia esses fragmentos até que formassem uma sequência lógica.

Um dia elogiei o seu completo domínio do português. Segundo ele, não era realmente uma façanha. Sob a orientação de Ajani, teve que aprender estranhos dialetos que incluíam sons de animais e palavras que soavam como estalidos de uma fogueira. Também explicou sem nenhuma vaidade que falava um inglês bastante razoável e compreendia o francês. Devia esses conhecimentos aos três anos que passara na Corte trabalhando com um cirurgião que se formara na Europa. Com a morte do médico, a viúva sem filhos afundou-se em dívidas e Isoba foi vendido junto com a mobília. Despachado para os engenhos da Bahia, ficou dois anos sob o chicote dos feitores até que, no começo de 1865, vieram os soldados recrutando à força os negros para guerra.

Um decreto de 6 de novembro de 1866 concedia liberdade aos "escravos da nação" que se alistassem no Exército. Os donos que libertassem seus cativos recebiam indenizações e até títulos de nobreza. Meu pai, se estivesse vivo, teria me despachado para a guerra junto com cada alma vida da fazenda em troca do seu maldito baronato.

Como todas as outras guerras, a Guerra do Paraguai foi uma combinação perversa de insensatez e ambição e transformou-se no conflito mais longo e sangrento da América do Sul. Não cabe a mim narrar aqui os acontecimentos, pois nada sei sobre essa tragédia além daquilo que foi publicado nos jornais. Isoba, entretanto, viu tudo do ponto de vista dos infelizes obrigados a avançar enfrentando o fogo da artilharia, as lanças e as baionetas.

Dos engenhos e do açoite, ele foi levado pelos recrutadores e logo estava vestindo a jaqueta azul e amarela da Primeira Companhia dos Zuavos da Bahia, uma das quatro unidades militares formadas apenas por negros. Partiram de Salvador em março de 1865 com destino ao Rio de Janeiro e em maio, a bordo do vapor *Imperador*, seguiram para Montevidéu onde se juntaram ao Exército do Brigadeiro Manuel Luís Osório.

O Tratado da Tríplice Aliança, o pacto do Brasil, Argentina e Uruguai contra o Paraguai, foi assinado em maio de 1865. O conteúdo do acordo foi mantido em segredo e tudo indicava que o conflito seria resolvido em poucas semanas, mas a guerra durou mais de cinco anos. Sob todos os aspectos foi uma guerra suja, travada nos pântanos, nos charcos e na lama. Além dos canhões e da metralha, era preciso enfrentar o aço das lanças, das baionetas e ainda o tifo, a cólera e a malária.

Por seus evidentes conhecimentos de Medicina, Isoba foi designado como enfermeiro, mas não ficou livre dos combates. Nas poucas vezes que se dispôs a falar comigo sobre o assunto, seus olhos se encheram de lágrimas. Confessou que até mesmo para alguém acostumado a uma vida inteira de violência, a Guerra do Paraguai foi especialmente cruel.

Isolado, o Paraguai combateu as forças invasoras alistando em suas fileiras velhos, mulheres e crianças. Essa medida desesperada, somada à crueldade das forças da Tríplice Aliança, resultou no extermínio de quase a metade da população do Paraguai.

O que vi do conflito foi o que li no *Diário Oficial*, no *O Paiz*, no *Jornal do Comércio* e no *Diário do Rio de Janeiro*. Como qualquer brasileiro de família rica, não precisei me alistar, já que a Lei 1101* tinha sido promulgada. Nas altas rodas, o consenso era que "lutar é para os pobres e para os negros".

A Guarda Nacional não tinha permissão para atuar fora das fronteiras do Império e por isso em 1865 foi criado o Corpo de Voluntários da Pátria, mas o termo "voluntário" logo virou piada. Apenas mulatos pobres, negros e a escória branca eram alistados se não conseguissem fugir das autoridades. Para obter tropas, o recurso era despachar soldados e capitães do mato para as Províncias para caçar no matagal os "voluntários" que a guerra pedia. Os ricos estavam dispensados. Bastava uma doação em dinheiro ou equipamentos para a Guarda Nacional ou mesmo para os Voluntários e a dívida com o Império estava quitada. Também era possível ser dispensado enviando escravos para a cota de alistamento e, com tantas alternativas, os bravos rapazes brancos poderiam ficar em casa, frequentar bailes e defender posições apenas nas mesas das tabernas e nos quartos das prostitutas.

No meu caso, tenho que confessar que nessa época não me mantinha sóbrio o suficiente sequer para tomar as providências para a minha dispensa. Assim, deleguei a tarefa aos respeitáveis e eficientes funcionários da Domingues & Co. e soube que o secretariozinho ficou feliz em assumir a responsabilidade de fazer doações em dinheiro, escravos, armas e tudo isso foi encaminhado às autoridades em meu nome. Depois de despachar alguns infelizes para morrer em meu lugar, eu estava livre para me arriscar apenas nas mesas de jogo, apostando frivolamente uma fortuna que não era minha. Enquanto isso, Isoba arriscava a vida numa guerra que não era dele.

Em 1870, com o fim da guerra, Isoba estava de volta ao Brasil. Era um dos 20 mil negros sobreviventes de um conflito que pode ter sepultado 90 mil negros. O Império havia prometido liberdade aos combatentes, mas Isoba foi acusado de insubordinação ao se negar a cumprir certas ordens em relação aos prisioneiros e perdeu o direito a alforria. Voltou em desonra, algemado na condição de escravo e mais uma vez despachado para o trabalho nas lavouras e no garimpo. Esse inferno durou até 1872, quando então foi trazido à minha porta pelo falso fazendeiro.

Depois de tomar conhecimento de tantas injustiças cometidas contra meu amigo e tutor, decidi fazer alguma coisa a respeito.

ஃ

Certa manhã, depois de arrear o meu cavalo, menti para Isoba dizendo que precisava ir à cidade ver o preço de um arado novo. Deixei-o consertando uma cerca do curral e segui a trote para Santana do Ouro Velho e lá cheguei antes do almoço. Amarrei meu cavalo na argola de ferro chumbada no muro e entrei no único cartório da região. O tabelião, sem tirar os olhos de um documento, com um gesto de mão pediu que eu aguardasse.

Até onde se sabia, toda a vida de Carlo Gazzoli estava naquele gabinete repleto de arquivos cuspindo papéis e cheirando a mofo. Nunca o vi nos bordéis, no carteado e jamais o encontrei acompanhado de uma mulher que não estivesse tratando com ele de negócios. Já havia passado um pouco dos 50 anos e quando perguntavam quem levaria adiante o carimbo dos Gazzoli respondia com um filosófico "tudo no seu devido tempo". Sua dedicação monástica ao ofício era admirada na cidade e impunha um respeito reservado apenas aos coronéis e ao padre. Nas questões de herança e nas disputas de terra, bastava a sua presença para que os litigantes se comportassem, mas toda essa autoridade vinha do poder de sua assinatura. Fisicamente, Carlo Gazzoli não poderia ser menos imponente: baixo, franzino, mãozinhas delicadas e olhos num tom esverdeado sem nenhuma vitalidade. A voz era monótona como a leitura de um contrato e o sotaque ainda guardava vestígios aqui e ali da língua de seus ancestrais. Em poucas pinceladas, era um duende burocrata de cabelos precocemente brancos e dentinhos miúdos, exibidos rapidamente nos sorrisos profissionais. Ele sabia que não impressionava ninguém e, para manter a balança a seu favor, vestia-se com extrema elegância. Uma vez por ano, trancava o cartório e viajava para a Corte para encomendar ternos e casacas ao seu alfaiate de confiança na Rua do Ouvidor. Dinheiro não era problema. Fazia negócios com coronéis, traficantes de escravos e barões do café, e sua relação com a elite era tão boa que a cidade dizia que Carlo Gazzoli ouvia mais confissões do que o padre Clemente. Se isso era verdade, mantinha uma discrição de ouro e abria a boca apenas para conselhos profissionais. Fora isso, limitava-se a olhar o mundo por trás das lentes grossas, cumprindo à risca os mandamentos de sua fé inabalável na pena, no carimbo e no mata-borrão.

Ele terminou a leitura, guardou o documento na gaveta e só então ergueu os olhos para ver quem havia mandado esperar. Não conseguiu esconder a expressão de surpresa ao ver na soleira de seu gabinete o boêmio, o jogador de péssima reputação e o cliente mais improvável para seus serviços. Ainda assim obrigou-se a uma atitude de respeito e indicou a cadeira vazia.

– Peço desculpas, Sr. Marcondes. Fiz muitos negócios com seu finado pai e foi um gesto indelicado pedir que aguardasse, mas tratava-se de uma hipoteca difícil e, como o povo sabiamente diz, o diabo mora nos detalhes.

— Gostaria de formalizar uma carta de liberdade, Sr. Gazzoli.

— Sim, perfeitamente. E de que tipo de alforria estamos falando?

— Ora... do tipo que dá liberdade ao escravo?

Ele sorriu como sorriem os grandes especialistas quando escutam bobagens dos leigos.

— Compreendo a natureza e a função do documento, Sr. Marcondes. Talvez o senhor não saiba, mas há mais de um tipo de alforria. As cartas da Igreja, da Irmandade de São Benedito e os casos especiais do Estado estão fora do meu alcance, mas preciso saber se estamos falando de uma "alforria de pia", por exemplo. Sei que a legislação recente, com a Lei 2040,* dá como livre o produto do ventre das negras, mas nesta região, e especialmente nesta cidade, ainda preservamos certas tradições. Seria uma carta de liberdade por gratidão? Concedida sob certas condições? Que idade tem o seu escravo?

— Mais de 50 anos.

— Ah! Definitivamente não se trata de uma alforria de pia batismal. É uma "alforria paga",* talvez? Quais as condições o senhor tem em mente?

— Eu pago pelo documento e ele está livre, não é assim?

Eu já tinha comprado e vendido dezenas de escravos, mas nunca havia libertado ninguém.

Ele sorriu novamente como se eu fosse uma criança que tivesse errado a concordância de um verbo.

— Fico feliz que tenha me procurado, Sr. Marcondes. É mais complicado do que isso. Pode conceder a liberdade a seu escravo, mas é aconselhável fazer isso gradualmente. Considere, por exemplo, concordar que ele seja libertado somente depois de servi-lo por um certo tempo. O mais comum é conceder esse privilégio apenas depois da morte do proprietário ou dos herdeiros. Nesse caso, a liberdade fica pendente e vinculada ao óbito. Se me permite um conselho, trata-se de uma alternativa muito sensata, muito apropriada e por uma razão prática. O escravo que está em processo de libertação perde o ímpeto de participar de agitações e rebeliões.

— Não é este o caso, Sr. Gazzoli. Quero a liberdade imediata, vigente antes mesmo de a minha assinatura secar.

– Isso é possível. Naturalmente, existem custos que podem chegar a um valor significativo. Para a transcrição no Livro de Notas e a despesa com os selos precisarei de 250 réis.

– Isso não é problema – e apalpei todas as minhas economias no bolso do paletó.

– Nesse caso, posso preparar tudo agora mesmo e pessoalmente cuidarei para que a notícia da alforria seja publicada no jornal da cidade como é costume. Com essas medidas, o seu negro passa a ser "forro" e isso significa que ele não terá mais a obrigação de trabalhar para o senhor ou para qualquer outra pessoa sem receber pagamentos. Está ciente disso?

– Sim, está claro. E com esse documento a Constituição do Império vai finalmente considerá-lo livre, não é?

Mais uma vez ele me ofereceu um sorriso condescendente. Segurou o lápis como se fosse uma varinha de mestre-escola e então me explicou na sua voz monótona.

– A Constituição do Império não menciona a escravidão. Não há necessidade. Trata-se de uma prática consolidada desde os tempos de Abraão e usamos as condições que regulam o direito à propriedade. O escravo é apenas um bem, Sr. Marcondes. Não sei se compreende, mas nos termos do meu ofício não se trata de liberdade, mas de simples transferência de propriedade. Com a carta de alforria, o seu escravo passa a pertencer a si mesmo. Vai gastar um bom dinheiro com esse documento e, para ser franco, a maioria desses miseráveis sequer compreende o que significa liberdade.

Foi a minha vez de sorrir com superioridade. Ele não conhecia Isoba.

Ao me entregar o documento, Carlo Gazzoli deu ainda mais um de seus conselhos.

– Tenha em mente, Sr. Marcondes, que a alforria não é tão definitiva quanto parece. Caso se arrependa desse gesto generoso, não hesite em me procurar. Podemos revogar esse privilégio alegando ingratidão* e seu negro deixa de ser "forro". Basta uma simples evidência verbal de ingratidão com testemunhas e tudo volta a ser como antes. Seu negro perde a alforria e volta a ser escravo.

– Ele não é meu negro – eu disse mostrando o documento – e não pretendo procurá-lo outra vez sobre esse assunto, Sr. Gazzoli.

67

— Como quiser. De qualquer forma, estou às ordens. Devo alguns favores ao seu pai e ficaria feliz em quitar essa dívida.

Coloquei o papel no bolso e Carlo Gazzoli, numa cortesia inesperada, me acompanhou até a porta e, depois, voltou a se debruçar sobre a hipoteca. Fiquei encostado no muro do cartório, deixando meu cavalo pastar ali perto por alguns minutos. Eu estava chocado com a minha própria cegueira. Por décadas havia concordado e até trabalhado diligentemente para que todos aqueles absurdos fossem praticados. Nos porões do *Progresso*, meu pai trazia de longe centenas de pobres almas para que sofressem aqui todo tipo de abuso. Meu sangue esteve sempre ligado a todo sangue derramado em nome da ambição de meu pai, do meu avô e do meu bisavô. O papel cuidadosamente dobrado, guardado no bolso onde antes eu levava as minhas economias, não era apenas a garantia formal da liberdade de Isoba, mas também o registro carimbado da minha vergonha.

Atravessando a cidade de volta para casa, passei pela Praça do Mercado. Para aumentar a minha culpa, vi alguns fazendeiros ao redor de um pequeno grupo de escravos oferecidos em leilão. Na frente de quatro crianças, uma mulher seminua era apalpada pelos fazendeiros e obrigada a erguer os braços para provar que não tinha problemas nas articulações. Pensei em seguir por uma rua lateral e evitar aquela cena cruel, mas alguém gritou o meu nome. Era o coronel Homero Borja atravessando a rua apressado, mas sem perder a elegância; a inseparável bengala, o chapéu de abas largas, o bigode farto e o porte altivo de quem tem uma patente de coronel conquistada sob o fogo da artilharia e não comprada da Guarda Nacional, como a maioria. Durante a Guerra do Paraguai, enquanto eu jogava e me acabava na bebida, Homero Borja estava conquistando a reputação de homem destemido e violento. Diziam que era o melhor atirador do Regimento e podia endireitar uma ferradura com as mãos.

Esperei que atravessasse a rua, mas não apeei.

— Ora se não é mesmo o filho do velho Marcondes! — disse segurando as rédeas do meu cavalo — Veio comprar escravos? Escolheu um dia ruim. Estão pedindo 2 mil réis por uma "peça" que há um ano eu compraria pela metade.

– Estou aqui para tratar de outros assuntos, coronel.

– Quem diria! César Marcondes com negócios a resolver na cidade. Seus amigos da Rua do Macedo andam reclamando. Dizem que aquilo lá não é o mesmo sem você.

– A fazenda tem ocupado todo o meu tempo.

– Sim, sim. Foi por isso que o chamei. Tenho certeza de que sabe que nunca achei você grande coisa, mas quero estender a minha mão amiga – e de fato a estendeu. Aceitei por mera polidez, sem nenhum entusiasmo. Homero Borja era dois anos mais velho do que eu e, na opinião do meu pai, representava tudo o que eu deveria ser. Os dois eram muito próximos, pai e filho por afinidade.

– Soube que a fazenda vai aprumando – continuou –. Quando disseram que o gado estava engordando, parindo e o telhado estava como novo fiquei furioso, não vou mentir. Todo mundo na cidade sabe disso. Pensei que tinha deixado escapar um ótimo negócio. Passou pela minha cabeça esperar você arruinar aquilo tudo de vez e então eu compraria barato o cobiçado Solar dos Marcondes. Essa ideia ainda não está de todo descartada. Seu pai aprovaria aquela terra nas minhas mãos, acredite.

– Sei que eram muito unidos, coronel.

– Um grande homem, um verdadeiro Barão mesmo sem o título. Sabia que foi ele quem me ensinou a atirar?

– Não sabia, coronel.

– Ganhei dele no Natal de 41 um revólver *Colt Paterson* calibre 36. Levei a arma comigo na guerra e não a tirei da cintura. O bendito sistema de alavanca e cilindro com cinco tiros salvou a minha vida muitas vezes. Está na gaveta do meu escritório e sempre me lembro do seu pai. Um grande homem. Se você soubesse como ele sofria por ter colocado no mundo um vigarista com o mesmo sobrenome... mas aí está você, um novo César, acordando cedo, cuidando da terra e longe do carteado. Há quanto tempo não bebe?

– Não sei. Parei de contar – menti, pois sabia exatamente quantos meses, semanas, dias, horas e minutos.

– Não digo que seu pai ficaria orgulhoso porque nós dois sabemos que isso seria impossível, mas esse novo César daria a ele algum conforto, talvez até alguma esperança. Mas chega de pensar nos mortos. Vim aqui para oferecer a minha mão amiga, os meus préstimos, a minha experiência, e Deus sabe como você precisa dessa ajuda. Lidar com a terra, com a escravaria e com o gado não é coisa que se aprende da noite para o dia. É preciso um certo talento natural e isso você não tem. Nunca teve. Seu escravo, por exemplo. Soube que anda por aí de paletó, colarinho engomado, botas engraxadas e chamando você pelo nome de batismo. Um absurdo que não vamos admitir.

Só então percebi que os fazendeiros que estavam no leilão olhavam para mim. Homero Borja estava ali também em nome deles.

Ele percebeu que eu havia entendido a situação e continuou:

– O comportamento do seu ladino* é um insulto, inclusive à memória do seu pai. Falou-se num corretivo, uma lição para você nunca mais esquecer o valor do seu nome de família, mas intercedi. Expliquei que para um bêbado e viciado, você estava até se saindo bem. Ficaram mais calmos quando assumi a responsabilidade de cuidar pessoalmente da sua educação. E aqui estou em nome da estima que tinha pelo velho Marcondes pronto a oferecer a você a minha experiência. Pode começar mandando o seu negro para a minha fazenda por duas, não... três semanas. Ele precisa de um castigo e castigar é uma arte cheia de segredos. Cada "peça" aguenta um número exato de chibatadas. Alguns param de respirar logo na primeira lambada, e erre a conta, passe três ou quatro golpes e perde o escravo. Tenha sempre à mão dois ou três chicotes antes de começar o castigo. O couro só serve quando está seco e duro. Molhado de sangue já não faz mais tanto efeito. Percebe como a coisa tem as suas sutilezas? Só com a chibata, a palmatória e o tronco vai conseguir arrancar a preguiça dessas bestas e aí poderá transformá-las em plantadores, derrubadores de mata, pedreiros, vaqueiros, até soldados. Mas vai ter que decidir tudo por eles... o que devem fazer, como devem fazer, o que vão vestir e o que vão comer.

– Fascinante, coronel. Falaremos disso uma outra hora. Agora, se me der licença preciso cuidar dos meus assuntos – fiz menção de tocar o cavalo adiante, mas ele deu um puxão nas rédeas.

– Este é o mais importante dos seus assuntos, homem! – exclamou contrariado. – A tarefa mais urgente da sua lista! Vou mandar buscar o seu negro hoje mesmo.

– Não, coronel, não vai. Na verdade está proibido de pisar nas minhas terras. Quanto ao *meu* negro, saiba que o nome dele é Isoba e aqui neste bolso tenho um documento onde declaro que "entre os bens livres e desembaraçados de que sou legítimo senhor e possuidor, este escravo a partir de hoje está livre".

Ele riu, mas os fazendeiros perceberam que havia tensão e foram se aproximando. Borja tirou o chapéu e enxugou a testa com a manga do paletó.

– Vamos ter que começar do início – murmurou para si mesmo e depois para mim num tom de coronel. – Esqueça essa bobagem inventada para dar algum dinheiro aos cartórios e aos jornais. O Abolicionismo é uma especulação financeira. A escravidão é hereditária e para sempre, César. Quando disse que assumiria a tarefa de educá-lo, não me lembro de ter dito que precisava da sua permissão. Se não fosse pelo velho Marcondes... – deixou a ameaça no ar.

– O que aconteceria, coronel?

Ele chegou mais perto para me olhar nos olhos.

– Se houver uma única gota do sangue do seu pai nesse barril de álcool que você arrasta por aí, vai me agradecer por estar aqui debaixo deste sol tentando evitar o pior.

Ele ficou segurando as rédeas, avaliando se tinha me assustado o suficiente. Em outros tempos, eu teria apeado e levado aquela conversa adiante, aceitado aquela aposta para entender melhor como funcionava a mente do temido coronel Homero Borja. Mas isso em outros tempos. O que de fato fiz foi esconder o meu jogo; mantive a expressão vazia, sem qualquer emoção e sabia muito bem como fazer isso porque é a primeira máscara que um bom jogador aprende a usar.

Os fazendeiros estavam mais próximos, cinco ou seis respeitáveis membros da nossa aristocracia rural e seus escravos, uma pequena multidão esperando para saber como Homero Borja cuidaria da minha educação naquele instante.

– É melhor você apear, César, e não estou pedindo. Vamos sair deste sol.

Hoje, enquanto escrevo estas páginas, mais de vinte anos depois, procurando na memória os detalhes do que aconteceu naquele dia, consigo formar apenas imagens imprecisas como se olhasse a cena pela janela num dia de temporal.

Como não movi um dedo depois de ter recebido uma ordem direta do temido Coronel Borja, ele largou as rédeas e tentou me puxar da sela. Meu chute acertou o seu rosto em cheio e senti o nariz quebrar na sola da minha bota. O coronel perdeu o chapéu e a elegância e caiu sentado como um saco de carvão. Na confusão, meu cavalo empinou e eu também teria caído se não tivesse me agarrado ao seu pescoço. Borja, ainda sentado, com o sangue empapando o bigode e pingando na camisa branca, tirou do bolso do paletó um pequeno revólver *Webley Bull Dog* e disparou três vezes. O melhor atirador do Segundo Regimento teria acertado os três no meu peito se eu não estivesse caindo e meu cavalo empinando. Ainda assim dois tiros acertaram a minha perna direita e o terceiro matou meu cavalo, não de imediato. Ouvi uma mulher gritar e um cachorro assustado com os tiros não parava de latir. Vi quando os fazendeiros e seus escravos arrastaram Homero Borja dali esperneando ainda de arma em punho, cuspindo sangue quando gritava que eu era um "canalha... vigarista... filho da puta".

O cavalo estava deitado sobre a minha perna esquerda e ainda se debatia relinchando em agonia. Minha perna direita doía como se estivesse sendo devorada por lobos e eu estava perdendo sangue rapidamente. Uma multidão começou a se aproximar, ainda hesitante, e dei graças a Deus quando um senhor distinto, faces coradas, cavanhaque e fartas costeletas grisalhas, se aproximou tentando acalmar o cavalo. Estava acompanhado de um escravo e, com jeito, me desembaraçaram da sela e me levaram para uma taberna próxima, onde fui colocado sobre uma mesa. O dono do lugar era um francês, velho amigo de meu pai, e estava no balcão servindo uma dose generosa de aguardente a uma mulher com cabelos desalinhados cor de cobre. Notei que ela se virou e me olhou com interesse. Notei também que aquela não era a sua primeira dose. Ela abriu caminho na pequena multidão já formada ao meu redor e olhou a minha perna ensanguentada. Segurava o copo e quando estendeu o braço para tocar a minha perna, o cavalheiro que me socorrera segurou-a pelo pulso.

– O que a senhora pensa que está fazendo? Não tem misericórdia?

Ela ficou olhando o homem e a minha perna alternadamente.

– O senhor é médico? Cirurgião? – perguntou ela com um sotaque pesado que não consegui determinar.

O homem encheu os pulmões antes de responder.

– Sou Isaías Magalhães Almada, doutor pela Escola de Medicina do Rio de Janeiro, formado na terceira turma. O melhor da classe, acredite.

Ela riu. Estava bastante embriagada e rir fez com que resfolegasse e risse mais ainda disso, a ponto de quase derramar a dose de aguardente. O Dr. Isaías deu de ombros e veio falar comigo.

– Fique tranquilo, cavalheiro. Mandei meu escravo buscar a minha carroça. Tem muita sorte. Em pouco tempo tudo estará resolvido.

– Muito obrigado, doutor.

– Aposto que tem uma serra afiada e um avental coberto de sangue velho – disse a mulher, e concluí que o sotaque era definitivamente germânico.

– O avental é prova da minha experiência, madame. Consigo amputações rápidas e limpas. No caso deste cavalheiro, tudo estará terminado em cinquenta e sete segundos. Se fosse na coxa, a amputação levaria cerca de 90 segundos. A senhora não faz ideia de quantas ligaduras são necessárias.

– Cerca de 50, doutor. Mas é possível fazer com vinte. O Dr. Linston, de Londres, resolveria o caso deste cavalheiro em trinta segundos e mal sujaria o avental. Precisa praticar mais, doutor.

– Mas quem é a senhora... como... espere... é a bruxa estrangeira da botica! A curandeira bêbada! Já ouvi falar da senhora!

– Por favor... – eu estava sentindo as forças me abandonarem rapidamente – a senhora... em quanto tempo... – eu não ousava sequer pronunciar a palavra, mas sabia que não terminaria o dia com as duas pernas. Já tinha vivido o suficiente para saber que meu ferimento era grave e a prática usual era amputar por muito menos.

Ela colocou o copo sobre o balcão e abriu caminho outra vez na multidão. O médico ameaçou impedir que ela desse mais um passo, mas ela tirou do bolso da saia verde esmeralda um canivete e abriu a lâmina sem tirar os olhos do doutor. Ele recuou e ela se aproximou.

– Como se chama? – perguntou colocando a mão na minha testa com gentileza.

– César...

Seu hálito era uma mistura não de todo desagradável de aguardente e especiarias. Calculei que tivesse mais ou menos a minha idade e alguns cabelos brancos se insinuavam na cabeleira cor de cobre presa sem nenhum capricho em um coque. Sua pele era muito alva, lisa e reluzente como porcelana, e os olhos de um azul tão intenso que chegava a incomodar. As rugas perto dos olhos, ao redor da boca e principalmente as olheiras haviam roubado o seu viço, mostrando que abusara do álcool tanto quanto eu, mas devia ter sido uma jovem encantadora.

– Isso vai doer um pouco. Aguente firme – disse ela.

– Não deixe essa bruxa tocá-lo – protestou o médico.

Eu estava sem saber o que fazer e prestes a desmaiar. Meu sangue já havia encharcado a toalha da mesa e pingava no chão. O médico tomou coragem e segurou o meu braço.

– Não deixe essa mulher tocá-lo – suplicou. – É uma bruxa bêbada que nunca leu um livro de Medicina. O seu caso é grave e precisa de uma amputação. Sou médico formado na Corte e tenho experiência em amputações como essa. Graças ao éter não sentirá nada, prometo.

Enquanto ele falava, a mulher improvisou um torniquete usando tiras cortadas da toalha de mesa e uma colher, que torceu com vigor. A dor foi como receber um tiro outra vez.

– Em quanto tempo a senhora consegue... – minha boca estava seca e tudo começava a girar.

Ela não respondeu. Com muita habilidade cortou com o canivete o cano da minha bota e rasgou a minha calça expondo os ferimentos.

–A tíbia está quebrada. Há tecido e pólvora nos ferimentos. Vinte e seis segundos... se eu tiver que amputar – respondeu.

– Como disse? – O Dr. Isaías exaltou-se como se tivesse sido esbofeteado. – Qualquer um que tenha passado ao menos em frente a uma escola de Medicina sabe que não há como resolver este caso sem a amputação. E depois será preciso lidar com a ferida. E, em seguida, provocar cientificamente a diarreia e os vômitos para limpar o sangue, equilibrar os humores e está claro que o cavalheiro é do tipo sanguíneo. A senhora saberia tudo isso se tivesse estudado Galeno ou se o seu nome fosse Marie Durocher,* esta, sim, uma doutora apesar de mulher. Mas a senhora não sabe nada porque estava triturando asas de morcego enquanto pessoas como eu estavam estudando para arrancar a Medicina da Idade das Trevas.

– Vamos deixar o cavalheiro decidir – sugeriu ela, limpando as mãos na toalha. – A serra afiada e o avental condecorado com o sangue das vítimas do doutor ou as minhas asas de morcego.

Eu estava no final das minhas forças e não me lembro do que aconteceu depois que simplesmente mostrei as palmas das mãos, como se o assunto não fosse do meu interesse, e disse "Façam como quiserem".

Capítulo 5

Acordei sem saber onde estava. Um cheiro forte de substâncias químicas me deixou enjoado e tive dificuldade para erguer a cabeça. Estava nu e sobre meu corpo colocaram um lençol impecavelmente branco. Sobre ele, grossas tiras de couro e fivelas me mantinham imóvel em uma mesa baixa com uma concavidade para a minha cabeça. A dor era intensa, mas suportável. Com alívio indescritível vi que minha perna ainda não tinha sido amputada. Estava imobilizada com talas e sobre as ataduras havia uma placa de metal. Olhando ao redor, vi um cômodo amplo, aquecido por uma salamandra, e paredes cobertas de estantes com livros e frascos etiquetados. Uma estante muito mais assustadora mostrava frascos grandes cheios de líquidos e órgãos que pareciam humanos. Sobre uma pequena mesa de pinho, vi um microscópio que deveria custar uma fortuna e sobre uma cadeira com assento de palha havia um exemplar de uma revista inglesa de Medicina. Vi à minha frente dois móveis de mogno com dezenas de gavetas com puxadores de latão dourado e num armário grande, como se vê nas boas cozinhas, dezenas de ganchos com serrotes pequenos, alicates e facas com cabo de ébano. De tudo, o mais impressionante era o lustre, colocado acima da mesa onde eu estava, mas com altura regulável por um sistema de correntes e contrapesos. O piso era de boa qualidade, boa madeira com juntas bem seladas com linóleo. Uma luz natural entrava pelas janelas altas e deduzi por tudo isso que ainda era dia e que eu estava num porão usado como sala de cirurgia. Um biombo com a cortina mal puxada deixava ver uma outra mesa e sobre ela um cadáver. Pude ver que o braço havia sido removido e a costura da ferida fora bem feita, regular. O membro jazia num dos vários caixotes cheios de serragem. Deduzi que estava na sala de cirurgia do Dr. Isaías porque tudo parecia muito científico, exatamente o oposto de uma cozinha de bruxa com ervas pendendo do teto, animais embalsamados e um caldeirão fumegante.

Comecei a gritar pelo doutor e ouvi ruídos de passos numa escada. Atrás de mim abriu-se uma porta e foi Isoba quem apareceu. Estava com o aspecto de quem passou a noite em claro.

– Não posso me descuidar de você um segundo – disse ele sorrindo.

– Mas... como...

– Você mente muito mal. Não me admira que tenha perdido uma fortuna nas cartas. Não precisamos de um arado novo.

Ambos rimos.

Ele colocou a revista sobre a mesinha e puxou a cadeira para sentar-se perto de mim.

– Percebi que estava mentindo e meu avô sussurrou no meu ouvido que algo terrível aconteceria.

– Verdade? Mas...

– Não. Estou brincando, embora Ajani possa fazer isso. Mas dessa vez vi que estava mentindo sobre um arado novo e notei um volume no bolso do seu paletó. Deduzi que era dinheiro. Só pensei em duas razões para você mentir e levar tanto dinheiro para a cidade: beber e jogar. Achei que ia precisar de ajuda e saí cerca de uma hora depois. Quando cheguei à cidade tinham acabado de levar você para a taberna do francês.

– Um milagre você ter me seguido! Pelo visto, Dr. Isaías conseguiu me arrancar das garras da curandeira.

Neste momento, ouvi passos novamente descendo a escada e foi a curandeira quem entrou. Estava sóbria, o cabelo arrumado cuidadosamente e sobre um vestido azul marinho usava um avental branco.

– Bom dia, César! Tem um amigo extraordinário.

Isoba sorriu.

– Mas...

– Seu amigo tomou a decisão certa. O Dr. Isaías deve estar furioso até agora por ter recebido ordens de um negro, mas seu amigo foi firme. Tão firme que usamos a carroça do Dr. Isaías para trazê-lo.

– A doutora é a melhor cirurgiã que já vi – disse Isoba, que conhecia muito de Medicina, especialmente nos casos de ferimentos a bala.

Ela sorriu ruborizada e pude ver de relance o quanto deveria ter despertado paixões na juventude.

– Esperava que eu tratasse seus ferimentos com teias de aranha e asas de morcego? – ela disse lendo os meus pensamentos.

– Desculpe... e a minha perna... não vai... – a maldita palavra ficava sempre entalada na minha garganta.

– Dois tiros. Revólver inglês, eu suponho. Extraí as duas balas e pode guardá-las como lembrança. O Dr. Isaías teria usado gás de éter para anestesia e amputado abaixo do joelho sem pensar em qualquer outra alternativa. Tive professores melhores. Usei como anestésico uma mistura de álcool e cal clorada, que chamamos de clorofórmio. Fiz a dosagem de acordo com o seu peso, seguindo a tabela Snow. No seu caso, um pouco mais do que uma colher de chá. Reduzi a fratura e tratei a ferida com ácido carbólico, algo que o Dr. Isaías sequer sabe que existe. Tudo o que ele sabe é o que está escrito no *Chernoviz*.*

– Não vai precisar...?

– Por enquanto não, mas ainda existe essa possibilidade. O fenol já foi usado com muito sucesso evitando infecções e gangrena e coloquei uma placa de estanho sobre as ataduras para que ele não evapore. Em três dias saberemos. Essas são as boas notícias.

– As más...?

– Um tendão foi irremediavelmente comprometido. O senhor terá que usar para sempre uma bengala para apoio, mas terá uma marcha bastante razoável.

O que era o uso forçado de uma bengala comparado a ser condenado a muletas ou pior...

– Eu não sei como agradecer, doutora...

– Agnes – interveio Isoba sorrindo. – Agnes Koubek.

– Agora, se os cavalheiros me dão licença, há uma velhinha numa casa depois da ponte sofrendo de cólicas e precisa do meu chá de asas de morcego. Tem sopa de legumes no fogão e um pão de dois dias no armário. Peço desculpas, mas é a primeira vez em muitos anos que tenho visitas... vivas. Isoba, pode me emprestar o seu cavalo? Minha carroça está com o eixo quebrado.

– O nome dele é Malembo. Mantenha a rédea curta. Ele gosta de correr.

Ela saiu e esperei até ouvir o som da porta se fechando no andar de cima.

– Vocês dois parecem velhos amigos – percebi uma pontada de ciúme na minha própria voz.

– Tivemos tempo para conversar.

– Você me seguiu temendo uma... recaída?

– Não consegui pensar em outro motivo para você mentir e carregar tanto dinheiro. Na praça vi a multidão ao redor do seu cavalo morto e disseram que estava na taberna do francês. Entrei e vi Agnes discutindo com o doutor.

– E preferiu me entregar a uma mulher embriagada e desmazelada e não a um respeitável cirurgião formado na Corte?

– Foi ela quem improvisou o torniquete. Ele estava ocupado demais se gabando do diploma. Conheci dois tipos de médico. Aqueles que parecem saber mais do que sabem e os que sabem mais do que parecem.

– Ela é uma alcóolatra, Isoba. Um caso grave, acredite em mim.

– Eu sei e a bebida é só um dos demônios que essa mulher carrega.

– Ah! Então é isso! Pretende salvá-la do Abismo!

– Não, não – protestou como se eu tivesse dito um absurdo. – Ela não é como você.

– É uma alcóolatra e provavelmente tem outros vícios. Posso ver naquela estante três garrafas vazias de *Láudano de Rosseau*. Duvido que tenha usado tudo apenas como remédio. Sei que não deveria falar assim de quem salvou a minha perna, provavelmente a minha vida, mas quero entender o que viu nela.

– A verdadeira beleza nunca é perfeita. Agnes é uma alma atormentada por demônios antigos e poderosos, mas não conseguiram dominá-la. Ao contrário de você, ela soube se proteger ou pelo menos aprendeu a defender aquilo que importa. A bebida e o ópio são batalhas que ela enfrenta todo dia, mas tem confrontos ainda mais terríveis. Apesar de tudo isso, ela é perfeita nas suas imperfeições e dança graciosamente à beira do Abismo. Ajani teria cobiçado essa mulher como esposa.

– Ajani?

Ele riu entendendo a minha insinuação.

– Eu não vou salvar Agnes Koubek pela mesma razão que não posso ser libertado da condição de escravo.

Tirou do bolso do colete um papel manchado de sangue e me entregou. Abri e vi que era a alforria. Eu teria que voltar ao cartório; o meu sangue arruinara o documento.

– Encontrei isso no seu paletó.
– Você leu? É a sua liberdade!
– Minha liberdade não tem nenhuma relação com esse papel. Entendo as suas razões e aprecio o seu gesto, mas se eu aceitar esse documento assinado e carimbado como prova da minha liberdade, terei que aceitar o recibo assinado que me considerava um escravo.

Ele guardou novamente o papel.

– Toda a minha gente foi convencida de que escravidão, fuga e alforria são as únicas alternativas. Para mim não se trata mais de liberdade, mas de justiça. O que precisa acontecer é a abolição da escravatura, o fim desse crime cometido tanto pelo chicote dos feitores quanto pelo carimbo dos cartórios. Tenho que permanecer aqui até que este dia chegue. Ajani me disse isso em sonho. Também me avisou que vou ter que sujar as minhas mãos de sangue outra vez.

Eu entendia aquelas razões e restou-me então dizer que guardasse aquele documento ao menos como registro da minha gratidão.

– Este papel é muito mais do que isso – disse ele tocando o bolso do colete – É um documento precioso não por aquilo que está escrito, mas pelas manchas do seu sangue. Também sou grato a você, César. Depois de tantos anos, é o primeiro amigo que faço nesta terra. "*Ojọ́ kan òjò à rọ́ à borí òdá*" – disse colocando a mão no meu ombro e, antes que eu pedisse, traduzindo – "Um dia de chuva compensa muitos dias de seca". Agora, se me der licença, tenho uma carroça para consertar. Mais tarde trago a sopa. Procure dormir.

Isoba teria toda a minha ajuda para seus propósitos. Naquele porão compreendi que havia um caminho para mim também naquilo tudo, uma "jornada de homem de conhecimento", como ele diria.

Os anos provaram que ele estava certo. Seus esforços e sacrifícios para tornar a abolição uma realidade não estão registrados nos livros de História. Estas páginas modestas escritas na biblioteca de uma fazenda nas montanhas de Minas Gerais talvez sejam a única homenagem que ele receba. Ele estava certo também sobre Agnes Koubek, seus demônios e sua imperfeição perfeita.

❦

Minha ferida cicatrizou bem, mas fiquei para sempre ligeiramente manco. Com o tendão arruinado, tive por companheira constante uma bengala negra com o castão de prata mostrando um leão. Neste exato momento, enquanto escrevo este relato, a bengala está apoiada no banquinho do piano, o mesmo que pertenceu a esta casa nos anos alegres de bailes e saraus organizados por minha mãe. Comprei-o há três anos de um antiquário de Recife. Sobre o tampo há uma dúzia de fotografias e, dentre elas, uma muito especial. Isoba está sentado na poltrona de veludo onde estou agora. Como sempre, está impecável com seu terno de lã inglesa e colete de seda. Eu estou de pé, um pouco à esquerda, apoiado na bengala e com o meu cachimbo na outra mão. À direita, recostada na poltrona, está Agnes, um tanto descabelada, com uma mão segurando um copo de *scotch* e a outra gentilmente pousada no ombro de Isoba. A fotografia foi tirada nesta sala e não nos custou um centavo. O Sr. Henschel, um fotógrafo alemão a caminho da cidade, pediu para refrescar-se em nossa varanda por algumas horas e ficou encantado em poder conversar com Agnes na sua língua materna. A Dra. Koubek ficou igualmente aliviada. Menciono esse fato para dizer a você, caro leitor, que Agnes falava muito mal o português. Se dei a impressão de que ela dominava o nosso idioma, foi para não incomodá-lo e para não prejudicar este relato. Ofereço aqui uma versão polida e lixada, tão fiel no conteúdo quanto permite a minha memória, mas retocada na forma para benefício da história e do leitor. Na verdade, Agnes se expressava misturando termos de pelo menos três idiomas e era a primeira a reconhecer as suas deficiências na nossa língua. Dizia que o português exigiria mais esforço do que ela estava disposta a empregar e dava-se por satisfeita se Isoba e eu a entendíamos. Por razões que o caro leitor logo saberá, a maioria dos pacientes da doutora não falava idioma algum e ela acabou se acomodando.

Sobre o passado de Agnes Koubek eu pouco sabia até agora. Ela sempre foi reservada quanto à sua vida na Europa e mesmo sobre o que aconteceu no Brasil antes de se estabelecer em Santana do Ouro Velho. Isoba parecia saber mais do que eu, mas duvido que conhecesse os fatos como eu conheço agora. Quando decidi escrever este relato, enviei uma longa carta à Agnes pedindo que me contasse, ainda que resumidamente, a sua vida até o dia em que nos encontramos na Taberna do Thierry: ela bêbada e eu alvejado por dois tiros, sangrando sobre a mesa. Três meses se passaram e eu já tinha perdido as esperanças quando recebi na semana passada um pacote enviado de Paris. Embrulhado em papel encerado havia um caderno barato coberto da primeira à última página com um texto em alemão escrito numa caligrafia elegante e delicada. Junto havia uma carta de Agnes, de próprio punho, com a letra tremida dos idosos e felizmente escrita em francês.

Meu querido amigo,

Recebi a sua carta no começo do inverno. Sem poder sair de casa por problemas na vista e já sentindo nestes ossos o peso da idade, sentada junto à lareira dei ao seu pedido longa e profunda consideração. Confesso que meu primeiro impulso foi recusar gentilmente tanto quanto é possível para mim ser gentil, pois é uma qualidade que nunca tive em grande estoque e se tornou ainda mais escassa com o passar dos anos. Pensei em me justificar explicando que tenho no passado fatos e pessoas que gostaria de esquecer. Entretanto, numa dessas noites junto ao fogo, ouvindo os conselhos de um tinto de boa safra, comecei a ver tudo por outro ângulo. Sua disposição de relatar os anos em que de tantas formas enfrentamos o Mal é muito louvável e uma tarefa necessária. Talvez seja esta a única homenagem que Isoba receba e nós dois sabemos o quanto isso é injusto. Se para levar este trabalho adiante você precisa da minha história, então que seja. Decidi enfrentar o meu passado e penso que fiz isso também na esperança de finalmente ter alguma paz e quem sabe o almejado perdão dos meus velhos fantasmas. Não sei ainda se foi uma decisão acertada, mas está feito. Ditei tudo à uma amiga de confiança e o fiz em alemão porque é neste idioma que guardo estas lembranças e é nesta língua que falam os meus fantasmas.

Tem a minha permissão para dar a este relato o destino que quiser.

Saudades
Agnes
Paris, inverno de 1903.

Tenho sobre a mesa uma pasta de papelão com 36 páginas redigidas numa letra miúda pelo Professor Rosas. A meu pedido, o professor traduziu para o português o emocionante relato de Agnes Koubek e, apesar da minha insistência, não quis cobrar pelo trabalho. Disse que foi um privilégio realizar a tarefa e, depois de ler, entendi o que ele queria dizer. Se antes eu estava motivado pelo desejo de fazer justiça ao amigo Isoba, agora acrescento a este trabalho a necessidade de revelar também ao caro leitor a longa jornada de "mulher de conhecimento" de Agnes Koubek.

"Nasci em Viena em 1818. Meu pai, quando não estava bebendo, fazia biscates recuperando ferramentas e máquinas quebradas na fábrica de panelas onde minha irmã Lise trabalhava. Minha mãe costurava para a vizinhança e cuidava de mim e das finanças, mantendo a família a salvo por pouco da miséria. Lise era alta, bonita e doce, mas não era muito esperta. Ficou grávida aos 16 anos depois de cair na conversa mais velha do mundo e no sorriso mais falso do mundo de um caixeiro-viajante. Eu tinha 12 ou 13 anos e acompanhei minha irmã à Maternidade quando ela começou a sentir contrações no final do oitavo mês. Eu já ganhava alguns tostões lavando roupas para famílias ricas, mas estava ansiosa para encontrar melhor caminho na vida. Fiquei fascinada com o Hospital Geral de Viena, um labirinto de salas, corredores, pátios e passagens fervilhando de pessoas lidando de um jeito ou de outro com as duas questões mais fundamentais do Universo: a vida e a morte.

Na guarita do Hospital, um funcionário nos indicou o portão do Oitavo Pátio, onde fomos recebidas por duas enfermeiras que pareciam anjos com o vestido azul marinho, o longo avental branco e a touca amarrada sob o queixo. Era uma sexta-feira e disseram que de sexta à domingo as grávidas eram enviadas à Primeira Divisão. Isso significava que Lise seria atendida por médicos e estudantes, enquanto na Segunda Divisão todo o trabalho ficava sob a responsabilidade de parteiras. Ainda me lembro do olhar assustado da pobre Lise, chorando baixinho ao saber que ficaria nas mãos dos médicos. Todo mundo sabia que morriam muito mais grávidas na Primeira Divisão do que na maternidade das parteiras.

O pior aconteceu.

Lise teve uma menina e em poucos dias ambas estavam mortas. Uma infecção generalizada transformou minha doce Lise e minha sobrinha em carne podre. No enterro decidi mergulhar no ventre da Besta e descobrir o que havia matado a melhor metade de minha família. Coloquei nessa ideia todo o meu coração e toda a minha vontade. Eu era jovem, bem-disposta, obediente e poucos anos depois fui admitida como enfermeira. Vesti com imenso orgulho o uniforme de flanela azul, o avental branco engomado do peito ao tornozelo e a touca de linho felpudo presa sob o queixo. Por azar ou para testar a minha vocação, fui designada para a ala dos Kratzkranke, os pacientes com coceira, um território maldito, raramente visitado pelos médicos, onde ficavam confinados os pacientes com doenças de pele. Se eu suportasse aquilo como meio de vida, estava preparada para fazer carreira na Medicina. Não sonhava em ser médica; seria impensável por ser mulher e pela minha condição social, mas poderia ser uma boa enfermeira e de boa vontade aceitava que era o mais longe onde poderia chegar. Aos poucos, fui me destacando e tornei-me valiosa para o Dr. Ferdinand von Hebra,* um jovem brilhante que com pouco mais de 20 anos assumiu com carinho a triste ala dos Kratzkranke.

Depois de dois anos, o Dr. Hebra se compadeceu da minha sorte e concluiu que eu merecia coisa melhor. Sem sequer me consultar, conseguiu a minha transferência para trabalhar com o grande Jakob Kolletschka. Disse que os meus talentos seriam muito mais bem aproveitados no novo campo que o Dr. Kolletschka estava estudando.

Dr. Kolletschka foi certamente um dos homens mais brilhantes que conheci e isso numa época em que Viena possuía as mentes mais brilhantes da Medicina. Ele estava empenhado em lançar as bases do que é hoje conhecido como Medicina Forense. Tive a honra de ser sua assistente ainda que por um período curto, muito mais curto do que eu *gostaria. Ele era apenas quatro anos mais velho do que eu, mas estava à frente do seu tempo pelo menos cem anos. Posso vê-lo chegando à sala de dissecação com um largo sorriso, o cabelo desalinhado, o avental manchado, jogando teatralmente as mãos para o alto e gritando: "Qual será a face da morte hoje?". Para ele a morte tinha cinco faces: natural, acidental, suicídio, indeterminada e assassinato. Tinha especial interesse em homicídios e eu não me importava de ficar trabalhando com ele até mais tarde, medindo cuidadosamente ferimentos à bala, determinando o ângulo, a extensão, o desenho das bordas e a profundidade de golpes de faca, espada, punhal, machado e tantas outras formas violentas de abreviar a vida.*

Até trabalhar com o Dr. Kolletschka, eu havia me divertido apenas com namoricos, beijos roubados, longos passeios de mãos dadas, travessuras quase inocentes com funcionários jovens e ambiciosos da administração do Hospital. Nada sério havia acontecido até eu conhecer Ignác Semmelweis, um jovem médico húngaro de Budapeste, precocemente calvo e com um ridículo sotaque alemão da Suábia. Não havia nele nenhum dos atrativos que as mulheres em geral procuram ou admiram. Dr. Semmelweis era um tipo roliço, atarracado e, apesar de ser da minha idade, parecia décadas mais velho e não me refiro apenas à aparência. Socialmente era desajeitado, rabugento, quase desagradável, e o fato de ser húngaro em Viena e de ter um sotaque engraçado não ajudava em nada. De suas qualidades o que podia ser dito é que era competente e obstinado. Foi promovido à Assistente de Obstetrícia aos 28 anos e estava empenhado como ninguém em descobrir o misterioso mal que matava as mulheres no Oitavo Pátio e nas maternidades mundo afora. Foi essa obsessão que fez com que eu me apaixonasse por ele. Liderava uma Cruzada contra meu inimigo, o mesmo demônio que transformara a minha doce Lise e minha sobrinha inocente em carne pútrida.

Sinceramente, não sei o que Ignác pode ter visto em mim. Eu era bonitinha, mas qualquer enfermeira ficaria lisonjeada com a atenção sincera de um médico brilhante do maior centro de Medicina do mundo. Aqueles rapazes obstinados de barba rala e óculos de aros de metal estavam mapeando os territórios selvagens da Medicina, lutando contra doenças antigas e terríveis usando poucos recursos além da inteligência e da capacidade de observação. Rokitansky,* Von Hebra, Skoda,* sempre apressados pelos corredores, debruçados sobre pacientes, cadáveres, livros de Medicina e microscópios, rompendo barreiras, jogando luz onde antes havia apenas escuridão, dor e sofrimento. De todos eles, Semmelweis – ou Naci, como eu o chamava quando estávamos sozinhos – era o mais incansável. Eu o amava loucamente, pois este é o único jeito de amar um louco e um santo no mesmo homem.

A febre puerperal era o nosso inimigo, a doença misteriosa que desconcertava a Medicina desde Hipócrates, que registrou o genius epidemicus, o demônio invisível que se alimentava de mães e bebês e depois de mastigá-los cuspia nos leitos os restos como carne infectada malcheirosa.

Naci combatia sem trégua. Examinava todas as teorias mesmo que fossem absurdas. Médicos renomados atribuíam a causa ao acúmulo de impurezas no sangue durante a gravidez. Outros respeitáveis doutores explicavam o contágio pela presença de esgotos nas proximidades e havia quem afirmasse que a febre era causada por forças magnéticas incontroláveis. Naci examinava tudo com rigor científico. Buscava padrões e respostas nas dietas ou na posição da paciente durante o parto e chegou a pensar que a sineta do sacerdote ecoando nas Divisões – em geral porque alguém estava prestes a receber a extrema-unção – poderia provocar reações no organismo e abrir as portas para a infecção. Nada, porém, explicava as mortes e nada parecia deter o inimigo. Uma em cada seis mulheres sob nossos cuidados não voltaria para casa nem o bebê.

Naci dormia pouco e se alimentava mal. Combatia o demônio dia e noite e isso estava roubando também a sua saúde. Mais de uma vez surpreendi-o olhando longamente um buraco na parede ou um simples pedregulho na calçada. Eu notava às vezes que ele apenas fingia me ouvir e, quando pensava que estava sozinho, ficava resmungando para si mesmo repetidamente "Ubi est morbus?", "Onde está a doença?" Este comportamento começou a chamar a atenção dos colegas e Dr. Johann Klein, Diretor Geral da Obstetrícia, recomendou que ele tirasse uma folga.

Diferentemente de outros casais que buscam intimidade e locais românticos, Naci e eu sabíamos que o nosso mundo era o Hospital. Nosso carinho estava nas pequenas gentilezas durante o trabalho, o chá fumegante oferecido inesperadamente, os olhares cheios de significado, o toque acidental das mãos, um roçar de ombros. Eu não pedia mais do que isso e sei que Naci não tinha mais para dar. Foi então com surpresa que recebi dele um convite para ir para Veneza para uma curta temporada de descanso. Sem muito esforço, consegui com minha supervisora uma dispensa e por duas semanas Naci e eu fomos um casal no sentido convencional do termo. Na terceira semana já estávamos ansiosos para voltar ao nosso labirinto mau cheiroso, nossa trincheira numa guerra em que todas as vítimas eram indefesas e inocentes.

Quando chegamos à Viena, recebemos pelo Dr. Skoda a notícia que Jakob Kolletschka estava morto. O corpo estava no Instituto de Patologia do Hospital e a autópsia estava marcada para a manhã seguinte. Pensei em me oferecer para ajudar como enfermeira experiente e prestar dessa forma a minha última homenagem a um amigo querido e mentor, mas no último instante perdi a coragem. Indiferente ao frio, fiquei sentada num dos bancos de granito do Oitavo Pátio enquanto Naci ajudava Skoda no exame do corpo.

Jakob conseguiu ensinar Medicina até depois de morto. A face da morte que teria visto na própria dissecação não ficaria indeterminada e com isso Naci obteve uma informação que mudaria para sempre os rumos da Arte Médica.

Uma semana antes, durante uma autópsia, Jakob estava explicando a um estudante o modo correto de segurar o bisturi quando o aluno esbarrou na mão do cadáver e o professor feriu o próprio dedo na lâmina. Foi um corte pequeno, aparentemente sem nenhuma gravidade, mas horas depois o braço estava vermelho e inchado. Veio então a febre, pústulas pelo corpo e o abdômen também inchado. Jakob entrou em coma e antes de uma semana estava morto.

Na autópsia, Naci reconheceu no corpo do amigo as mesmas bolsas de pus, o mesmo odor de podridão, os mesmos sinais terríveis que indicavam a presença do inimigo. Jakob estava mostrando a Naci que aquela era a face da morte que há tanto tempo ele procurava.

Depois de meditar profundamente sobre o assunto, Naci concluiu que a febre puerperal era transmitida por médicos, estudantes e enfermeiras. Lidando com cadáveres e a seguir tratando de grávidas sem que houvesse entre as tarefas qualquer tipo de desinfecção, eram eles os mensageiros da morte. Em resumo, Naci estava convicto de que a febre era um envenenamento cadavérico do sangue. Essa conclusão era um espetacular exercício de dedução, mas não encontrava na Medicina da época qualquer suporte. Não preciso dizer que essa afirmação foi duramente contestada e a comunidade científica, não apenas de Viena, mas de toda a Europa, preferia atribuir a causa da febre ao abuso de *purgantes, ao intestino grosso ou a forças cosmotelúricas. Para alguns poucos que compreenderam de imediato o significado e principalmente as implicações daquela descoberta, o peso da culpa foi terrível; até mesmo insuportável, como para Michaelis.* Eu mesma precisei de muito tempo para entender a minha própria responsabilidade nas inúmeras mortes do Oitavo Pátio. E o que entendi é que não há um modo de diminuir essa culpa. É uma questão de carregar esse peso para sempre, como uma doença grave e dolorida. Esse aperto e essa angústia tomam conta de mim toda vez que fico em silêncio.*

Para Naci, essa sentença foi ainda maior.

O Hospital já utilizava soluções de cloreto para eliminar o mau cheiro, mas Naci ordenou que fossem colocadas nas enfermarias vasilhas cheias de chlorina líquida ou hipoclorito de cálcio. Todos estavam obrigados a lavar as mãos e escovar as unhas antes de tocar nos pacientes e nos utensílios. Apesar da descrença de estudantes, médicos e do próprio Dr. Klein, Diretor Geral da Maternidade, a taxa de mortalidade começou a cair. Essas novas medidas foram implantadas em maio de 1847 e me lembro de que um ano depois a mortalidade foi de pouco mais de 1%. Naci concluiu também que não apenas cadáveres, mas qualquer ferida infectada poderia transmitir a febre. Com base em suas observações, criou um programa de medidas que chamávamos de "Doutrina".

Depois de provar na prática a eficiência de seus métodos, seria de esperar que a vida ficasse mais fácil e houvesse algum reconhecimento por parte da comunidade científica, mas nossas atribulações estavam apenas começando. Naci foi obrigado a enfrentar a resistência de velhos médicos liderados pelo próprio Dr. Klein. Para o Diretor, os resultados dos relatórios eram devidos a coincidências e circunstâncias que não tinham qualquer relação com as medidas estabelecidas pela "Doutrina".

Para ser franca, Naci poderia ter conduzido a situação com mais tato e disse isso a ele várias vezes. Ele estava ficando cada vez mais irascível e perdendo até os amigos mais próximos. Mesmo com Von Hebra e Skoda, dois médicos respeitáveis defendendo publicamente as teorias da "Doutrina", Naci recebia críticas cada vez mais duras, algumas beirando o insulto e respondia no mesmo tom. E outra vez de nada ajudava ser "um médico húngaro" em Viena.

Aos poucos, a rígida "Doutrina" foi perdendo a força para tornar-se mera sugestão e, por fim, na opinião da maioria, "uma coletânea de rituais ridículos sem qualquer comprovação científica". Nesse ponto, o comportamento de Naci era de um homem profundamente amargurado e que não compreendia mais o próprio destino. O contrato de trabalho com o Hospital chegou ao fim e o Dr. Klein sentiu um prazer especial em não renová-lo. Todo mundo sabia que estavam em trincheiras opostas. Pelos meus esforços em tentar convencer as enfermeiras da necessidade de seguir à risca as ideias de Naci, ou talvez por simples vingança do Diretor, eu também fui despedida.

Meu relacionamento com Naci também estava em crise. Esgotados, desiludidos e com pouco dinheiro, chegamos a pensar em sair de Viena, mas a Primavera dos Povos* havia sacudido toda a Europa, e penso que no fundo Naci tinha esperanças de que Viena reconhecesse o seu valor. Era essa a vitória que sonhava saborear, o triunfo de "um médico húngaro" em Viena. Eu não podia culpá-lo.

Naci fez uma última tentativa procurando uma vaga como professor da Universidade de Viena e colocou nisso todas as suas esperanças. A licença foi concedida em fevereiro de 1850, depois de meses de espera. Estávamos sobrevivendo graças aos pequenos empréstimos oferecidos por Von Hebra e Skoda, praticamente os únicos amigos que o temperamento irascível de Naci e o medo do Dr. Klein não haviam afastado. Foi por isso um grande alívio ver Naci chegar em casa animado, sacudindo o envelope ainda fechado com o lacre da Universidade. Vi sua expressão mudar à medida que lia as três páginas. Subitamente, amassou tudo, jogou no lixo e saiu batendo a porta. Recuperei os papéis e li que a licença estava finalmente concedida, mas trazia uma observação ultrajante. Naci não estava autorizado a ensinar obstetrícia usando cadáveres. Por decisão do Conselho, estava obrigado a ensinar usando o "Fantasma", como então era chamada a boneca que mostrava as formas femininas. Era uma restrição ridícula, humilhante, uma bofetada desferida sem dúvida pela mão do Dr. Klein. Ignác Semmelweis, o médico que há três anos havia derrotado o demônio da febre puerperal usando apenas o seu poder de observação, era tratado como um frangote de jaleco sem nenhuma experiência na Arte Médica, igual a tantos que infestavam os corredores da Universidade expelindo arrogância e falsa erudição.

Guardei a carta com cuidado. Sabia que Naci estava profundamente magoado e com toda razão, mas eu estava aliviada por saber que teríamos algum dinheiro para a comida e o aluguel exorbitante que nos cobravam por um cômodo mal ventilado em cima de uma mercearia.

Naquele mesmo dia fui ao Hospital devolver uma cesta de costura que havia pedido emprestada a uma das enfermeiras. Ao voltar ao nosso quarto, descobri que Naci havia partido. Suas roupas, sua navalha e sua mala, tudo havia sumido. Não havia um bilhete, um recado com os vizinhos, nada. Nem mesmo Von Hebra ou Skoda sabiam onde ele estava e pelo espanto e decepção com que receberam a notícia, sequer imaginavam que ele havia decidido partir.

Esperei naquele quarto duas semanas; suja, descabelada, faminta, usando a mesma roupa, olhando fixamente a porta, imaginando que Naci chegaria a qualquer instante e guardaria suas coisas no armário e sua navalha na tigela de porcelana no banheiro. Não diria nada e nem eu, como se tivesse saído apenas para uma de suas longas caminhadas pela cidade.

Mas a porta permaneceu fechada.

Não me lembro exatamente como tudo aconteceu e, para ser honesta, não creio que contaria aqui os detalhes mesmo se me lembrasse. O importante é que acordei e vi Skoda e seu assistente. Um cheiro forte, desagradável e muito familiar me disse que eu estava no Hospital. Meu pulso esquerdo doía e estava profissionalmente enfaixado com o tipo de atadura que se usa para cortes profundos, mas nada havia no pulso direito. Aos poucos fui me lembrando das garrafas vazias de vinho barato compradas com todo o dinheiro que restava. Lembro também ter chegado a uma conclusão. Talvez eu tenha mudado de ideia ou talvez simplesmente tenha me faltado forças ou coragem para levar aquilo adiante.

Num tom quase paternal, Skoda contou que os vizinhos ouviram gritos, choro e pratos quebrando. Arrombaram a porta e fui levada ao Hospital na carroça da mercearia. Skoda foi chamado e prontamente assumiu o meu caso. As enfermeiras disseram que ele havia me arrancado das garras da morte e talvez tenha feito isso, mas foi Theodor Haller, seu jovem assistente, quem me devolveu a vida.

Fiquei no Hospital por dez ou doze dias, não tanto pelo ferimento, mas por excesso de zelo do jovem Dr. Haller. Acompanhava a cicatrização, mas era evidente que a sua maior preocupação era com o meu estado mental. Skoda apareceu algumas vezes e percebi que ficava feliz com a atenção especial que seu assistente demonstrava por mim, mesmo sendo sete ou oito anos mais jovem. Ninguém falava de Naci, sequer mencionavam o seu nome. Suspeito que já soubessem onde ele estava, pois era um médico com certa fama ainda que não fosse o tipo de fama que ambicionasse. Diante de tudo isso, fiz a mim mesma a promessa de não perguntar nada. Se ele havia decidido partir do modo como fez, não queria ser encontrado; mais importante, não queria que eu o encontrasse. Cabia a mim, portanto, oferecer à Naci o esquecimento que ele exigia. Eu o conhecia o suficiente para saber que o que havia entre nós estava irremediavelmente quebrado. Talvez jamais tivesse existido um "nós" e eu tivesse sido apenas a sua companheira de luta, alguém para recarregar as armas enquanto ele disparava furiosamente contra tudo e contra todos. Depois do seu fracasso em Viena, eu havia me tornado para ele uma evidência dolorosa, a lembrança de um tempo e um lugar terrivelmente hostis e até mesmo o fato de ser austríaca e vienense pode ter se tornado para ele uma forma de insulto.

Theodor Haller sabia de tudo. Como assistente de Skoda, conhecia a genialidade de Naci e o seu mau gênio. Entendia, sobretudo, o que havia acontecido comigo. Apesar de jovem, tinha esse tipo de maturidade e durante a nossa convivência jamais fez qualquer comentário.

De muitas formas, Theodor era o exato oposto de Ignác Semmelweis. Era conciso, lacônico, respeitável, jamais levantava a voz, jamais perdia a paciência e parecia não ter uma opinião formada a respeito da vida, do mundo e por isso tratava tudo e todos com uma cautela gentil. Era alto, magro, domava diariamente com uma pasta cheirosa a sua generosa cabeleira loura e movia-se lenta e cuidadosamente. Era um manso observador das coisas e com o tempo compreendi que caminhava pela vida procurando não esbarrar em nada, fossem pessoas, ideias ou sentimentos. Havia nisso uma estranha força e essa mansidão respeitosa escondia uma beleza que Naci jamais compreenderia.

Eu tinha 32 anos e Theodor 26, mas deixei que me guiasse pela mão. Estava cansada das discussões, dos debates científicos, do choque de ideias, das trincheiras de onde enfrentei o mundo em nome das crenças e ambições de Naci. Theodor era uma trégua, talvez uma dispensa honrosa ou uma medalha por serviços prestados. Aceitei a sua paz porque àquela altura era o único remédio para a minha doença. Quanto ao amor, sabia que tudo o que havia em mim tinha escorrido do meu pulso e se espalhado pelo chão do banheiro.

Quando sai do Hospital, fui direto para a casa de Theodor. Jamais voltei ao quarto em cima da mercearia. Ao desistir da morte, dei a mim mesma uma segunda chance e estava comprometida a fazer dali em diante o melhor que pudesse.

Theodor era um homem fácil de agradar. Comia o que estivesse na mesa, vestia o que estivesse no cabide e deixava as preocupações do trabalho na porta da frente. Assim, a vida adquiriu uma abençoada simplicidade. O salário que recebia era mais do que o suficiente para nós dois e a casinha que ocupávamos no distrito de Josefstadt era uma herança de família. Mesmo sem uma necessidade prática, pensei em tentar conseguir meu antigo emprego no Hospital esperando que o Dr. Klein não se lembrasse mais de mim, mas Theodor sugeriu que eu estudasse Medicina. Tínhamos em casa as obras mais importantes e eu poderia frequentar a biblioteca da Universidade ali mesmo no nosso distrito. Talvez ele tenha pensado nisso para me manter motivada e longe do Hospital, onde eu seria submetida a desgastes e tristes recordações. As ideias de Naci sobre o uso do hipoclorito de cálcio e os "rituais" da "Doutrina" eram motivo de riso e Theodor temia pelo meu estado emocional. Ele finalmente me convenceu quando disse que o mundo estava cheio de enfermeiras, mas poucas mulheres tinham o meu talento natural para a Medicina. Acreditava que eu poderia ser tão útil quanto um homem. Skoda e Von Hebra, quando nos visitavam, pareciam apoiar essa ideia e então por conta própria comecei a estudar e fiz isso pelo simples prazer do conhecimento, já que estava fora de questão obter uma licença.

Em 1856, por mero acaso, enquanto aguardava na fila da biblioteca para devolver o livro de Anatomia Patológica de Giovanni Batista Morgagni, ouvi dois estudantes conversando sobre Semmelweis. Chamaram a minha atenção inicialmente porque tinham o sotaque húngaro. Um deles, o estudante mais velho, provavelmente já no último ano, disse que Ignác estava lecionando na Universidade de Budapeste e prestes a se casar com a filha de um comerciante. Com uma piscadela, acrescentou que ela era pelo menos 20 anos mais jovem.

Deixei o livro sobre a mesa e saí. Precisava descobrir de que modo aquela notícia me afetava. Andei por Viena e gastei todo o dinheiro que tinha em bebida. Quando cheguei em casa, completamente bêbada, fiquei de joelhos no chão da sala sujando o tapete com o meu vestido salpicado de lama. Naquela posição de penitência contei aos prantos tudo a Theodor. Quando acabei, ele fez um gesto amplo com os braços mostrando tudo ao redor, depois colocou a mão no peito e foi dormir. O silêncio dele podia ser *mais eloquente do que os acessos de fúria verborrágica de Naci. Theodor estava me dizendo que aquilo era tudo o que ele tinha para oferecer.*

Dormi no chão da sala mais pela vergonha do que pelo efeito do álcool.

No dia seguinte, acordei com o propósito de honrar a dedicação e a paciência, talvez até mesmo o amor de Theodor. Para isso precisaria matar em mim o que ainda restava de Naci.

O processo foi uma cauterização. Extingui a infecção pelo fogo, selei as bordas da ferida com carne queimada. Entreguei-me à Theodor e à Medicina e não sobrou mais nada para o resto do mundo. Quando soube, sempre ao acaso, dos filhos de Ignác e Maria, e até dos dois bebês mortos, eu estava curada, tão recuperada que em 1861 comprei assim que foi publicado o "A Etiologia, o conceito e a profilaxia da febre puerperal", de Ignác Semmelweis.

Peregrinei pelas 500 e tantas páginas na esperança de descobrir algo mais a ser cauterizado, mas eu estava curada. Entendi também a razão de Ignác receber tantas críticas hostis. Seu trabalho não fazia justiça à grandeza de sua descoberta. Tudo o que li mostrava um homem cheio de rancor e vaidade, um artista acusando o mundo do crime grave de não reconhecer a sua genialidade. Não havia ali nenhum vestígio de um cientista oferecendo à Arte Médica dados e fatos devidamente organizados para o seu progresso.

Confesso que esperava ser citada ao menos como um gesto de gratidão pelos meus sacrifícios – e não foram poucos – em favor da "Doutrina". Se ele ainda se lembrava de mim, não era com gratidão.

Acompanhei com o interesse de uma fervorosa estudante de Medicina as críticas publicadas pela comunidade médica sobre o livro e outra vez o "médico húngaro" foi fuzilado sem piedade. A menção mais favorável considerava a obra "ilegível". Mais grave do que a reprovação de suas ideias deve ter sido o silêncio da maioria dos pesquisadores, sinal de um desprezo profundo e logo por um trabalho que se apresentava como o registro da vitória definitiva sobre a febre puerperal.

Tenho certeza que toda essa hostilidade feriu de morte a frágil sanidade mental de Ignác e isso explica em certa medida tudo o que aconteceu depois. Escutei histórias sobre o seu comportamento obsceno em público e como parecia empenhado em escandalizar a provinciana Budapeste. Chegaram a Viena notícias e anedotas sobre o seu desleixo com aparência e os relacionamentos que mantinha abertamente com prostitutas. Por fim, soube do seu colapso.

O que vou contar a seguir em parte foi o que ouvi de Von Hebra e o resto foi o que vi.

O estado mental de Ignác era tão preocupante que os colegas da Universidade de Budapeste convenceram a Sra. Semmelweis a levá-lo para a Estação de Águas de Grafenburg. Talvez tenha sido esse o plano inicial. Entretanto, Ignác dava sinais claros que seu caso não seria resolvido apenas com uma temporada de descanso. O Conselho da Universidade preparou um documento pedindo a internação dele em um asilo e isso representava uma recomendação gravíssima assinada por Janós Balassa, um dos cirurgiões mais respeitados da Hungria. De qualquer modo, foi com uma recomendação para um tratamento em Grafenburg que ele foi convencido a embarcar no trem com Maria, a filha de um ano e um assistente. Desembarcaram em Viena e o próprio Von Hebra esperava na estação. Skoda havia se recusado a ver Ignác novamente e durante todos aqueles anos jamais pronunciara o seu nome. Sentia-se traído pela fuga de Naci de Viena, mesmo depois de todos os sacrifícios que havia feito para obter da classe médica aprovação para a "Doutrina". Von Hebra, até onde eu sabia, já tinha esquecido e perdoado tudo e estava na estação quando a família Semmelweis e o assistente István Bathory desembarcaram do trem noturno.

Von Hebra ficou chocado com o aspecto e o comportamento de Ignác. Estava muito envelhecido, confuso e pouco do que dizia fazia sentido. Com a aprovação de Maria, decidiram levar o plano adiante. Von Hebra conseguiu convencer Ignác a visitar naquele instante um sanatório inaugurado recentemente. Semmelweis poderia então comprovar todos os preceitos da "Doutrina" obedecidos à risca. A ideia de ver a sua obra como uma prática viva numa instituição em Viena era o reconhecimento que "o médico húngaro" mais desejava e então concordou. Quando estavam no distrito de Alsergrund, perto de um conhecido asilo público para alienados, Semmelweis foi agarrado por funcionários e internado à força.

Ao me contar tudo isso, Von Hebra fez questão de deixar claro que não estava orgulhoso de ter traído um antigo colega. Notei que ele não se referiu a Ignác como um velho amigo, mas como colega. Disse ainda que só havia tomado parte na armadilha por um sentimento de compaixão pela jovem Maria. A pobre mulher estava desesperada sofrendo as consequências do comportamento insano do marido e tinha três filhos para criar. Ignác estava dilapidando o patrimônio da família e não havia o suficiente sequer para interná-lo em um sanatório particular, daí a necessidade de um asilo público. Seu comportamento estava jogando no lixo social de Budapeste tanto o nome Semmelweis quanto Wiedenhoffer, do sogro. Além disso, as dívidas já eram impagáveis. Maria também não suportava mais os lapsos de memória, as obscenidades públicas, as bebedeiras e, como se não bastasse, as prostitutas.

Von Hebra nos contou tudo isso na sala de jantar e mal tocou na taça de vinho que Theodor servira. Ouvimos tudo sem dizer uma palavra, estarrecidos com o relato e, no meu caso, chocada com a participação de Von Hebra naquela emboscada. Naci estava internado no Asilo Para Lunáticos da Baixa Áustria, bem ali no distrito de Alsergrund, e eu não pretendia fazer nada a respeito. Não se tratava de estar ainda magoada; pensei apenas que ele era um homem casado e eu, uma mulher comprometida, e não cabia a mim tomar qualquer providência. Surpreendentemente, foi Theodor quem sugeriu que fizéssemos alguma coisa. Depois que Von Hebra saiu, ele disse que deveríamos ir ao asilo, transferir Ignác para um sanatório particular e estava disposto a assumir todas as despesas. Perguntei abertamente por que ele se sentia na obrigação de fazer isso e sua resposta foi desconcertante. Disse que muitas vidas foram salvas graças à "Doutrina" e só por isso ele merecia um destino melhor do que o martírio de laxantes, camisa de força, cela escura e jatos de água fria no inverno.

Theodor nunca mentia. Eu admirava o seu amor pela Medicina e aquele tipo de respeito, até mesmo reverência, era um gesto frequente ditado pelo seu código de valores. Eu não tinha mais sentimentos por Ignác, mas também precisava reconhecer que era um destino especialmente cruel ser trancado na "Torre dos Loucos", como então chamávamos o sanatório Narrenturm.

Theodor tinha esperanças de conseguir a transferência como um favor entre colegas ou subornando as pessoas certas. De qualquer modo o caminho mais curto era o diretor do sanatório.

No dia seguinte, estávamos diante da estranha construção circular de cinco andares próxima ao Hospital Geral. O Narreturm, ou a "Torre dos Loucos", era um sanatório desde o século XVIII e estava prestes a ser desativado, mas ainda era o principal destino dos lunáticos e alienados de Viena. Theodor me perguntou se eu não preferia esperar do lado de fora enquanto ele resolvia tudo e respondi que era uma enfermeira com anos de experiência na "Ala da Coceira" e estava pronta para ir até o fim.

Passamos pelo guarda do portão e formos recebidos por um funcionário cujo uniforme lembrava a cavalaria dos Hussardos; a "Torre dos Loucos" era em tudo muito mais uma fortificação militar do que uma instituição para tratamento. O cartão do Dr. Haller era uma chave-mestra em Viena e logo fomos conduzidos pelo corredor circular até o gabinete do Dr. Josef Riedel, diretor geral. Percebemos rapidamente que ali seria impossível conseguir favores, pagando ou não. Dr. Riedel foi amável, solícito em tudo o que pudesse fazer sem desafiar as normas e este era o limite. Explicou que até mesmo discutir o caso não era permitido, uma vez que Semmelweis não era paciente de Theodor e não éramos da família. A única coisa que conseguimos foi saber que a Sra. Semmelweis estivera ali no dia seguinte à internação e nem mesmo ela obteve permissão para ver o marido. Até novas instruções, o paciente deveria permanecer isolado e qualquer transferência só seria considerada se houvesse uma solicitação por escrito assinada pela Sra. Semmelweis ou pelo Conselho da Universidade de Budapeste.

Saímos dali e por mim aquilo era o fim da linha. Entretanto, Theodor parecia mais decidido do que antes e dois dias depois desembarcávamos na Estação Nyugati, em Budapeste.

A cidade ainda se recuperava de sua revolução fracassada e o clima era de desânimo e ressentimento. Por toda a parte notamos sinais claros de uma economia profundamente abalada e até mesmo na residência dos Semmelweis essas cicatrizes eram óbvias.

Se comparado a seus colegas de Viena, Ignác estava vivendo modestamente, considerando que era um médico experiente e professor universitário. Era uma casa grande de dois andares, mas a pintura estava descascada e o pequeno jardim só tinha flores mortas. Do lado de fora podíamos ouvir o choro insistente de um bebê em sofrimento e a algazarra de crianças correndo. Eu estava mais nervosa ali na soleira do que há dois dias percorrendo os corredores de um sanatório com 270 loucos.

Quem nos atendeu foi István Bathory, que se apresentou como assistente do Dr. Semmelweis na Universidade. Ele pareceu confuso e surpreso com a nossa visita e mesmo assim fomos gentilmente convidados a entrar. Tomando cuidado para não pisar nos brinquedos espalhados pelo chão, fomos acomodados na sala de visitas. Theodor explicou resumidamente o que pretendíamos e a necessidade de um documento formal e percebi que István e Theodor tinham muito em comum: jovens precocemente maduros com a estranha capacidade de transmitir paz. Fiquei me perguntando o que teria feito um rapaz com aquele temperamento decidir mergulhar no Caos e na Fúria que Ignác conjurava por onde passasse. Certamente aquele jovem não estava buscando prestígio profissional, já que o nome Semmelweis era amaldiçoado até mesmo na sua terra natal. Quando notei a emoção de István diante da possibilidade de ver o seu professor transferido para um sanatório particular, entendi melhor o que Theodor havia dito sobre o respeito que Ignác merecia. Soube mais tarde que a "Doutrina" havia impedido que a irmã de István se tornasse mais uma vítima do inimigo quando ele estava atacando sem misericórdia na Maternidade do Hospital São Roque.

Depois de entender que estávamos ali para ajudar, ele pediu licença e foi ao andar de cima de onde vinham o choro estridente e a algazarra. Entendi que não haviam criados e a Sra. Semmelweis estava cuidando pessoalmente dos três filhos. Depois de alguns minutos, ela apareceu pedindo desculpas pelo barulho e por nos fazer esperar.

Eu sabia que a Sra. Semmelweis tinha praticamente a metade da idade do marido. Estava preparada para lidar com isso, mas fiquei chocada. Se ela havia sido jovem, se algum dia teve as faces coradas e um sorriso cheio de vida, tudo isso tinha desaparecido há anos. A morte de dois filhos e as atribulações causadas pelo mau gênio e pela insanidade de Ignác haviam sugado toda a vida daquela mulher. Foi obrigada a encarar grandes perdas e sofrimentos antes mesmo de aprender a sorrir como mulher adulta. Além dos olhos fundos, da pele opaca, dos lábios secos e todos os sinais de quem tem a alma ferida, dorme pouco e come mal, a Sra. Semmelweis tinha perdido também a habilidade de sorrir. Ela se esforçava; os lábios se moviam, os olhos se estreitavam, mas o resultado era o cansaço e a tristeza mostrando os dentes.

Não sei o que pode ter levado a jovem Maria Wiedenhoffer decidir se tornar a Sra. Semmelweis, mas depois desse passo solene na vida ela foi derrubada e desde então se arrastava como podia para seguir em frente. Só depois de conhecê-la e de ver de perto a sua fragilidade diante de tantas atribulações é que compreendi o papel de Von Hebra naquilo tudo. Talvez o Conselho da Universidade de Budapeste tenha pensado a mesma coisa ao recomendar a internação de um homem que só causava dor e sofrimento à mulher e aos filhos. Com uma pontada de amor por Theodor, percebi que ele também estava sensibilizado. Foi ele quem explicou tudo a ela e fez isso com muita habilidade. Deu a entender que a sua relação com Ignác havia sido muito mais estreita do que realmente foi no tempo em que o jovem Haller era só um estudante e o Dr. Semmelweis era um general na guerra contra a febre puerperal.

Na minha vez, apresentei-me como uma antiga enfermeira do Oitavo Pátio, alguém que havia testemunhado as inúmeras vidas salvas pela competência do Dr. Semmelweis e tudo isso era verdade. Enquanto me apresentava, não pude deixar de avaliar as reações dela para saber se suspeitava de mim. Não creio que ele dissesse nada, especialmente naquelas circunstâncias. Por fim, concluí que aquela pobre mulher não saberia dissimular qualquer sentimento se desconfiasse que de algum modo eu havia sido a primeira Sra. Semmelweis. O mais provável – e eu não tinha mais nenhuma dificuldade em aceitar isso – é que Ignác tivesse me deixado para trás junto com Viena quando fugiu sem deixar rastros.

A Sra. Semmelweis ficou emocionada com o nosso gesto. E, como alguém que finalmente encontra apoio depois de uma longa jornada, ela mostrou no seu alívio todo o peso da situação. No seu relato comovente, deixou claro que a situação financeira não permitia pagar por um asilo particular. Na verdade, não haveria dinheiro nem mesmo para as despesas essenciais se o pai dela, Herr Wiedenhoffer, não estivesse provendo o básico. Na economia abatida de Budapeste, era o máximo que ele podia fazer. O pobre István, muito além de suas funções de assistente, estava cuidando de todas as tarefas, até mesmo daquelas que seriam de uma criada. Por tudo isso, ela não estava em posição de recusar nenhuma caridade, muito menos um gesto tão nobre e generoso. Esperava que Deus estivesse olhando e que nos recompensasse em dobro por tudo. Contou ainda que estava muito aflita sem notícias de Ignác e que no dia seguinte à internação estivera no sanatório na esperança de ver o marido e entregar roupas limpas. Segundo ela, o próprio diretor se opôs à visita e alegou razões médicas. No entendimento dele, o estado mental de Semmelweis não permitia naquela etapa qualquer contato com a família. Além disso, ele havia tentado escapar e precisou ser contido por funcionários e feriu o dedo ao resistir ser colocado na cela. Dr. Riedel garantiu que as roupas seriam entregues e que ela seria informada tão logo o estado do paciente permitisse visitas. Sobre isso ele assumia pessoalmente a responsabilidade de enviar uma carta. A Sra. Semmelweis disse que isso era tudo o que sabia e esperava que em uma instituição particular fosse permitido à família ter mais notícias.

Saímos da residência dos Semmelweis com uma procuração assinada e István assinou também como testemunha. Os termos eram claros e legalmente o Dr. Josef Riedel não poderia criar obstáculos.

Perdemos o trem noturno para Viena e tivemos que nos acomodar em um hotel perto da estação. Só na manhã seguinte conseguimos embarcar para Viena e deixamos Budapeste com alegria. O clima da cidade era de hostilidade em relação à Áustria, que ainda ditava os destinos da Hungria, e assim Budapeste se livrou de nós com o mesmo alívio com que voltamos para casa.

Fiquei agradecida quando Theodor sugeriu, chegando em Viena, que deixássemos nossas bagagens na estação e fôssemos para o sanatório cuidar da transferência. Como ele mesmo disse, "uma só noite naquele lugar é tempo demais".

Assim como da outra vez, passamos pelas guaritas e fomos recebidos por outro funcionário fardado e de novo Theodor entregou seu cartão. Entretanto, tivemos que esperar mais de uma hora até que o Dr. Riedel nos recebesse. Percebi que havia alguma coisa errada assim que entramos em seu gabinete. Diferentemente da visita anterior, ele parecia incomodado com a nossa presença e ao ler a procuração seu comportamento se tornou abertamente hostil. Para a nossa surpresa, embora os termos do documento fossem bastante claros, Dr. Riedel tentou invalidar a procuração levantando minúcias jurídicas que não tinham cabimento. Theodor respondeu a todas as questões e o diretor desistiu deste caminho. Guardou o papel na gaveta e disse que daria ao assunto a devida consideração e em dois dias teríamos uma resposta. Com falsa deferência, disse que todos conheciam a boa reputação do Dr. Haller e o documento afinal tinha o valor necessário, mas estávamos desconsiderando procedimentos internos. Como diretor daquela instituição, ele colocava a saúde de seus pacientes em primeiro lugar e isso significava obedecer às normas estabelecidas por grandes especialistas que naquelas circunstâncias não recomendariam a transferência. Garantiu que provavelmente em dois ou três dias enviaria um mensageiro com notícias sobre a questão.

Foi Theodor quem entendeu o que estava acontecendo. Mais uma vez explicou a urgência do caso e o fato de que apresentávamos as condições e os documentos necessários. O diretor rebateu dizendo que na posição de presidente da Associação de Psiquiatria e Neurologia, cabia a ele a responsabilidade e, sobretudo, o poder de decidir o que era melhor para um *paciente sob os seus cuidados. Theodor, exaltado como eu jamais vira, disse que o paciente não estava mais sob seus cuidados de acordo com a vontade da família e este era precisamente o ponto. O diretor, que até então estava de pé na tentativa de tornar a nossa visita a mais breve possível, sentou-se pesadamente e suspirou vencido. Com uma súbita polidez, pediu que eu fizesse a gentileza de esperar do lado de fora do gabinete enquanto conversavam de médico para médico, de homem para homem.*

Assim fiz.

Fiquei sentada num banco de madeira no corredor, ouvindo gritos e portões de ferro abrindo e fechando. Funcionários fardados, alguns com aventais imundos, passavam apressados chacoalhando as chaves e os bastões presos ao cinto. Não tive que esperar muito. Theodor saiu e Dr. Riedel surgiu apenas por alguns instantes no corredor. Gritou furioso o nome de um funcionário e quando ele chegou conversaram no gabinete com a porta trancada. Enquanto isso, Theodor segurou minhas mãos e perguntou se eu estava pronta para ver Ignác, mesmo se ele estivesse ferido. Respondi que não havia nada sobre o corpo humano que pudesse me chocar. Dr. Riedel abriu a porta e pediu que acompanhássemos o funcionário e fizéssemos exatamente como ele dissesse. Sem se despedir, bateu a porta do gabinete.

Mesmo para uma enfermeira com anos de prática, um asilo de loucos é assustador. Ali todos os laços são rompidos, a amizade morre, o parentesco torna-se irreconhecível, a família acaba, a confiança é destruída e a vida é desordenada e intensa, com tudo exposto francamente numa forma dolorosa de nudez. À primeira vista, salta aos olhos a indiferença dos profissionais obrigados a lidar todos os dias com os sofrimentos gerados nos porões mais escuros da alma. Sei que hoje existem estudos mais profundos sobre a insanidade, mas naquela época a loucura era compreendida, se não houvesse lesão cerebral, como um desvio genético, uma desordem da sensibilidade, do entendimento, da inteligência e da vontade. Tal desordem poderia se mostrar perigosa e violenta. A indiferença de médicos, enfermeiras e especialmente dos guardas de certa forma era cultivada como estratégia de sobrevivência, um distanciamento calculado para deixar os profissionais em alerta constante, pois um acesso de fúria pode chegar sem qualquer aviso. Uma fagulha cai e incendeia as paixões perversas e disso decorrem atos de extrema violência. Aquele homem franzino comeu o coração da irmã, aquela senhora gentil estrangulou o noivo, aquele homem tão educado e tão refinado atirou no ventre da esposa grávida. Compreendo a frieza profissional como a prudência necessária para lidar com isso, mas é sempre doloroso testemunhar o comportamento impassível dos funcionários diante do choro convulso, das súplicas, dos gemidos, dos gritos roucos de pavor real, dos uivos selvagens e das maldições lançadas contra eles com cuspe e fúria. Com toda a minha experiência em hospitais, eu julgava estar preparada para entrar neste mundo, mas não estava preparada para perder ali a minha fé na Humanidade.

Por tudo o que me contaram, imaginei que Naci tivesse perdido todos os freios e limites. Sujeito como ele era a acessos violentos, certamente estaria numa ala reservada aos pacientes mais difíceis, submetido a algum tipo de restrição. Seguimos o funcionário por corredores cada vez mais escuros; nossos passos ecoando no chão de pedra e caminhamos até uma escadaria circular. À medida que mergulhávamos nas entranhas do asilo, os ruídos das correntes, o ranger dos portões, tudo confirmava a minha suspeita de que num lugar como aquele é muito difícil recuperar a razão e muito fácil perdê-la.

Depois da escadaria, seguimos por um corredor com as paredes imundas, cheirando a urina, sangue e medo. Meu palpite era de que estávamos entrando na ala de segurança máxima, mas era exatamente o contrário. O corredor frio e sujo diante de nós dava acesso a três salas amplas sem portas trancadas ou grades. Ali ficavam os pacientes que não dariam mais trabalho.

Ao entrar na sala indicada pelo funcionário, vi Ignác deitado nu sobre uma mesa de pinho. Vi outras quatro ou cinco mesas iguais, todas manchadas de sangue. O funcionário acendeu mais lampiões e cheguei perto de Naci segurando com força a mão de Theodor. O que vi foi o mais perfeito retrato da crueldade e ainda guardo tudo na memória.

A testa mostrava grandes contusões e ele ainda botava sangue pelo nariz. No pescoço e no ombro direito e atrás das orelhas, marcas de unhas e até de dentes. Abaixo do umbigo uma ferida rasa feita com o punho, provavelmente segurando chaves. Contusões ainda no peito e nas pernas, típicas de golpes com bastões de madeira. Na face, uma clara marca de golpe com algo mais pesado que um bastão, talvez um banco de madeira, que também feriu o couro cabeludo e ali o sangue já secara. Uma feia contusão sob o olho esquerdo, provavelmente resultado de um golpe de bastão desferido com extrema violência. De outros ferimentos ainda escorria sangue pingando no assoalho.

Naci ainda respirava, mas com muita dificuldade. Não tinha mais do que uma hora de vida, isso estava claro pela gravidade das lesões. Eu podia decifrar todos os sinais que ele apresentava. No meu aprendizado com Kolletschka, havia estudado as marcas características de espancamento e Naci recebera uma surra de três ou quatro homens furiosos. Kolletschka teria dito que a face daquela morte era a covardia.

Olhei para o funcionário encostado na parede e soube pela sua expressão que ele havia participado daquilo. No corpo de Naci estavam as marcas dos porretes exatamente como aquele que o funcionário girava nas mãos machucadas. Vi em Naci os inchaços nas costelas, o nariz partido em dois lugares e todos os sinais de um espancamento brutal e covarde. Olhei outra vez para o funcionário tentando entender aquela fúria e seus olhos fugiram dos meus por alguns instantes. Mas então ele recuperou seja o que for que pensava ser coragem e sustentou o meu olhar em atitude de desafio. Em silêncio estava me dizendo que aquele não era o primeiro louco espancado até a morte e, se dependesse dele e dos amigos, haveria outros. Só então compreendi que conviver com a loucura pode enlouquecer.

Não era difícil imaginar Naci agredindo primeiro, acendendo ele próprio a fagulha. Então eles revidaram. Agiram de acordo com aquele lugar, aquelas regras. Golpearam com fúria e experiência usando o que estivesse à mão e atingindo onde causava mais dor e mais danos. Naci tentou proteger a cabeça e por isso tantos dedos quebrados, mas foi derrubado e aos bastões somaram-se os pontapés. No chão, ele recebeu o pior da surra e tudo isso só parou porque provavelmente ele não reagia mais. Pela violência dos golpes não houve hesitação caridosa ou receio de medidas disciplinares. Bateram sem misericórdia e certos de que não sofreriam nenhum processo ou reprimenda. Sabiam o que estavam fazendo, fizeram com gosto e não temiam qualquer consequência.

Theodor tocou gentilmente o meu braço sugerindo que estava na hora de ir, mas pedi para ficar até o final. Não iria demorar muito. Ele então mandou que trouxessem duas cadeiras e um cobertor e por respeito colocou a cadeira dele bem distante, junto à porta, e a minha ao lado da mesa. Cobri Naci e segurei sua mão sentindo três dedos quebrados. Ele já estava muito perto do fim e sequer gemeu quando movi sua mão. Na luz fraca dos lampiões, tive a impressão de ver a sombra de um sorriso, mas pode ter sido apenas isso: uma impressão. Naci tossiu, limpou a garganta como se fosse fazer uma de suas palestras sobre a "Doutrina" e então morreu.

No dia 15 de agosto de 1865, Ignác Semmelweis foi enterrado em Viena. Lembro-me de ver no rosto da viúva uma expressão de alívio e não poderia culpá-la. Além dela, do fiel Istvan Bathory, de mim e de Theodor, ninguém mais foi dar o último adeus. Naci havia conquistado uma vitória em uma guerra que ninguém acreditava existir; vencera um inimigo que para a comunidade médica da Europa era apenas um demônio na cabeça do irritante médico húngaro.

Soube anos depois que os restos de Naci foram para Budapeste em 1891, mas francamente não sei se esta exumação foi algum tipo de homenagem de sua terra Natal ou se Viena estava expulsando Ignác outra vez.

É claro que fiquei abalada com aquilo tudo, mas estranhamente Theodor pareceu ter sofrido mais. Nas semanas seguintes, percebi que ele estava mais calado do que de costume e uma noite, durante o que deveria ser um jantar romântico, ele inesperadamente sugeriu que saíssemos de Viena, talvez até mesmo da Europa. Pensei que ele poderia estar me protegendo mais uma vez, querendo me afastar de todas as minhas tristes lembranças, mas entendi que havia mais do que isso. Theodor estava decepcionado com a comunidade médica e falou apaixonadamente sobre levar a Medicina onde ela poderia ser mais necessária. O argumento final era de que talvez eu pudesse exercer a Medicina se as leis e a vigilância fossem mais tolerantes.

De início nada daquilo pareceu uma boa ideia. Eu não tinha mais vínculos com Viena, mas não me sentia forte o suficiente para aquele tipo de aventura. Theodor tinha em mente um lugar remoto, até mesmo selvagem. Nos meses seguintes continuou a sua campanha apaixonada e acabou me contagiando com todos aqueles mapas e livros de viagens. Decidimos que o Brasil poderia oferecer o que estávamos procurando. O dinheiro não foi problema. Tínhamos o suficiente e nem precisávamos vender a casinha no distrito de Josefstadt. Uma sobrinha de Theodor cuidaria da casa e o marido, um jovem advogado, ficaria encarregado dos negócios.

Chegamos ao Rio de Janeiro no verão de 1867 no vapor Turenne, *de bandeira francesa. Na bagagem, por insistência de Theodor, trazíamos o livro de Semmelweis e nosso trabalho era achar um lar para a "Doutrina".*

Não posso dizer que a acolhida no Brasil foi calorosa, mas não foi hostil. Passado o choque em relação aos odores, à sujeira e ao barulho, não era um mau destino. Arranjamos uma casinha no Morro do Mundo Novo, em Laranjeiras, e tentei acompanhar Theodor nos estudos de português, mas fracassei. Logo descobrimos que havia uma grande concorrência de médicos franceses e o melhor que conseguimos foi um contrato anual com três famílias de Viena com dinheiro suficiente para médicos particulares. Theodor clinicava e eu ajudava como enfermeira, embora continuasse estudando Medicina e seguisse tentando aprender o maldito português, o que jamais consegui, você bem sabe.

As coisas continuaram assim por três anos. Não era a aventura selvagem com a qual Theodor sonhara estudando os mapas da América do Sul, mas ele tinha razão sobre sairmos de Viena.

Uma noite, enquanto fazíamos planos de comprar uma chácara com nossas economias, somadas ao dinheiro que pediríamos que fosse enviado de Viena, bateram na porta. Era o capataz dos Wimmer, uma das famílias austríacas que atendíamos por contrato. O homem estava exausto. Com dificuldade, entendemos que o caçula dos Wimmer estava ferido. Algo sobre um acidente com uma arma de fogo. Theodor deveria partir imediatamente para a fazenda da família. Comecei a arrumar a minha maleta, mas ele achou melhor que eu ficasse. Há dois dias eu andava indisposta e ele disse que se o caso fosse grave teria que trazer o menino para o Rio de Janeiro. Se não fosse coisa séria, poderia cuidar de tudo sozinho. Tínhamos uma boa carroça, ele estava com o capataz, aquela não era a nossa primeira emergência e acabei concordando.

O que aconteceu exatamente é impossível saber. O capataz depois contou que se adiantou para chegar primeiro à fazenda e avisar que o médico já estava a caminho. Não poderia imaginar que Theodor escolheria o local errado para atravessar o rio. Havia chovido a semana inteira e a correnteza estava mais forte que de costume. Talvez Theodor tenha avaliado mal a travessia ou um galho levado pelo rio tenha assustado o cavalo. O fato é que a carroça deve ter virado e ele ficou preso no fundo do rio. O corpo foi achado no dia seguinte uma légua rio abaixo, preso a uma galhada. Ajudei o médico do hospital na autópsia, uma gentileza concedida à viúva e à enfermeira. O que vi foi consistente com um acidente. A tíbia esquerda estava fraturada, provavelmente pela carroça que o prendeu ao fundo.

A morte de Theodor foi o Destino me avisando que o meu tempo de paz havia terminado e minha cota de felicidade neste mundo chegara ao fim. Aceitei isso não com a resignação dos sábios diante da fatalidade, mas com a apatia dos exaustos, a obediência dos vencidos, o consentimento dos derrotados.

O enterro de Theodor foi pago pelos Wimmer. Insistiram nisso e fizeram questão de organizar tudo segundo o costume brasileiro. Contra a minha vontade me vi caminhando pelas ruas à noite, segurando um archote, seguindo um cortejo ao lado de mulheres em prantos teatrais, vendo os escravos distribuírem velas para que desconhecidos se juntassem à nossa procissão.

Cuidei das coisas com pressa, mas sem emoção, sem ansiedade. Fui prática para não ficar louca. Resolvi nossos negócios devolvendo às famílias as últimas parcelas do contrato, mas os Wimmer outra vez foram generosos. Insistiram para que eu ficasse com o dinheiro. O caçula se recuperou do tiro acidental no pé, ferido de raspão por uma pistola de pouco calibre e, no final das contas, Theodor morreu para salvar a unha de um dedo de uma criança.

Por quase um ano fiquei assombrando a nossa casinha. Não teria suportado se não fosse a Fada Verde. Sim, foi nesta ocasião que descobri o absinto* e o poder de sedução da Artemísia.

A intoxicação pelo absinto é diferente de qualquer outra bebida alcóolica. O mundo da Fada Verde é peculiar a ponto de oferecer ao absintheur *momentos de profunda lucidez. É como entrar na consciência pela porta dos fundos. Em um desses momentos decidi que precisava sair do Rio de Janeiro, ir para o interior e abrir uma farmácia.*

Nos meses seguintes, procurei me manter sóbria o suficiente para realizar esse plano. Não sei o que me fez escolher Santana do Ouro Velho. Talvez tenha sido o fato de ficar longe do Rio de Janeiro. Encontrei uma casa adequada, com um porão espaçoso onde pretendia continuar os meus estudos de Medicina. Não esperava ter que enfrentar uma concorrência desleal. Alguns médicos da região tinham interesses e até participação na única botica da cidade e a Farmácia Viena acabou amaldiçoada.

Meu ímpeto para organizar as coisas foi desaparecendo e o lugar foi se transformando num casebre empoeirado. Eu me tornei a bruxa da aldeia, trabalhando como parteira e "curandeira", mas na verdade praticando uma Medicina que não poderia ser encontrada nem mesmo na Corte. Quando Theodor ainda era vivo, tivemos a oportunidade de conhecer Madame Durocher e no meu isolamento consegui me manter atualizada graças às publicações inglesas que Madame enviava junto com caixas de cigarrilhas. Usei o porão como laboratório para meus estudos e aqui, para o seu registro, confirmo que roubei cadáveres, como bem sabe. Disse a mim mesma que Ptolomeu I havia me dado permissão para isso quando em 300 a.C. decretou em Alexandria que os cadáveres poderiam ser usados para estudos.

Deus – se é que Ele existe – sabe que sempre devolvi à terra respeitosamente e com profunda gratidão todos os meus... colaboradores. Se não fui bem acolhida pelos vivos da cidade, ao menos estreitei laços de amizade com os mortos e, no geral, penso que fiz bom negócio, pelo menos até conhecer você e Isoba.

Aceitei esses fatos e, se não tinha felicidade, tinha o controle sobre a minha vida, uma independência reservada a poucas mulheres. Frequentava os lugares que queria e bebia o que queria, mantendo o absinto fechado na prateleira quando precisava estar sóbria para receitar, fazer pequenas cirurgias ou roubar cadáveres. Foi assim que conheci você e Isoba. Tudo mudou depois disso, como bem sabe. Devemos tanto a ele... tanto... eu mais do que todos.

Foi bom ter colocado no papel estas memórias. Meus fantasmas agora estão neste caderno. Estou mais leve. Talvez seja isso que chamam de paz.

Obrigada, meu amigo. Escreva sobre nós... conte ao mundo sobre Isoba.
Com eterno afeto,
Sua irmã Agnes

Capítulo 6

Fogo no pasto para os lados da capela da fazenda. Foi assim que tudo começou.

Agnes havia chegado no fim da tarde, segundo ela para avaliar a cicatrização da minha perna e a qualidade do *scotch* da nossa adega, mas também estava ali para ver Isoba. Tinha pedido para pernoitar, uma situação cada vez mais frequente e que nos dava grande prazer. Naquela noite, depois do jantar, conversávamos sobre tudo e sobre nada, relaxados na biblioteca com nossos cachimbos e Agnes fumando as cigarrilhas que Madame Durocher enviava da Corte. Foi Isoba quem avistou pela janela pontos luminosos no pasto, dispostos em distâncias regulares como velas de um bolo de aniversário. Eram quase dez horas da noite e a capela ficava perto do rio a uma boa distância do casarão. Agnes sugeriu animada que fôssemos ver o que era e podíamos usar a sua carroça para me poupar da caminhada. Ela já tinha bebido meia garrafa de *scotch* e estava em um dos seus acessos de entusiasmo, achando graça e divertimento em tudo. Havia chovido no dia anterior e não parecia haver risco de o pasto ser tomado pelo fogo, o que tornava tudo ainda mais misterioso.

A lua cheia e o lampião nos ajudaram ao longo da estrada, na verdade uma trilha de gado que contornava o pasto beirando o bosque e depois seguia reto numa faixa estreita de cascalho até a capela. A igrejinha simples foi construída por um capricho da minha avó paterna, muito devota do Sagrado Coração de Jesus. Nos tempos dela, o padre vinha celebrar ali a missa aos domingos e recebia por isso doações tão generosas que, quando ela morreu, o pobre sacerdote parecia mais inconsolável do que meu avô. Com a morte dela, a capela passou a ser frequentada livremente pelos empregados e pelos escravos convertidos. Minha mãe tomou para si a tarefa de manter sempre no altar um arranjo de flores e velas acesas aos pés da imagem trazida da França, um Cristo em tamanho natural com vestes folheadas a ouro e apontando no peito aberto o próprio coração também de ouro.

Quando assumi a fazenda e estava arruinando tudo na minha corrida para o Abismo, a capela também sofreu; vendi os bancos, as imagens, as cortinas e teria vendido o altar se tivesse encontrado um comprador. Calculei que renderia um bom dinheiro por ser de madeira nobre e ricamente entalhado. O lugar ficou esquecido; não mais um templo de um branco imaculado, caiado duas vezes por ano, mas uma torre solitária com paredes esverdeadas de musgo plantada no meio do pasto tomado de ervas daninhas.

De longe, ainda no caminho, desvendamos o mistério das chamas regulares. Alguém havia colocado archotes ao redor da capela; latas de óleo presas em hastes de ferro fincadas no chão. Isoba me ajudou a descer da carroça e nos aproximamos. Para ser franco, era uma cena bonita.

Isoba parou alguns instantes junto a um dos archotes e examinou o suporte de ferro. Agnes apontou para a parede onde alguém rabiscara com força as letras SLD usando carvão.

A porta estava entreaberta e tudo às escuras. Isoba forçou um pouco e as dobradiças rangeram. Empurrou mais e ouvimos algo raspar no chão de pedra da capela. Vimos então uma chama percorrer velozmente um rastilho de pólvora e desenhar ao redor do altar um círculo de fogo.

Instantes depois, o altar foi tomado pelas chamas revelando uma cena monstruosa.

Uma estrutura de madeira, cordas e roldanas mantinham sobre o altar uma égua branca mal empalhada, com as patas dobradas e presas com arame como se o animal estivesse galopando no ar. Era possível ver as linhas negras das costuras do empalhamento mal feito por onde vazavam as vísceras e nas cavidades dos olhos e nas narinas havia tufos de palha que se incendiaram.

Ficamos aterrorizados, mas ao mesmo tempo fascinados com a égua cega, retalhada e mal reconstruída, cruelmente preparada para aquele galope flamejante.

As chamas atingiram a crina e o rabo e tudo teria sido consumido no fogo se a estrutura não tivesse desabado com um estrondo sobre o altar e o chão da capela. Aquele espetáculo medonho durou menos de um minuto. Com os restos de um tapete encontrados num canto conseguimos apagar o fogo. A luz do lampião revelou então a pobre égua não inteiramente carbonizada, exalando um cheiro repugnante de carne podre e pelos queimados.

O cheiro e a fumaça nos obrigaram a sair para respirar. Estávamos chocados e fascinados. Alguém decidira nos tornar testemunhas daquele espetáculo macabro e empregou nessa tarefa um grande esforço. Era evidente que havia naquilo algum tipo de aviso, provavelmente uma ameaça, e isso me fez pensar no Coronel Borja. Descartei essa hipótese porque não se parecia com algo que ele faria ou mandaria fazer. Um tiro na escuridão ou uma facada encomendada teriam a sua assinatura, mas não aquela cena. O que vimos na capela era produto de uma perversa engenhosidade. De certa forma, era uma obra de arte ainda que concebida por um talento degenerado e cruel.

Isoba se afastou e contornou a capela examinando os archotes. Agnes tirou do bolso da saia uma garrafinha de *scotch* e me ofereceu um gole.

– Gostaria de examinar aquela égua – disse ela mais para si mesma.

– O que poderia descobrir? – perguntei devolvendo o frasco.

– Falo com os mortos. Eles me contam coisas. Sabemos que o responsável por isso não entende nada sobre animais empalhados. Pode ter deixado mais pistas.

Isoba voltou trazendo um dos suportes.

– Sabemos também que o número 21 deve ter algum significado – disse ele. – As hastes estão numeradas em algarismos romanos.

– Ele quer que descubramos a sua identidade – eu disse. – Não creio que SLD sejam as suas iniciais, mas é algum tipo de assinatura. Já vi essas letras antes...

E então me lembrei.

Tive que me apoiar na carroça.

– Meu Deus! Não é possível! O incêndio... os escombros... – eu não podia acreditar.

Isoba e Agnes sabiam que eu tinha perdido um grande amor há muitos anos, mas não conheciam as circunstâncias.

– Eu me apaixonei por uma mulher que era dona de um bordel na cidade – expliquei bastante abalado. – Fomos amantes e tínhamos planos. Enquanto eu estava na Corte tratando de negócios, o bordel pegou fogo. Voltei às pressas e só encontrei cinzas. Ela e outras pessoas morreram na tragédia e nos escombros alguém escreveu com carvão estas mesmas letras... SLD.

– Há quanto tempo foi isso? – perguntou Agnes.

Levei alguns instantes para me lembrar o ano exato.

– Há 21 anos – balbuciei.

Aquilo dava um novo sentido ao ritual macabro. Quem planejara aquele espetáculo sabia o que tinha acontecido com o bordel e se deu ao trabalho de guardar a data. Poderia ser o autor das letras traçadas nos escombros ou ao menos esteve no local depois da tragédia. O que era possível deduzir com certeza era que tudo o que havíamos testemunhado na capela estava relacionado ao incêndio da Casa de Madame Dália. Diante dessa nova perspectiva, eu precisava saber mais e Agnes tinha razão em querer examinar o pobre animal.

O passo seguinte parecia ser arrastar a égua para fora. Com mais espaço e sob a luz dos archotes Agnes poderia procurar por pistas sem sufocar.

Eu ainda não tinha mobilidade; mal conseguia me aguentar de pé sem a bengala, e por isso fiquei encarregado da carroça. Isoba e Agnes usaram as cordas para amarrar a égua e descobriram que o rastilho fora engenhosamente aceso por meio de uma pederneira preparada para produzir uma faísca quando abríssemos a porta.

Com as cordas bem amarradas à carroça, arrastamos para fora o animal ainda fumegante.

Agnes e Isoba fincaram os archotes ao redor da égua e a cena era horrenda. Tinha o pescoço e parte das ancas queimadas; nas patas, os ossos eram visíveis e algumas costuras haviam se rompido, espalhando no chão gordura e restos dos intestinos. O cheiro de putrefação era insuportável e tudo muito repugnante, mas Agnes examinava o animal sem qualquer sinal de repulsa. Foi ela quem notou uma estranha protuberância no ventre da égua e com o canivete que sempre trazia no bolso cortou a linha negra. A costura cedeu revelando um braço humano.

Alguém fora colocado *dentro* da égua.

Isoba e Agnes se apressaram em desfazer as costuras, indiferentes ao cheiro e à imundície da operação. Sob a luz dos archotes, a cena se tornou ainda mais abominável. Um negro estava amarrado com cordas e restos dos intestinos da égua, enfiado com os joelhos dobrados no meio dos órgãos que o autor daquilo não conseguira ou decidira não remover. Agnes observou que pelo menos nove costelas da égua haviam sido deliberadamente quebradas ou serradas para abrir espaço e os pulmões apressadamente ou inabilmente removidos. Ela não saberia dizer há quanto tempo o animal estava morto, mas deduziu, explicando que não era um cálculo preciso, que o pobre negro estava morto há talvez dois dias, não mais do que três. Tomou como base a ausência de *rigor mortis* e a presença de pequenas larvas semelhantes a montinhos de arroz.

Durante todo o trabalho segurei o lampião para iluminar aqui e ali e ainda hoje tenho gravado na memória toda aquela monstruosidade. Lembro-me do negro, quando livre das amarras, estirado sobre o cascalho, vestindo apenas uma calça de flanela azul. A cabeça e parte do tronco horrivelmente queimados, as marcas da morte sobre as cicatrizes de açoites, feridas recentes sobre feridas antigas revelando uma morte tão violenta quanto a vida que levara. Agnes sugeriu que colocássemos o corpo na carroça, pois no porão da farmácia tinha o que precisava para saber mais.

Com a descoberta de um cadáver seria natural supor que levaríamos em seguida o caso à polícia, mas não foi o que fizemos. Sabíamos que a lei não teria condições de responder às perguntas que parecíamos ser os mais aptos a fazer. Isoba pretendia examinar o local certo de que poderia obter mais pistas e ninguém na polícia teria condições de extrair do cadáver o que Agnes poderia conseguir com sua experiência e seus métodos. Como se não bastassem essas razões, a possibilidade de que deveríamos pensar melhor antes de envolver a lei também ocorreu ao autor daquele estranho espetáculo como descobrimos a seguir.

Agnes pediu que eu aproximasse o lampião do rosto do pobre homem. Ela então abriu a boca da vítima e com dois dedos explorou a cavidade. Tirou de lá um pedaço de osso do tamanho de um polegar.

– Não é a primeira vez que encontro objetos na boca de um cadáver – disse ela diante do nosso espanto. – Parece um pedaço da costela da égua. Há algo escrito gravado a fogo.

Na luz do lampião foi possível ler numa letra miúda traçada com esmero: *Dominus pugnati pro vobis et vos tacebits.*

– O Senhor pelejará por vós e vós estareis em silêncio – traduzi sabendo que Isoba não tinha conhecimento de latim. – É uma citação da Bíblia, mas não sei o livro.

– Exodus – disse Isoba.

Agnes e eu não conseguimos conter a nossa expressão de admiração. Parecia improvável que Isoba conhecesse tão bem a Bíblia.

Ele sorriu como sempre fazia quando desatava nós.

– Desde que cheguei a esta terra vi este livro ser usado com tanta frequência como um ferrão envenenado que decidi estudá-lo para desenvolver os meus antídotos. Li uma tradução portuguesa da *Vulgata* e lembro-me dessa citação porque fiquei me perguntando quando o deus daquele livro começaria a pelejar por mim.

– O responsável por este crime então quer o nosso silêncio – eu disse.

– Parece que sim – concordou Isoba. – Mas também é um aviso de que isto está apenas começando. Teve muito trabalho para nos dizer isso. Ele vai atacar de novo e somos a plateia. É um espetáculo de marionetes e ele está puxando os cordéis.

– Por isso a égua estava suspensa por cordas... – ponderei.

Decidimos que Agnes iria para a Farmácia Viena levando o corpo. Eu me ofereci para acompanhá-la e ajudar o quanto a minha perna permitisse, mas na sua franqueza habitual ela disse que eu mais atrapalharia do que ajudaria e acrescentou com um sorriso macabro que estava acostumada a levar cadáveres para casa.

Isoba disse que precisava "conversar com os deuses do lugar" e passaria a noite na capela. Sugeriu que o melhor que eu poderia fazer seria voltar à fazenda e tentar me lembrar do que pudesse sobre o incêndio ocorrido há duas décadas. De qualquer modo, ninguém conseguiria dormir depois de tudo aquilo e assim nos separamos para cumprir as nossas tarefas. Ficou acertado que no dia seguinte na hora do almoço nos encontraríamos na farmácia para relatar os resultados de nossos esforços.

༺ঞ༻

Não foi fácil trazer Dália de volta. Fiquei segurando o lápis sem forças para anotar o que sabia sobre a tragédia. O que me veio prontamente e com uma nitidez cruel foram os nossos encontros; a pele suada, a boca vermelha entreaberta, a língua quente, o cabelo negro espalhado no travesseiro, as mãos e as pernas me apertando com força, o prazer em gemidos curtos e longos, terminando numa mistura feliz de riso e choro. Deixei que tudo isso me invadisse e aceitei resignado que a tristeza me dominasse como havia feito no passado, nos anos em que a minha vida se tornou dor sem trégua, aflição sem paz. Deixei esse sofrimento me visitar e depois mandei-o embora. Aos poucos, tateando na escuridão do passado, procurei outras lembranças; de início borrões, luzes, cores como um sonho de absinto ou febre alta. Lembrei-me do vigarista do hotel comentando sobre o incêndio, a sua expressão de medo enquanto eu o sacudia pelas lapelas. Senti outra vez o cheiro forte de madeira queimada, minha felicidade transformada em cinzas. Vi o olho do dragão pintado no biombo, a pupila negra acusadora. Onde eu estava que não pude salvá-la?

Fui então ao meu quarto e tirei da gaveta do criado-mudo uma carta de baralho, a dama de ouros chamuscada que recolhi dos escombros do bordel. Tomando coragem, anotei que o padre havia dito que seis corpos foram retirados do incêndio, mas apenas um havia recebido enterro cristão. Isso significava que cinco vítimas eram prostitutas sem direito a uma sepultura em campo santo e Dália seria uma delas. Anotei também que Manoel de Sá foi quem recebeu os últimos sacramentos e até onde eu sabia fora em vida um cavalheiro distinto que havia feito um bom dinheiro negociando com os ingleses. O padre comentara que o enterro não poderia ter sido mais simples. Um escravo que tivesse alguma estima dos patrões teria recebido um funeral melhor. O caixão foi feito com madeira barata, sem verniz, não houve flores nem mesmo velas. Contrariando o costume, o cortejo fúnebre percorreu as principais ruas da cidade durante o dia para que todos vissem aquele despojamento que beirava um insulto ao falecido. Tudo seguiu à risca a vontade da viúva. O padre teve a delicadeza de não explicar a razão de tanta economia, mas todo mundo sabia que aquilo era a vingança de uma esposa se sentindo ultrajada ao saber que o marido frequentava o bordel.

Foi penoso recordar também todo o meu esforço para encontrar qualquer funcionário. Haviam desaparecido como se tudo não tivesse passado de um sonho. A única testemunha que encontrei foi o pobre Matias, mas já às portas da morte na enfermaria de indigentes. Lembrei-me de que a enfermeira havia dito que em um raro momento de lucidez ele revelara que o incêndio começara no estábulo. Lembrei-me também que a cidade nada fizera para apagar o fogo e, por fim, forcei-me a anotar que Dália morrera tentando salvar as meninas trancadas no andar de cima.

Isso era tudo e ao mesmo tempo não era nada. Não consegui com essas lembranças nenhuma pista sobre SLD, a não ser o fato de que me recordei claramente de ter visto essas letras traçadas com carvão nos escombros.

Anotei tudo isso e adormeci exausto.

No dia seguinte me preparei para uma dolorosa cavalgada até a cidade. A perna ainda latejava e para estar na Farmácia Viena na hora do almoço eu precisava sair cedo. Vi uma coluna de fumaça para os lados da capela e imaginei que Isoba tivesse queimado durante a noite a carcaça da égua. Ele não havia dormido em casa e pensei em passar pelo local para ver como estava se saindo, mas decidi seguir direto para a cidade e evitar as dores e os solavancos de um caminho mais longo. Foi uma decisão acertada porque ele já estava com Agnes quando cheguei. Parecia bem-disposto e não alguém que havia passado a noite ao relento. Agnes estava desalinhada; as roupas amassadas, o cabelo preso com displicência e, apesar das olheiras, também parecia bem-disposta.

No porão, o escravo jazia sobre a mesa e estava coberto com um lençol. Isoba examinava as mãos do cadáver enquanto Agnes preparava um líquido verde misturando aos seus xaropes punhados de ervas que tirava de um almofariz.

– Tome – disse ela me oferecendo uma taça do líquido misterioso. – Você está com um aspecto horrível. Fiz para mim, mas você está precisando mais. É um fortificante.

Tomei de um só gole. O aspecto era de uma sopa de musgo e o cheiro lembrava a boca de um canhão depois do disparo, mas o gosto era surpreendentemente fresco e agradável.

– E então? Quem começa? – perguntou ela animada e enxugando as mãos no avental.

– Acho que sou eu, mas não terei muito a acrescentar – eu disse.

Tirei as minhas anotações do bolso e contei o que havia conseguido me lembrar, mas, como esperava, meu depoimento não estava ajudando muito. Isoba perguntou se eu tinha certeza de que as letras da capela eram as mesmas que vi no que sobrara do bordel e confirmei com convicção. Não poderia jurar que era a mesma caligrafia, mas eram as mesmas letras. Perguntou também o que eu sabia sobre o homem que teve o enterro simples como um ato de vingança. Contei que era Manoel de Sá, um fazendeiro bastante conhecido na região e, se estivesse vivo, teríamos mais ou menos a mesma idade. Era outro exemplo de tudo o que meu pai queria que eu fosse: um hábil homem de negócios e a estampa perfeita de um cavalheiro respeitável. De fato, frequentava a Casa de Madame Dália, mas nunca o vi jogando. Seus interesses estavam nas camas do bordel e todo mundo comentava que deixava em casa uma bela esposa. Além de um palacete na cidade, tinha duas ou três fazendas e, até onde eu sabia, a viúva estava administrando bem o patrimônio.

Agnes perguntou se eu não havia conseguido descobrir onde estariam enterradas as prostitutas e respondi que acreditava ter feito tudo o que podia, mas sem sucesso. O mais certo é que tivessem sido inteiramente carbonizadas. Só saberia dizer onde estava o velho Matias porque havia cuidado pessoalmente do funeral. De qualquer forma, não via como os corpos daquelas mulheres poderiam ajudar.

– Este aqui ajudou – disse ela depois de tomar um gole de seu fortificante. – E acho que agora é minha vez.

Aproximou-se do cadáver arregaçando as mangas. Isoba estava examinando as calças da vítima, mas pendurou-as em um gancho na parede e sentou-se para ouvi-la.

– Eu e meu amigo aqui conversamos a noite inteira – disse ela. – E sei que ele tem mais de 40 anos e menos de 45. Teria uma saúde excelente se não tivesse sofrido tantos castigos. Algumas costelas e o maxilar foram fraturados há 30 ou 35 anos e possivelmente na mesma ocasião perdeu parte da orelha esquerda, talvez resultado do castigo ou um acidente.

– Não foi um acidente – interveio Isoba. – Ele fugiu, foi capturado e devolvido aos patrões. Nesses casos, além do açoite, marca-se a ferro e fogo a letra F no rosto ou um pedaço da orelha é cortada. Ou ainda... – Isoba hesitou.

– Sim, meu amigo aqui sofreu o castigo maior, mas isso foi depois, há cerca de 20 anos – completou ela. – Deve ter fugido uma primeira vez e, como você disse, depois de recapturado levou uma surra e cortaram um pedaço da orelha. Há cerca de 20 anos fugiu novamente e então sofreu a punição que o condenou a mancar para o resto da vida. O tendão de Aquiles foi deliberadamente cortado. Não encontrei depois disso sinais de outros castigos, nem mesmo açoite. Mas encontrei marcas de agressões recentes, de três ou quatro dias. Pelos indícios, posso afirmar que teve os pulsos e tornozelos amarrados e sofreu torturas.

– De que tipo? – perguntou Isoba.

– Meu amigo foi asfixiado, mas aqui tudo fica muito peculiar. Foi torturado com muita habilidade. Usaram um método conhecido como garroteamento, um sistema de torniquete e o carrasco regulou com precisão o castigo. As marcas no pescoço sugerem um aparato especial, uma cadeira do tipo usado pela Inquisição. A vítima fica imobilizada, sentada ereta contra um espaldar alto. Ao redor do pescoço há uma corda ou uma gargantilha de metal. Por trás do espaldar, uma haste é girada como um torniquete e travada em qualquer ponto de uma engrenagem e, assim, é possível regular com precisão o tempo e a intensidade do sofrimento. As marcas no pescoço têm bordas regulares e não são compatíveis com cordas. Tudo sugere uma gargantilha e um aparato construído especialmente para esse fim.

– Alguém se empenhou muito para obter uma informação – sugeriu Isoba.

– É a minha opinião também – concordou Agnes. – E penso que acabou conseguindo o que queria.

– Como pode saber isso? – perguntei.

– É só um palpite, talvez até uma conclusão precipitada. Pensei nessa hipótese porque ele não morreu asfixiado. Há indícios de que tenha recebido uma morte menos dolorosa, diria até misericordiosa. É por isso que penso que o carrasco pode ter ficado satisfeito a ponto de ser generoso. Deu ao meu amigo aqui uma dose fatal de *Cordial Godfrey*, um xarope de ópio e canela-de-sassafrás. Senti o cheiro quando o examinei na capela, mas precisava ter certeza. Meu amigo morreu de parada cardíaca durante um sono pesado de ópio, provavelmente quando já estava dentro da égua.

– Isto explica algumas coisas – disse Isoba.

– Então vá em frente porque isso é tudo o que meu amigo me contou.

– Conversou com os deuses do lugar? – perguntei sem esconder uma ponta de sarcasmo.

Isoba sorriu. E então contou o que havia apurado.

– Está claro que tudo foi planejado com muita antecedência. Os archotes numerados, a pederneira presa à porta, a estrutura sobre o altar... minha conversa com os deuses foi então sobre questões práticas; descobrir como tudo foi preparado sem que tivéssemos percebido a presença de estranhos na fazenda.

– Por uma questão de menor esforço, o mais lógico seria levar a égua e o escravo ainda vivos – ponderou Agnes. – Caminhando com as próprias pernas.

– Exatamente. Mas teriam que preparar todo o espetáculo. As traves de madeira do suporte sobre o altar também estavam numeradas, assim como as roldanas. Tudo foi preparado com antecedência para tornar a montagem uma tarefa rápida e silenciosa. Os encaixes são pequenas obras de arte de marcenaria e eliminaram a necessidade de pregos e o som do martelo. Mesmo com a égua viva e a vítima ainda capaz de andar, precisariam de uma carroça para levar os suportes, os archotes, cordas, roldanas e um barril de pólvora. Procurei então rastros de carroça na estrada junto à mata, mas os deuses sugeriram que o rio passando logo atrás da capela seria uma solução melhor. Encontrei um lugar que pode ter sido usado como ancoradouro para uma canoa grande ou uma balsa. Deixaram a estaca que usaram para atracar. Do outro lado do rio, descobri um velho paiol que usaram como abrigo esperando o momento certo, e pode ter sido uma longa espera, pois encontrei uma cama de palha e restos de fogueira. Ficaram no paiol até a hora de cruzar o rio na balsa levando tudo para a capela. Montaram o suporte sobre o altar e isso foi feito em silêncio. A égua foi sacrificada ali mesmo e sei disso porque há uma mancha de sangue atrás do altar. Provavelmente as vísceras foram atiradas ao rio. A vítima foi então colocada para dormir e depois costurada dentro do animal. Suspenderam tudo sem muito esforço graças às roldanas, espalharam a pólvora, fixaram a pederneira, acenderam os archotes e então chegamos para acionar o início do espetáculo. O autor ou os autores devem ter ficado por perto para colher os frutos da obra, nesse caso, a nossa reação. E foi isso o que os deuses disseram.

– Para todo o trabalho na capela, devem ter usado velas ou lampiões – ponderei. – Por que não vimos luzes?

– Podem ter feito um biombo com lonas como fazem os ladrões de cadáveres – disse Agnes com uma piscadela.

– Tudo isso parece trabalho para quatro ou cinco pessoas – eu disse.

Isoba suspirou e só então percebi que ele estava cansado.

– Aqui é que todas essas suposições começam a desabar – disse ele.

– O que quer dizer? – perguntou Agnes.

– A execução desse plano seria trabalho para um grupo silencioso e organizado – explicou –, mas só encontrei rastros da égua, os pés descalços deste pobre homem e as pegadas de um menino ou menina usando calçados. Há um outro tipo de rastro, mas nunca vi nada parecido.

– Algum palpite? – perguntei.

– Pode ser algum tipo de ferramenta que arrastaram até a capela, algo que produziu no chão marcas regulares, mas não se parece com pegadas humanas. Esses sinais têm bordas retas e há uma cadência, como se a coisa estivesse andando ao lado do que pode ser uma única pegada humana, mas nunca vi nada igual. O terreno nesse ponto não ajudou muito.

– E o que fazemos agora? – perguntei. – Vamos à polícia com esses estranhos resultados? Talvez eles consigam um ponto de partida porque pelo o que entendi chegamos ao fim da linha. Sabemos que tudo foi planejado por alguém que sabe do incêndio do bordel e decidiu agora, depois de vinte e um anos, se ocupar do assunto celebrando a data com um ritual monstruoso.

– Sabemos um pouco mais – disse Isoba – e temos um ponto de partida. O homem naquela mesa trabalhava para o cavalheiro morto no incêndio.

– Manoel de Sá? – perguntei.

– Ele mesmo. Pelo que Agnes disse, esse pobre homem aqui foi castigado ainda jovem depois de uma fuga. Foi surrado, açoitado e perdeu parte da orelha. Como devem saber, isso é feito pregando a orelha em uma porta. O patrão cospe no chão e chama o escravo, que tem que atender e se aproximar antes que o cuspe seque. Depois do castigo, voltou ao serviço e de algum modo ganhou a confiança dos patrões. Não tem as mãos de quem trabalhou a vida inteira no campo e há até mesmo um calo de escrita. Ele foi aproveitado como escravo de dentro* e possivelmente aprendeu a ler e a escrever. Isso por si só já seria um sinal de estima e confiança, mas há outro indício que demonstra que ele talvez tenha conquistado certa consideração dos patrões. Pelo que Agnes descobriu, há cerca de 20 anos aconteceu alguma coisa e ele fugiu novamente. Deve ter sido algo grave para ele tentar a sorte no mato deixando para trás condições razoáveis. Foi então recapturado e sofreu graves consequências, uma pena imposta por quem se sente traído. O tendão foi cortado porque não foi só a fuga, mas a decepção, e não foi só um castigo, mas um ato de vingança pelo que foi julgado ingratidão.

– Por todos os deuses da África! Como pode saber tudo isso? – perguntei arrependido do meu sarcasmo.

– Examinei as mãos da vítima e as calças trazem a etiqueta do antigo proprietário. Foi feita sob medida e nosso amigo aqui era estimado a ponto de herdar as calças do patrão, o mesmo cavalheiro morto no incêndio.

– Isso está ficando cada vez mais interessante – disse Agnes preparando um pouco mais do seu fortificante.

– A minha pergunta permanece – insisti. – O que fazemos agora? Não é o caso de procurarmos a polícia já que graças aos deuses de Isoba temos mais informações?

– Não acho que a polícia vá fazer qualquer coisa a respeito – disse Isoba. – Um negro morreu queimado e não há sinal do culpado. Caso encerrado. Provavelmente, vão culpá-lo pela morte da égua.

– Você mesmo disse que esta coisa estava apenas começando – ponderei. – Isso significa que mais pessoas podem morrer.

– Isoba tem razão. A polícia não vai fazer nada.

121

– Veja o seu caso – disse ele aceitando a taça que Agnes oferecia. – O que fizeram sobre os três tiros que o coronel disparou contra você à luz do dia e na presença de meia dúzia de testemunhas?

Ele tinha razão. Nada foi feito. Em outros tempos, a minha desavença com Borja talvez fosse registrada no *Livro de Querelas* para que as autoridades acompanhassem o caso, mas mesmo essa mera formalidade havia sido abandonada há décadas. Vigorava em nossa região e em muitas Províncias do Império uma das mais antigas leis do mundo, a lei do mais rico. A Justiça, e aparentemente até o próprio coronel, consideraram o nosso caso resolvido e as punições distribuídas com equilíbrio: Borja com o nariz torto e eu manco para o resto da vida. Na nossa cidade, o caso estava encerrado se não surgissem novidades, como de fato surgiram.

Isoba prosseguiu.

– A Justiça aqui é como a teia de aranha que sempre mata apenas os pequenos. Raciocine. Em menos de 24 horas descobrimos evidências que a polícia não teria condições de interpretar e investigar mesmo se tivesse interesse no caso. Os jornais estão cheios de crimes não resolvidos, todos muito mais simples do que este estranho jogo de vingança.

De fato, os jornais traziam com frequência notícias de roubos e assassinatos, mas raramente anunciavam a captura dos culpados. A nossa Província contava com menos de mil homens para todo o policiamento e em nossa região a lei era ainda mais deficiente. Não tínhamos um delegado e o Major-Fiscal, substituto do finado Comandante, passava mais tempo nas rinhas de briga de galo e com as prostitutas do Beco do Lampião do que fazendo o seu trabalho.

– Está bem – cedi. – Não vamos à polícia. O que sugerem então?

Isoba tomou o fortificante e devolveu a taça à Agnes com uma mesura elegante.

– Sabemos ainda um pouco mais sobre o caso – acrescentou. – Quem está por trás disso estudou latim, conhece a Bíblia e parece ter tempo de sobra. Isso reduz o número de suspeitos se ele for desta região. O mais lógico seria começarmos pela viúva. Se ela não tiver nada com isso, pode estar se perguntando onde ele está – disse apontando a pobre vítima sobre a mesa.

– Neste caso, é aqui que nos separamos e deixo vocês seguirem adiante – disse Agnes. – Não sou muito popular na cidade e minha presença não vai ajudar. Na verdade, talvez atrapalhe. Se eu puder ser útil com os meus conhecimentos de bruxa de aldeia e amiga dos mortos, contem comigo. Não sou muito boa lidando com os vivos.

– Eu também vou atrapalhar – disse Isoba. – Sou o negro atrevido e imagino que a viúva não vá ficar à vontade respondendo às minhas perguntas. Talvez seja melhor você cuidar disso sozinho, César.

– Vou fazer isso, mas saibam que também não sou popular. Estou longe de ser um cidadão exemplar. Talvez a reputação do meu pai ainda sirva para que eu seja ao menos recebido no palacete. Não conheço a viúva. Será uma conversa formal, com pouco espaço de manobra e por isso não tenham muitas esperanças. Até que ponto posso revelar o que já sabemos?

– Jogue com ela – aconselhou Isoba. – Não mostre as suas cartas por enquanto se puder evitar. Queremos saber até que ponto ela pode estar envolvida na morte deste homem. Acho difícil que tudo isso seja mais um castigo encomendado por ela, mas avalie também essa possibilidade. Se ficar claro que nada tem com isso, ela estará procurando o seu escravo doméstico e então teremos que começar do zero.

Era muita informação a ser extraída de uma primeira conversa com uma desconhecida. Até mesmo para mim, acostumado a interpretar expressões sutis e lidar com mentirosos, obter aquelas respostas não seria uma tarefa fácil. As mesas de jogo e a vida haviam me ensinado que as pessoas podiam ser divididas em três categorias: as que preferem nada ter a esconder para não serem obrigadas a mentir, os que preferem mentir em vez de nada terem a esconder e por fim nós, os vigaristas, que amamos tanto a mentira quanto o segredo. A viúva era parte da nossa aristocracia rural e eu não esperava que ela fizesse confissões a um desconhecido que batia à sua porta. Se tivesse algo a esconder, não hesitaria em me oferecer a melhor versão da sua máscara da dama respeitável.

O palacete ficava na parte alta da cidade e era fácil perceber que a viúva estava administrando bem a fortuna. Os muros altos e o portão de ferro trazido da Europa, provavelmente de Glasgow,* também deixavam claro que ela estava disposta a gastar um bom dinheiro para manter a sua privacidade. Apresentei-me ao criado que veio me receber no portão e entreguei o meu cartão de visitas, um dos hábitos que mantive dos meus tempos de cavalheiro na Inglaterra. Ele voltou alguns minutos depois e disse que a viúva desejava saber qual era o assunto. Percebi que a reputação do meu pai não valia grande coisa atrás daqueles muros e o jeito foi começar o nosso jogo ali mesmo. Pedi ao criado que dissesse à Madame que eu estava ali para ajudá-la desinteressadamente numa questão de certa gravidade, mas que, para prestar esse auxílio, precisaria obter algumas informações. A curiosidade raramente falha como isca.

O criado voltou mais uma vez ao portão e trouxe um recado. Disse que Madame Vitória não iria me receber. Não estava interessada em minha ajuda para o que quer que fosse e naquela casa cristã eu jamais poria os meus pés imundos. Mandou dizer ainda que conhecia a minha reputação de uma vida inteira de pecados e abominações. O criado neste ponto se atrapalhou com as palavras, mas o sentido ficou claro e, para não deixar dúvidas, recebi dele o meu cartão rasgado em quatro pedaços.

Ao chegar à fazenda depois de outra cavalgada que fez a minha perna voltar a latejar, encontrei meu amigo e mentor fumando o seu cachimbo na varanda. Guardei o arreio no estábulo, soltei o cavalo e me juntei a ele. Com uma ponta de vergonha, relatei o meu fracasso.

Isoba pensou um pouco e depois guardou o cachimbo. Foi até o barracão de ferramentas e voltou com um machado. Sem dizer uma palavra, foi até o quarto e fez uma trouxa de roupas. Ao passar por mim, disse que ficaria fora dois ou três dias, talvez mais.

– Vai sair agora? Já está escurecendo!

– *Ẹní nwá ire, le dúró ọdún kan* – ele disse. – Aquele que espera uma chance pode ter que esperar um ano. Se não foi possível obter o que precisamos pela porta da frente, vamos tentar pela porta da cozinha.

Isoba montou Malembo e, levando o machado, pegou a estrada para a cidade. Fiquei na varanda ainda remoendo a minha derrota, mas então me ocorreu que poderia investigar o assunto de outra maneira. Se Madame Vitória nada tinha com o sumiço do escravo, era razoável supor que tivesse tomado providências. Nos casos de desaparecimento ou fuga, o costume era colocar anúncios nos jornais descrevendo o escravo e até oferecendo recompensas por qualquer informação. Assim, decidi que voltaria à cidade e faria uma visita ao *A Voz da Província*, o único jornal da região.

No dia seguinte, troquei o curativo, vi que o ferimento estava com bom aspecto e finalmente me senti livre do risco de amputação. Mesmo assim, a dor era um martírio e eu deveria tomar as beberagens que Agnes havia preparado para aliviar o meu sofrimento, mas nunca toquei na garrafa. Considerei aquele suplício parte da punição que eu precisava aceitar pelas minhas faltas, pelos pecados e pelas abominações que Madame Vitória não queria sujando o seu tapete.

Com o curativo feito exatamente como Agnes explicara, encilhei o cavalo e fui para a cidade.

Lembro-me de que era uma quarta-feira porque havia na praça um agitado comércio; tendas e barraquinhas de mascates vendendo todo o tipo de mercadoria: potes e panelas de pedra-sabão, queijos embrulhados em folhas de bananeira, cestos e esteiras de palha, roupas baratas, mosquiteiros, mantas tecidas com fibras de malvácea, velas, gamelas, doces, além de frutas e verduras frescas. Perto da fonte, trabalhadores e artesãos ofereciam seus serviços expondo suas ferramentas e anunciando a plenos pulmões as suas virtudes. Em geral, eram negros alforriados e mulatos, gente talentosa e bem-disposta tentando ganhar a vida. Um velho negro sujo de carvão, vestindo trapos, carregando um machado e com um feixe de lenha às costas perguntou em português ruim se eu não estava precisando de "braços fortes" na minha fazenda. Pediu como pagamento diário o dobro do valor usual. Agradeci e disse que ele estava cobrando uma fortuna e não acharia naquela região ninguém que pagasse tanto. Ele deu de ombros e se foi resmungando em dialeto africano.

Contornei a praça e amarrei o meu cavalo em frente à sede do *A Voz da Província*, um sobrado amarelado, com a pintura descascando e provavelmente o lugar mais barulhento da cidade. A qualquer hora do dia ou da noite haveria ali gente trabalhando, bebendo, fumando e discutindo os rumos do Império. Dois repórteres, um editor e dois impressores eram a população fixa daquele feudo de paredes impregnadas de nicotina, mas, pelos portões sempre abertos para negócios e fuxicos, uma multidão entrava e saía dia e noite. O editor era um homem muito magro que lembrava um gafanhoto de óculos e casaca. Eu o conhecia apenas de vista e sabia que tinha um temperamento difícil, irritadiço, e mantinha na segunda gaveta da mesa um revólver carregado. Eu sabia disso porque conhecia Horácio, um dos repórteres. Ao contrário de Madame Vitória, ele apreciava e compartilhava dos meus pecados e abominações. Era um sujeito gordo, corado, suarento, dois ou três anos mais novo do que eu, bom de copo e um jogador razoável. Testei as suas habilidades muitas vezes na Rua do Macedo e, apesar de demonstrar algum talento, não conseguia evitar o tique de passar a língua nos lábios quando estava prestes a blefar. Ganhava muito mal no jornal e vivia pedindo empréstimos e ainda me devia algum dinheiro quando o encontrei naquele dia na sua salinha cheirando a papel velho e aguardente barata.

– Ora! Eis a velha raposa disfarçada de fazendeiro respeitável!

Abraçou-me com força e estalou um tapa nas minhas costas. Parecia mais gordo, mais corado e mais inchado do que eu me lembrava.

– Fico feliz que esteja bem – disse ele. – A bengala combina com o seu novo personagem – e de olhos baixos, um tanto envergonhado, acrescentou – Publicamos um artigo sobre o que aconteceu entre você e o Coronel, mas a coisa não saiu impressa do jeito que eu gostaria. Você entende, não é?

– Claro, Horácio! – e de fato entendia. – As coisas são como são.

Ele bateu na mesa com as duas mãos espalmadas num gesto de quem encerra feliz um assunto.

– Um joguinho mais tarde? Como nos velhos tempos?

– Não, Horácio. O disfarce de fazendeiro respeitável exige dedicação em tempo integral. Continua perdendo nas cartas?

– Tenho tido alguma sorte – e se apressou em acrescentar na defensiva –, mas não muita. Se está aqui para cobrar aquele pequeno empréstimo...

– Falaremos disso um outro dia. Hoje eu preciso é de uma informação.

– Uma informação? – sorriu aliviado. – Veio ao lugar certo. Temos muitas informações, algumas até verdadeiras. Informação é o nosso negócio.

– Preciso saber se foi publicado um anúncio sobre um escravo sumido talvez há quatro ou cinco dias.

– Basta olhar na edição de sábado. Vai encontrar uma dúzia de anúncios desse tipo.

– Preciso saber se a viúva do Manuel de Sá pediu uma publicação assim ou se alguém a serviço dela fez isso.

– Ah! Não preciso nem consultar os arquivos. Atendi Madame Vitória pessoalmente na semana passada. O anúncio saiu no sábado e vamos repeti-lo amanhã. O negro está sumido há mais de dez dias. Ela está furiosa. Mas por que quer saber?

– Pensei ter visto o escravo dela perto da fazenda – não era mentira – e como estava passando por aqui achei que não custava confirmar. Há alguma recompensa?

Ele me olhou de um jeito matreiro.

– Seu velho malandro! Agora entendi o seu interesse. Se entregar o fujão vai embolsar um bom dinheiro e na certa vai cair nas boas graças da viúva. Madame Vitória ainda arranca suspiros por onde passa.

– Não tenho certeza se o homem que vi era quem ela está procurando.

– Baltazar é coxo, um palmo mais baixo do que eu e não tem um pedaço da orelha. Não me lembro se esquerda ou direita.

– Você o conhece?

– Todo mundo conhece a "sombra da viúva". É o escravo de confiança de Madame e por isso ela está tão furiosa.

Horácio olhou ao redor e cochichou.

– Se estiver dando abrigo a ele, não conte comigo. O anúncio promete uma boa recompensa por qualquer informação, mas também ameaça os coiteiros.*

– Não estou dando abrigo a ninguém. Só vi o homem de longe há três dias. Pode nem ser quem estão procurando e, mesmo se for, a essa altura pode estar em Barbacena, São João del-Rey ou em qualquer outro lugar.

– Pode ser. Se eu fosse Baltazar, não ficaria mesmo por aqui. Se da última vez cortaram um tendão, quem sabe o que farão agora?

– Ele já fugiu antes? – perguntei com falsa ignorância.

– Se me lembro foi alguns dias depois da morte do Manoel de Sá. Foi logo recapturado pelo pessoal da fazenda. Eu ainda não trabalhava no jornal, mas o caso se tornou célebre. O editor publicou um longo artigo condenando a crueldade do castigo, você sabe, o tendão, e a polêmica foi boa para os negócios. Eu era só um poetazinho boêmio, mas me lembro do caso e Baltazar virou uma espécie de celebridade. Com o tempo, tudo foi chegando nos eixos, o castigo esquecido e ele se tornou a "sombra" de Madame Vitória. Recebeu alguma instrução e vi ele assinar aqui de próprio punho alguns recibos. Costumava vir buscar ingressos para o camarote do teatro. Madame não perde um espetáculo quando são encenações bíblicas ou temas edificantes, para usar uma palavra que ela adora.

– Bom, vou ficar de olhos abertos caso ele apareça novamente.

Horácio sorriu como se tivesse acabado de ter uma ideia feliz.

– Por que não fazemos aqui um negócio entre velhos camaradas? – outra vez ele olhou ao redor e baixou a voz. – Eu conheço Baltazar. Você me leva até onde ele está e cuido de tudo. Fico com um pequeno percentual da recompensa e coloco você nos braços da viúva. Prometo que não vai ter trabalho algum a não ser me dizer onde está o negro.

– Esqueça, Horácio. Pelo que descreveu não se trata do mesmo homem.

– Já entendi. Vai cuidar disso sozinho. Não quer jogar algumas migalhas aqui para um velho amigo.

– Não é nada disso. Tenho certeza de que não é o mesmo homem. Para provar a minha boa-fé, vou dar a você um presente. Ainda joga com o Eusébio da mercearia?

– Toda terça, nove horas se não estiver chovendo. Ele não joga quando chove.

– Preste atenção. Ele esfrega o polegar no indicador quando tem boas cartas. Pronto. Vai fazer uma fortuna com essa informação.

Horácio gargalhou até se engasgar.

Despedi-me prometendo aparecer na Rua do Macedo, mas não tinha a menor intenção de fazer isso.

Eu estava orgulhoso por ter obtido pelos meus próprios meios tantas informações sobre o caso e mal podia esperar para contar tudo a Isoba. Já estava no salão do jornal, próximo à saída, quando o Coronel Borja apareceu acompanhado de um capitão do mato. O lugar estava cheio de comerciantes e fazendeiros tratando de anúncios, além dos mexeriqueiros de sempre, e tive esperanças de sair sem ser percebido, mas não consegui. Sorrindo, o coronel abriu caminho pela multidão e impediu a minha passagem colocando a ponta da bengala no meu peito. O capitão do mato, um mulato enorme pairando um palmo acima da multidão, abriu o paletó e mostrou um revólver *Gerard* novo em folha na cintura.

– Faz quanto tempo, César? Dois meses? Quase três? Como vai a perna?

Não respondi. Cravei nele os meus olhos vazios e não deixei que percebesse, mas eu estava assustado. Como um gesto meio desesperado de bravata, cocei o nariz.

Foi um milagre o editor ter aparecido. O jornal havia publicado a notícia sobre a nossa questão, mas como Horácio confessou, o artigo foi frio, superficial, escrito para não desagradar o Coronel. Mesmo que um tiroteio ou até mesmo um assassinato cometido ali na redação fizesse maravilhas pela edição seguinte, o editor achou melhor intervir.

– Como vai, Coronel? – disse ele afastando do meu peito a bengala e se colocando entre nós. – Sempre um prazer recebê-lo. Já preparamos os clichês dos anúncios que pediu. Por favor, queira me acompanhar.

Borja ficou alguns instantes me olhando sobre os ombros do editor. Apreciei a visão do seu nariz torto, mas não movi um músculo. Estava tentando me lembrar das lições que recebi em Londres sobre enfrentamentos daquele tipo, mas em todos os cenários as minhas chances eram ruins. Borja também deve ter feito as contas sobre o que outra tentativa de assassinato à luz do dia poderia fazer com a sua reputação, considerando que eu estava desarmado, e deve ter concluído que seria melhor esperar outra oportunidade.

Passei por eles e, abrindo passagem, esbarrei no capitão do mato. Sem tirar os olhos da porta, obriguei-me a sair do sobrado lentamente e, no caminho até os portões, confesso que fiquei esperando o Coronel mandar a reputação às favas e me matar pelas costas, mas cheguei ao cavalo são e salvo. No caminho de volta à fazenda, prometi a mim mesmo começar a usar uma *sovaqueira*, a faca presa junto à axila, um instrumento discreto e mortal nas mãos de um especialista. Graças ao Sr. Gurney, eu havia recebido na Inglaterra lições valiosas de um assassino de aluguel.

Enquanto Isoba esteve fora, nada fiz sobre o caso a não ser ter me esforçado para lembrar mais alguma coisa sobre o incêndio, mas foi em vão. Já tinha contado tudo o que sabia.

Isoba voltou cinco dias depois.

Eu estava lavando a louça e, pela janela da cozinha, vi ele soltar no pasto o cavalo e guardar o machado no barracão de ferramentas. Trazia uma garrafa de clarete.

– Cedo demais para um cálice? – perguntou ao entrar.

– Já passa das quatro. Acho que estamos dentro da lei. Vai me contar o que fez?

Ele abriu a garrafa, serviu dois copos e fomos para a varanda.

– Descobriu alguma coisa sobre... Baltazar? – perguntei dando ênfase ao nome, tentando impressioná-lo com o resultado da minha investigação.

Ele riu.

– Procurou o jornal?

– Ah! Pensou nisso também! – exclamei aborrecido.

– A mim eles não diriam nada. Segui por outro caminho. Entrei pela porta da cozinha.

– Não entendi.

– O palacete da viúva. É uma bela propriedade – disse sorrindo em triunfo.

– Como conseguiu entrar?

– Juntei-me aos trabalhadores e biscateiros da cidade. Não foi difícil. É claro que tive que mudar a minha aparência e me transformei no simpático Josué. Você se surpreenderia com o que se pode fazer com um pouco de farinha e carvão. Como um negro forro, oferecendo lenha e trabalho quase de graça, foi fácil fazer negócio com o capataz da viúva. E a propósito... se alguém cobrar muito por um dia de trabalho, basta regatear. Se pedir 10, está querendo dizer 8 e na verdade deseja 6, e então é porque vale 4 e você só precisa oferecer 2.

– Do que diabos está falando?
– Do velho na praça oferecendo braços fortes para o trabalho!
– Você?
– Como eu disse, você se surpreenderia com o que se pode fazer com um pouco de farinha e carvão.

Não reconheci Isoba vestindo trapos e fingindo ser um velho alforriado vendendo na praça os seus serviços. Os talentos e recursos do meu amigo e mentor pareciam não ter limites.

Ele me serviu mais clarete e pediu que eu contasse primeiro o que havia descoberto no jornal. Não vi necessidade de mencionar o meu encontro com o Coronel Borja, mas quanto ao resto fiz um relatório detalhado confirmando todas as suposições sobre o que acontecera à Baltazar depois de sua segunda fuga. Pelo que Madame dissera ao jornal, ele estava desaparecido há dez dias e tudo indicava que ela não estava por trás do ritual macabro.

Pela porta da cozinha, Isoba tinha conseguido muito mais.

Contou que trabalhou na propriedade por quatro dias. A princípio, foi encarregado de cuidar apenas da lenha, mas depois recebeu de Tobias, o capataz da viúva, a tarefa de fazer alguns reparos no galinheiro. Viu Madame Vitória apenas de longe, sempre vestida de preto. Nos momentos de folga, conversando com os criados, percebeu que estavam todos muito abalados com o desaparecimento de Baltazar. Era muito estimado e ninguém acreditava que tivesse fugido. Disseram que Madame estava angustiada, embora estivesse também furiosa na mesma proporção. Pelo que foi possível apurar, esses sentimentos pareciam genuínos e Isoba concluiu que ela era inocente em relação ao espetáculo de fogo que havíamos testemunhado. Não teria descoberto muita coisa além disso se não tivesse insistido com Tobias para ser testado na função de copeiro. Vangloriou-se de já ter trabalhado em casas excelentes na Corte – o que não era mentira – e tanto insistiu que deram a ele roupas limpas e teve então a chance de explorar por dentro o palacete. Perguntei o que esperava descobrir e, sorrindo, ele confessou que não sabia o que estava procurando. O plano era saber mais sobre a viúva, mas no cômodo dedicado ao serviço religioso entendeu que todo aquele esforço tinha valido a pena.

Nas famílias ricas e piedosas sempre foi costume manter na fazenda ou mesmo na casa na cidade um oratório ou capela. Madame Vitória era conhecida por sua devoção, ainda que não visse mal algum em aleijar para sempre um ser humano.

O palacete foi construído como extensão de uma ermida nos tempos em que a propriedade era ainda uma fazenda de café e Santana do Ouro Velho apenas um arraial. Com o passar dos anos, a sede rural se transformou em um palacete na cidade e a ermida uma capela ligada à casa por um comprido corredor escuro, repleto de crucifixos nas paredes, como testemunhou Isoba. Dentre os membros da escravaria, a velha Balbina era a única que possuía as chaves da capela. Desde muito jovem estava encarregada da limpeza e Isoba conseguiu convencê-la de que o velho Josué precisava agradecer de joelhos a boa sorte de ter sido acolhido naquela casa. Aproveitando a ausência de Madame Vitória e a boa vontade de Balbina, entrou por alguns instantes e fingiu rezar.

Ele descreveu o santuário como uma sala espaçosa, mas um ambiente muito mais austero e despojado do que tinha imaginado. O *lugar dos fiéis* tinha o chão de cerâmica portuguesa e espaço para dez ou doze pessoas acomodadas em pesados bancos de jacarandá. O presbitério, onde estava o altar de pedra-sabão, terminava em um semicírculo e a luz entrava abundante por dois janelões nas laterais. Isoba teve que perguntar quem era a santa no armário, uma imagem de meio metro cercada de flores, e soube que era Santa Paula, colocada ali desde a morte do patrão. Balbina explicou que no tempo em que Manoel ainda era vivo, a capela era dedicada a São Bento por vontade de Madame Vitória. Balbina se lembrava de vê-la ali de joelhos no piso frio, rezando, entoando ladainhas e fazendo promessas, pedindo com fé para que o santo protegesse o marido das tentações. Com a morte de Manoel e considerando as circunstâncias, a viúva se livrou das imagens do santo e o local foi novamente consagrado, mas dessa vez à Santa Paula, protetora das viúvas. Nada disso teria muita importância para a nossa investigação se Isoba não tivesse percebido na toalha branca de linho cobrindo o altar as letras SLD bordadas com fios de prata. Ninguém na propriedade, nem mesmo Balbina, soube dizer o que significavam e talvez só Madame e o padre tivessem essa resposta. Balbina soube apenas explicar que a toalha era antiga, colocada ali no dia da consagração à Santa, poucos dias depois da morte do patrão. Sabia disso porque era seu trabalho manter a toalha limpa para as celebrações semanais. Há vinte anos, Madame Vitória recebia às quartas-feiras duas velhas amigas e às seis da tarde rezavam ali de portas fechadas por cerca de uma hora. Sem muita dificuldade, Isoba descobriu os nomes dessas senhoras e, depois disso, não viu mais vantagens em permanecer ali como o copeiro Josué. Sob o pretexto de devolver a um parente o machado que havia usado para conseguir trabalho, saiu do palacete e na Farmácia Viena livrou-se do personagem.

Quando ele mencionou a farmácia, ocorreu-me perguntar o que Agnes havia feito com o corpo de Baltazar.

– Não se preocupe com isso – disse Isoba. – Agnes tem uma espécie de cemitério particular e cuidou de tudo. Baltazar recebeu na morte todo o respeito que não recebeu em vida.

Ele olhou para o alto alguns instantes e então acrescentou com um sorriso.

– É uma mulher notável.

Capítulo 7

Balbina contou a Isoba – ou ao velho Josué – que a Baronesa e Dona Leonarda Perez eram as duas amigas que Madame Vitória recebia há anos para rezar na capela todas as quartas-feiras.

A Baronesa era Dona Maria Thomázia Sampaio e não era de fato uma baronesa. O título era uma homenagem ao marido, o falecido Joaquim José Sampaio, o "amigo do Imperador". Na época da história que estou narrando, a Baronesa estava perto dos 70 anos, mas parecia bem mais velha em razão de um acidente. Alguns anos depois de casada, caiu de uma carroça e foi pisoteada por dois cavalos de carga. As lesões pioraram com o passar dos anos e lembro-me dela andando penosamente apoiada em duas bengalas e amparada por uma escrava. Assim como Madame Vitória, vestia-se de preto desde a morte do marido, um luto que já durava mais de trinta anos.

Joaquim José Sampaio não tinha o título de Barão, mas não sentiu em vida a menor falta. Foi amigo do Imperador e acumulou dinheiro, honrarias e por isso o meu pai o odiava. Recebeu a Medalha da Ordem de Cristo e foi nomeado Cavaleiro da Casa Imperial. A fortuna veio do cargo de Secretário do Tribunal da Junta Comercial, Agricultura, Fábricas e Navegação e com tudo isso o título de nobreza era desnecessário, mas era chamado de Barão Sampaio pelos amigos. Até onde eu sabia, o velho morrera em um acidente de caça. O escravo que o acompanhava deixou a arma disparar e, acidente ou não, o negro de 17 anos foi enforcado no mesmo dia por ordem da viúva. Desde então, a Baronesa vivia reclusa em sua fazenda e só mandava preparar a carruagem para cumprir às quartas-feiras o seu compromisso como devota de Santa Paula.

Sobre Maria Leonarda eu sabia um pouco mais. Era três anos mais jovem do que eu e por algum tempo minha mãe teve esperanças de que eu cortejasse a "Joia de Paty do Alferes". Era filha do velho Antônio Mattos, a maior fortuna do Vale do Paraíba, mas mudaram-se para Santana do Ouro Velho depois que a família decidiu investir nas minas de ouro da nossa região. Unir os Marcondes aos Mattos foi por quase um ano o projeto de minha mãe, "um casamento entre iguais", como dizia. Por insistência dela e por mera polidez, encontrei-me duas ou três vezes com Leonarda na casa dos pais e logo ficou claro – pelo menos para mim – que aquela união seria impossível. Não bastasse eu já estar na época consumido por muitos vícios, Maria Leonarda tinha uma beleza infantil feita de cachos dourados, grandes olhos azuis e um temperamento que eu descreveria como uma espécie de insanidade. Ela habitava uma terra de fadas e unicórnios e poesias açucaradas recitadas ao som de flauta doce. Suas tardes eram dedicadas aos bordados de flores e brincadeiras inocentes com os criados no jardim. Sua atenção era frágil, volátil e seu olhar com frequência se desviava para o alto e se perdia vagando de uma nuvem a outra. No terceiro encontro eu já sabia que nem por um dote de rainha eu faria aquele sacrifício, mas, para Achiles Perez, casar com a "Joia de Paty do Alferes" não era sacrifício algum.

Achiles Augusto Perez tinha uma loja de tecidos em São João del-Rey. Para os padrões da região, era um homem de posses. Tinha uma casa sólida, uma pequena fazenda, alguns escravos, comida na mesa e os negócios não davam prejuízo. Para a família Mattos, esse patrimônio estava longe de ser suficiente e o interesse dele por Leonarda foi considerado de início quase um insulto. Até minha mãe tinha uma opinião a respeito. "Não seria uma união entre iguais", disse ela mais de uma vez. Para a família Mattos, Achiles tinha as proporções erradas: o que faltava em patrimônio sobrava em idade, pois era muito mais velho do que Leonarda. Ele sabia de tudo isso, mas era bom negociante. Foi tão hábil quanto persistente, tão gentil quanto paciente. A família acabou cedendo e casaram-se em grande estilo. Ela tinha 19 anos e ele bem mais de 40. Não que essa diferença fosse incomum, mas os modos infantis da noiva tornavam a desigualdade ainda maior.

Achiles sabia o que estava fazendo. Encheu os bolsos com o dote e justiça seja feita, mal saíram da Igreja e ele já estava empenhado em triplicar a fortuna. Comprou minas de cobre e prata, fechou acordos na Corte e aumentava o patrimônio enquanto Leonarda brincava de cabra-cega com os escravos no jardim e colecionava partituras da moda.

Depois de cinco anos de casamento, Achiles fugiu para a Corte com uma prostituta. A notícia saiu em uma edição de sábado no *A Voz da Província* e li o artigo na época sem conseguir evitar um certo sentimento de compreensão e solidariedade. Eu já tinha voltado para o Brasil depois de minha desastrosa experiência na Inglaterra e estava tentando não atrapalhar os negócios do meu pai exercendo a mando dele as tarefas mais subalternas. Ao ler a notícia, perguntei-me como teria sido a minha vida se tivesse levado adiante os planos de minha mãe. O jornal explorou o caso publicando a história em página inteira e usando a linguagem típica dos folhetins. Segundo o que havia sido apurado, Achiles fugira "na calada da noite" com uma prostituta do Beco do Lampião e levando na bagagem as joias da família Mattos, além de uma fortuna em Apólices da Dívida Pública. Uma ilustração mostrava um homem pulando uma janela com um saco na mão enquanto uma mulher sedutora aguardava escondida nas folhagens de um jardim.

Se o velho Antônio Mattos ou mesmo a sua esposa ainda estivessem vivos, um jagunço seria despachado para cuidar do casal, mas Leonarda estava sozinha e não tinha condições de tomar qualquer providência, legal ou ilegal. Do ponto de vista material, o roubo não a deixava desamparada. Achiles havia se apoderado de uma fortuna, mas Leonarda tinha rendas para uma vida confortável até o fim de seus dias. Era um duro golpe para ela como mulher e um escândalo social de grandes proporções, mas ela era inocente e o bom nome Mattos continuava intacto.

Esses fatos ocorreram em 1848 e então no verão do ano seguinte a má sorte ou a Justiça Divina alcançou Achiles e sua amante. Outra vez foi pelos jornais que eu soube que os dois haviam morrido de febre Califórnia na primeira epidemia que se abateu sobre o Rio de Janeiro. Se a diferença de idade entre Achiles e a esposa não foi motivo para chocar a boa gente de Santana do Ouro Velho, a diferença em relação à amante causou alvoroço quando a notícia foi publicada. Achiles tinha 51 anos e a pobre amante 14 incompletos. O jornal não indicava onde a menina seria enterrada, mas ele foi sepultado em São João del-Rey, no Cemitério da Igreja de São Francisco. Sei disso porque estava presente. Maria Leonarda, apesar de magoada e desrespeitada, chorou copiosamente. Vestiu o luto e assim como Madame Vitória e a Baronesa, não tirou mais.

Sabíamos que as letras marcadas no incêndio e na capela estavam também na toalha do palacete e isso era tudo. E, em último caso, podia se tratar apenas de coincidência. O estranho ritual que havíamos testemunhado e o sofrimento do pobre Baltazar pareciam fadados a permanecer um mistério até que mais uma vez Isoba encontrou um caminho.

Durante uma manhã chuvosa, fumando o seu cachimbo na varanda, explicou que talvez houvesse um meio de prosseguir investigando, mas novamente eu teria que fazer o trabalho sozinho. Depois de ouvir o plano, reconheci que era a única alternativa e o sucesso dependeria dos meus talentos como ator. Sobre a essência do disfarce, recebi de Isoba um de seus conselhos valiosos: deve-se falar a um diabo como um diabo e a um santo como um santo.

A Escola para os Pobres de Deus funcionava também como biblioteca da cidade. Era um salão bem iluminado ao lado da sacristia e a construção havia sido custeada com doações da minha mãe. Havia uma lousa na parede, uma mesa com pena e tinteiro para o professor e oito ou nove mesinhas com cadeiras feitas de madeira barata e sem pintura. Destoando dessa simplicidade, uma biblioteca com cerca de trezentos volumes acomodados em estantes de mogno ocupava toda a parede dos fundos.

Eu sabia que poderia encontrar o padre Clemente ali aos domingos depois da missa das oito horas, mas as portas da escola estavam fechadas. Algumas crianças maltrapilhas brincavam na rua com um pião e confirmaram que o padre ainda estava na escola, mas dando uma lição em dois garotos. Contornei a sacristia, passei pelo jardim e por uma janela entreaberta vi dois meninos ajoelhados e o padre Clemente de pé segurando uma palmatória. Na lousa estava escrito e grifado com força: "Não roubarás!". Cheguei depois do que deve ter sido a fase de depoimentos, da apresentação de provas e da proferição de sentença e testemunhei apenas a execução da pena. O primeiro menino, um negro de 9 ou 10 anos, chorava baixinho e repetia apenas para si mesmo que não tinha feito nada. O outro garoto, um mulato três ou quatro anos mais velho, estava impassível e olhando fixamente a lousa. Não demonstrava a indignação dos inocentes ou o arrependimento dos culpados; apenas aguardava a sua vez de receber a pena. O primeiro condenado, com a mãozinha trêmula estendida, recebeu dois golpes que ecoaram pela sala. O choro era de partir o coração. Padre Clemente não fez justiça ao nome e desferiu cada golpe com a força que ainda tinha aos 70 anos. Executada a pena, o primeiro menino saiu chorando pela porta dos fundos. Sem que qualquer palavra fosse dita, o mulato estendeu a mão e recebeu como um soldado seis golpes vigorosos. De onde eu estava não consegui ver uma lágrima e não ouvi nada além da respiração ofegante do carrasco aplicando com empenho a punição. Depois do sexto golpe, o padre pendurou a palmatória em um prego na parede e o menino saiu da escola pela porta da frente e de cabeça erguida.

Dei a volta e, aproveitando a porta aberta, entrei.

– Com licença, padre – eu disse com o chapéu na mão e ainda da soleira.

Padre Clemente estava sentado, as duas mãos na cabeça e os cotovelos sobre a mesa do professor.

– Quem é? – perguntou levantando a cabeça e estreitando os olhos.

– César Marcondes.

Ele ficou de pé tentando entender o que eu poderia estar fazendo ali.

– Teria alguns minutos para conversar comigo, padre?

Fez sinal para que eu me aproximasse e colocou uma das cadeiras perto da mesa.

Vi um homem gasto, esgotado, exaurido. Não era cansaço pelo castigo aplicado com vigor, mas algo mais antigo e mais profundo. Sua aparência era de um desleixo amargo; a barba por fazer, os cabelos desalinhados, a batina suja, tudo indicando um homem quebrado por dentro.

– Chegou a ver os castigos que apliquei nos moleques?
– Vi, padre.
– Acha que fui duro demais?
– Não sei o que fizeram.
– Um dos dois roubou um livro da biblioteca, um manual sobre explosivos para mineração.
– Valioso?
– Talvez o dourado da gravação na lombada tenha dado esta impressão, mas não vale muito.
– Castigou os dois?
– Os dois tiveram oportunidade e não consegui descobrir o culpado. O ladrão foi punido.
– E o inocente?
– O inocente... – padre Clemente tentou sorrir, mas estava cansado e amargo demais para isso – o inocente foi avisado. Moleques danados...
– O mulato mostrou coragem.
– Sim, Tiago é um menino estranho. Muito forte para a idade. Provavelmente é ele o culpado. Cuida do tio cego ou inválido, não sei. Moram depois do pasto do Omar. O garoto vem todos os dias a pé para a cidade e, quando não está aqui ajudando na Igreja, está por aí fazendo pequenos serviços ou vendendo as velas que o tio fabrica. Trabalha muito. Com um tostão aqui e outro ali, ele e o tio vão levando. O ladrãozinho deve ter roubado o livro para comprar material para as velas. Já aconteceu antes. Lamento que tenha assistido a essa tarefa desagradável, um dos deveres que sou obrigado a desempenhar como educador. Disse que precisa conversar comigo?
– Vou me casar, padre.
– Ah! Deve então procurar o padre Tomás. É com ele que quer conversar. Estou afastado dessas funções há anos. Você é o filho do velho Marcondes, não é? Sua mãe era muito generosa. Tenho certeza de que padre Tomás terá prazer em conduzir a celebração.

Ele estava a ponto de me despachar. Joguei então mais uma carta.
– Trata-se de um caso especial, padre. Vou me casar com uma viúva.
– Não chega a ser um caso especial. Se ela observou um tempo razoável para o luto e se estamos falando de duas pessoas de bem e batizadas, a Igreja não faz objeção.

– Não fui uma pessoa de bem, padre.

– Se está precisando se confessar, vou pedir que procure o padre Tomás para isso também. Não celebro missas, casamentos, batizados e certamente não ouço mais confissões. – E acrescentou amargo – Parece que tudo o que faço é este trabalho que acabou de ver.

Eu não estava preparado para encontrar um padre que tivesse perdido a fé. Para dar certo, o plano de Isoba precisava que padre Clemente ainda fosse um sacerdote e não um velho derrotado descarregando com golpes de palmatória as suas frustrações.

Tive que improvisar.

– A razão de procurá-lo é porque foi o senhor quem benzeu a capela na propriedade de minha futura esposa.

Ele ficou em silêncio.

– Vou me casar com Vitória, a viúva de Manoel de Sá. O senhor a conhece, certamente.

– Conheço.

Se interpretei corretamente a sua expressão, vi uma mistura de medo e raiva. Essa suposição se confirmaria depois.

– Vitória fez de mim um novo homem, padre. Não é segredo nesta cidade a vida desregrada que levei por tantos anos, mas Vitória me ensinou o caminho do arrependimento e graças a ela encontrei paz.

Padre Clemente ficou de pé.

– Vou insistir para que trate os seus assuntos com o padre Tomás.

Também fiquei de pé.

– Entendo, padre. A razão que me fez procurá-lo está relacionada à capela. Pretendo convencer Vitória a fazer lá a nossa cerimônia, o senhor sabe, no templo da família. Queria mostrar a ela o meu empenho nas coisas da fé e cuidar pessoalmente dos preparativos. Sei que isso não é comum, mas ela é muito devota e eu por muito tempo fui um pecador. Cuidando de tudo mostro a ela que estou transformado. Pergunto ao senhor se podemos manter no altar a imagem de Santa Paula.

– Talvez padre Tomás peça para que coloquem também uma imagem de Cristo e outra da Virgem.

– Foi o que pensei. Imaginei que casar sob a benção apenas da protetora das viúvas poderia não ser um bom começo.

Ele ajeitou a cadeira junto à mesa e guardou na gaveta a pena e o vidro de tinta.

– Padre Tomás vai explicar tudo o que precisam saber.

– Uma última pergunta, padre. – E era a minha última carta – Vi na toalha do altar as letras... S... L...

– ...D – completou ele.

– Exatamente. Essas letras estão relacionadas à Santa Paula e à viuvez? Seria recomendável trocar esse símbolo?

– *Sorores Lucis Divinae* – disse ele com a mão no meu ombro e gentilmente me conduzindo para a porta.

– Irmãs da Luz Divina – traduzi.

– Exatamente. E agora, se me der licença, tenho que cuidar dos meus afazeres. Procure o padre Tomás. É tudo o que posso fazer por vocês.

૪*

Combinei com Isoba que me encontraria com ele e Agnes na Farmácia Viena para relatar o que tivesse apurado na conversa. Agnes me recebeu no portão e fomos para o jardim nos fundos do sobrado. O dia estava agradável e ela disse que tinha "visitas" no porão. Seria melhor aproveitar a manhã fresca tomando um vinho branco e acomodados nas cadeiras de vime que ela havia colocado na horta. Encontrei Isoba em mangas de camisa, fumando o seu cachimbo e lendo um livro sobre doenças tropicais. Agnes deixou na cozinha a cesta com ervas que tinha acabado de colher e depois de servir-me um cálice sentou-se junto a Isoba.

O plano era fazer o padre responsável pela benção na capela explicar as letras na toalha. Nossa armadilha era o falso casamento e minha conversão à religião, o que justificaria o meu desejo de agradar a noiva; todas boas razões para fazer perguntas. Se padre Clemente ainda fosse o sacerdote que eu conhecera na infância, teria explicado tudo em detalhes como uma de suas aulas de catequese. Esse homem não existia mais.

Contei tudo o que o padre havia dito e que se resumia apenas ao conselho para procurar o padre Tomás e *Sorores Lucis Divinae*, as Irmãs da Luz Divina. Relatei o que minha intuição havia registrado sobre a expressão de medo e raiva quando o nome de Madame

Vitória foi mencionado e falei também das crianças; a surra que ele parecia estar dando em algo além dos garotos.

– Eu me lembro dele na minha infância como um homem cheio de disposição, organizando procissões, quermesses, especialmente feliz na época das festas juninas.

– Sentiu cheiro de bebida? – perguntou Agnes.

– Senti.

– O álcool pode ter causado esta transformação – ela disse.

– É possível – disse Isoba –, mas não explica a raiva, o medo ou a fúria castigando os meninos ou mesmo a má vontade para ouvir o filho da mulher que contribuiu para a construção da escola. Mas por agora vamos deixar o padre de lado e pensar nas Irmãs da Luz Divina. Quem caça dois coelhos ao mesmo tempo não pega nenhum.

– Três mulheres solitárias que se consolam uma vez por semana – disse Agnes. – Não é muito difícil imaginar uma aliança desse tipo. Não têm filhos, praticam a mesma religião e parece que não pretendem se casar novamente. Falando nisso, o que vai fazer quando o padre cumprimentar Vitória pelo casamento? – perguntou servindo-me mais vinho.

– Posso me livrar do César Virtuoso com a mesma facilidade com que Isoba se livrou do velho Josué. Basta dizer a quem perguntar que perdi a fé e voltei aos meus vícios. Esta cidade vai considerar isso mais natural do que a minha conversão. E, se de algum modo isso afetar a reputação de Madame Vitória, tanto melhor. Fica como punição por ter aleijado Baltazar.

Agnes assentiu satisfeita e, depois de pensar alguns instantes, foi ela quem sugeriu o próximo passo.

– Vamos ver essas mulheres de perto. Para ser franca, estou muito curiosa para ver a Baronesa. Talvez algumas fraturas ainda possam ser reparadas.

– A Taberna do Thierry fica em frente ao palacete – eu disse. – Da mesa do lado de fora podemos ver quando Leonarda e a Baronesa chegarem para o encontro semanal, mas não vejo como isso possa ajudar.

– Também não vai atrapalhar – disse Isoba. – Ver é melhor do que ouvir dizer.

No começo da semana, Isoba e eu nos empenhamos nas tarefas que a fazenda exigia. Sabíamos que na quarta-feira teríamos que estar na cidade para o passo seguinte da nossa investigação.

꽃

Quando chegamos à taberna, Agnes já estava ocupando a mesa que eu tinha sugerido e fiquei preocupado ao ver o copo com aguardente.

– Não se preocupe – disse ela percebendo a minha desaprovação. – Só vou beber este. Prometo.

Mostrando solidariedade e talvez para me provocar, Isoba pediu um conhaque. O moleque que ajudava Thierry a servir as mesas trouxe as bebidas e em seguida o próprio Thierry veio nos dar as boas-vindas. Não éramos a elite da cidade, mas estávamos bem acima do bando de pilantras e desocupados que infestava a taberna dia e noite.

– Você me deve uma toalha de mesa – disse ele em tom de brincadeira. – Sujou tudo de sangue da última vez que esteve aqui.

– Ah! Ponha na conta da Agnes – retruquei.

– Na minha conta? Graças ao meu torniquete você sangrou *menos*! – exclamou.

– É verdade. Se não fosse por você eu teria sangrado até morrer. E, se isso tivesse acontecido, o Coronel poderia alegar que a minha morte não foi necessariamente causada pelos tiros, mas pela minha negligência em providenciar socorro.

Isoba e Agnes riram como se aquilo fosse uma piada.

– Não estou brincando! – e não estava. – Conheço pelo menos dois casos em que ele escapou de qualquer condenação com esse tipo de argumento, chamado atenuante.*

– Ele tem razão – disse Thierry. – É bom tomar cuidado. Soube que se encontraram no jornal.

– Você não me contou! – exclamou Isoba em tom de censura. – É por isso que está andando com uma faca!

– Faz bem em andar prevenido – aconselhou Thierry. – O Coronel está para cima e para baixo com um capitão do mato e isso não é bom sinal. Tenha cuidado – e acrescentou com uma piscadela. – Não quero ter que limpar o seu sangue novamente do meu assoalho.

Alguém no balcão chamou Thierry e ele se retirou.

– Você não me contou sobre esse encontro com o Coronel! – Isoba estava zangado – Ele disse alguma coisa? Fez alguma ameaça?

– Não. O editor percebeu que a situação poderia esquentar e se meteu entre nós. Nada aconteceu.

– Mas poderia ter acontecido! Não deve mais andar por aí sozinho – disse em um tom que era mais cuidado do que censura.

– Resolvam isso depois, meninos. As damas estão chegando.

Agnes tirou do bolso da saia um pequeno estojo de couro. Era um gracioso binóculo de ópera.

– Lembrança dos meus tempos de Viena – explicou

Um *cabriolet** chegou a trote e o mulato que ia ao lado do cocheiro saltou para ajudar a dama a descer. De onde estávamos não dava para ver muito, mas reconheci Leonarda. Não tinha mais a beleza infantil, longe disso. Os cachos dourados se foram e em seu lugar havia um coque de cabelos grisalhos. Ela havia ganhado muito peso e desceu da carruagem com dificuldade. Bateu as mãos no vestido negro tirando a poeira que a carruagem levantara e, apoiando-se no criado, entrou no palacete. O cocheiro estalou o chicote para dar lugar ao *coupé** que chegou em seguida.

Era a Baronesa.

Assim que o *coupé* parou, o criado que ia de pé atrás, vestindo casaca nova e luvas brancas, saltou com agilidade e colocou sob a portinhola uma escadinha de metal. Abriu então a portinhola e por ela saiu uma escrava vestida de negro, uma macuma,* e ela tirou da carruagem duas bengalas. Junto com o criado ela começou a organizar o desembarque da Baronesa para que no processo a dignidade da viúva não sofresse qualquer dano. Com movimentos bem ensaiados ajeitaram os pés da dama na escadinha, seguraram, puxaram e apoiaram até que a Baronesa ficou de pé na rua, ou quase isso. Se não fosse pelo acidente, ela seria uma mulher alta, mas sua figura retorcida, amparada por duas bengalas, era comovente. Deu alguns passos e, mesmo à distância, podíamos sentir o seu sofrimento e quanto custava o mínimo gesto. Os quadris desalinhados com os ombros, a coluna vertebral em "S" e as mãos tão retorcidas que estavam atadas às bengalas com fitas de cetim negro.

– Isto está ficando cada vez mais interessante – disse Agnes ajustando o binóculo. – O que dizem mesmo que aconteceu à Baronesa?

– Foi pisoteada – respondi. – Caiu de uma carroça e foi pisoteada pelos cavalos.

Agnes deixou o binóculo sobre a mesa e saiu correndo. Atravessou a rua e aproximou-se da Baronesa e da criada. Peguei o binóculo e vi Agnes falando e sorrindo, mas a expressão da viúva era de desagrado. O cocheiro, um velho negro muito distinto, tão bem-vestido quanto Isoba, acompanhava a cena atentamente. Agnes se despediu com uma vênia e voltou para a nossa mesa sob o olhar atento do cocheiro.

– Thierry! Mais um! – disse ela erguendo o copo vazio.

– Outro? – perguntei.

– E mais um conhaque – acrescentou Isoba.

– Sim! Vamos beber, rapazes! – Agnes estava animada. – Sabemos um pouco mais agora.

O moleque trouxe as bebidas e tomaram de um só gole.

– Pelo amor de Deus, Agnes! – supliquei. – O que descobriu?

– Meu caro César, fui vender o meu peixe. Não é assim que dizem aqui? Fui oferecer os meus serviços como enfermeira e parteira. Como devem saber, o negócio de desenterrar cadáveres não paga nada. Eu ganharia se enterrasse os pobres coitados.

– Agnes! Por todos os naipes! O que descobriu?

– Eu conto se puder tomar mais um trago.

Isoba riu.

– Você pode tudo, Agnes. Como diz Ajani, uma mulher não tem chefe.

Ela sorriu e pela primeira vez me senti sobrando. A primeira de muitas vezes.

O moleque serviu mais uma dose e, assim que se afastou, Agnes finalmente explicou o que tinha feito.

– Fui oferecer os meus serviços como enfermeira e parteira. Ganho algum dinheiro com isso, especialmente nas grandes fazendas. É claro que eu tinha outra razão. Precisava me aproximar para ter certeza que a Baronesa não foi pisoteada.

– Como pode saber isso? – perguntei.

– Posso estar enganada, mas isso não acontece com frequência nesses assuntos. A Baronesa tem os sintomas de uma doença com vários nomes. As deformações são causadas pela doença e o que ela tem nas mãos e nos pés chamamos de *juntas de Charcot*. A postura encurvada é uma desordem da medula espinhal e chamamos isso de *Tabes Dorsalis*. Pensei ter visto ainda um outro sintoma, um movimento involuntário da cabeça e precisava me aproximar. Com todos esses sinais, posso dizer com razoável segurança que a Baronesa sofre do "mal do mundo", "mal do coito", "mal francês"...

– Sífilis? – interrompeu Isoba.

– No estágio terciário – confirmou Agnes. – Meu palpite é que foi o marido quem transmitiu a doença. Uma mulher na posição dela não deve ter se divertido muito por aí, e pelo que vocês me contaram, ele era muito popular. Assim que os sintomas começaram a aparecer, inventaram o acidente com a carroça e isso explicaria o desenvolvimento das lesões. A verdade deve estar restrita a um número muito pequeno de pessoas.

Aquilo era um fato novo.

– Tome mais um trago – eu disse. – É por minha conta, Agnes. E o próximo também. E só por curiosidade, o que a Baronesa disse sobre a sua oferta?

Agnes sorriu.

– Não ficou nem um pouco interessada. Disse que podia sentir o cheiro de aguardente de onde estava. Eu avisei a vocês que não me dava bem com os vivos.

– Supondo que ela tenha mesmo sífilis – ponderei –, não sabemos se foi mesmo o marido quem a infectou. Ela pode ter contraído de outro homem. Por tudo o que estamos descobrindo, esta cidade está se mostrando menos virtuosa a cada dia.

– Foi o marido – rebateu Agnes. – Pela minha experiência, as probabilidades estão contra ele.

– Está bem – concedi. – Digamos que foi o marido. Nesse caso, a morte do Barão pode ter sido um ato de vingança e não um acidente de caça como foi dito na época.

– Isso faz sentido – concordou Isoba. – E também explica a pressa em enforcar uma provável testemunha. A Baronesa se vingou do marido, Madame Vitória também se vingou com um enterro humilhante...

– Leonarda não agiu do mesmo modo – interrompi. – Achiles e a amante morreram de febre Califórnia na epidemia de 1849.

– Talvez não tenha sido febre – disse Agnes acedendo uma cigarrilha. – Conheço três ou quatro venenos que provocariam o vômito negro e outros sintomas semelhantes à febre. Em meio a uma epidemia, o diagnóstico pode ter sido apressado ou feito por incompetentes – e acrescentou com desprezo. – Conheço os médicos da Corte. Não me surpreenderia se o casal tivesse sido decapitado e ainda assim constasse no óbito febre tifoide como *causa mortis*. Você sabe onde o tal Achiles está enterrado?

Agnes não perdia uma chance de ter uma razão para arrancar da terra mais um cadáver.

– Ele está no cemitério da Igreja de São Francisco, em São João del-Rey. Mesmo que possamos provar que ele foi envenenado, não sei como tudo isso poderia explicar uma égua empalhada em chamas e um pobre homem torturado.

– Se Achiles também foi assassinado, teremos um padrão – ponderou Isoba. – Esse padrão pode significar... um pacto. Talvez seja isso a irmandade. Um pacto entre três viúvas traídas dispostas a matar por vingança. Se a Baronesa atirou no marido e se Leonarda usou veneno, pode ser que a vingança de Madame Vitória tenha sido muito mais do que um enterro humilhante.

– Acha que ela mandou incendiar o bordel? – perguntei me dando conta pela primeira vez da dimensão de tudo aquilo.

Isoba ficou olhando a fumaça do cachimbo rodopiar lentamente no ar frio da noite.

– Tudo indica que é exatamente isso que o autor do ritual de fogo está querendo nos dizer e foi essa a informação que ele arrancou de Baltazar.

– Se o escravo de Madame Vitória sabia do propósito da irmandade, o segredo morreu com ele – eu disse. – As viúvas jamais vão admitir estes crimes.

Isoba deu mais um de seus sorrisos, prestes a desatar outro nó.

– Talvez... mas tenho um palpite que outra pessoa sabe o que precisamos.

– Quem? – eu e Agnes perguntamos juntos.

Isoba bateu o cachimbo na ponta da mesa limpando o fornilho.

– O cocheiro da Baronesa.

❦

O caro leitor tem o direito de duvidar de um relato escrito por um homem que confessa ter mentido e trapaceado por décadas. É justo que eu seja suspeito para sempre. Carregarei até o meu último dia o peso dos meus pecados e as falhas do meu caráter, mas sei que tudo o que está aqui aconteceu e sei também que o meu arrependimento é sincero. Isso tem que me bastar porque é tudo o que tenho.

Os fatos narrados aqui aconteceram há muitos anos. Graças à generosidade do meu amigo e tutor, aprendi a exercitar a memória como se ela fosse um músculo. Mesmo agora, já velho e a caminho do túmulo, para o bem e para o mal conservo nítidas as minhas lembranças, tão vívidas e coloridas quanto um jardim em um dia de verão. Entretanto, alguns trechos deste relato registram o que Isoba e Agnes viram e ouviram. Nesses casos, a minha tarefa consiste em oferecer ao leitor – com a humildade de um simples escrivão – os fatos da maneira como me foram apresentados pelas verdadeiras testemunhas. Tudo o que estou prestes a narrar aconteceu com Isoba e recebi dele um depoimento preciso e completo. Se tomo a liberdade de recriar este episódio como se eu mesmo tivesse testemunhado os acontecimentos, faço isso apenas para que o leitor perceba melhor e mais de perto tudo o que Isoba viu e ouviu. Sendo ele a verdadeira testemunha, trata-se da fonte mais digna e confiável que se poderia desejar.

※

Isoba me contou que espalhou pela cidade a notícia de que precisava conversar com o cocheiro da Baronesa e soube então que ele se chamava Salomão Gongo e era muito mais do que um cocheiro. Se fosse branco, seria o secretário da dama, mas, por sua cor, assumira todas as funções importantes nos limites do que permitia a sua condição de escravo. A mensagem correu até chegar ao destino. Isoba soube disso quando o moleque que atendia as mesas na taberna de Thierry deu o recado de que ele deveria procurar um negro forro chamado Feliciano, um alfaiate bem conhecido. Isoba sabia o que aquilo significava e teve certeza de que seu palpite estava certo.

Não foi problema encontrar a alfaiataria. Na saída da cidade havia um casebre com muitos cômodos alugados e era possível encontrar ali pequenas oficinas de vários ofícios, a maioria ligado a bordados, tinturaria e tecelagem. O cômodo maior era a *Alfaiataria do Feliciano – Roupas boas – Preços bons*, como anunciava a placa.

Um jovem negro muito magro e com cicatrizes tribais no rosto veio receber Isoba na porta com um largo sorriso.

– Mestre Feliciano foi aqui ao lado e já volta, patrão. Enquanto isso, não gostaria de ver um tecido para uma bela casaca? Tecidos excelentes! Temos seda para coletes, lã para um paletó muito bom. Um paletó como os melhores da Corte. O patrão tem bom gosto, isso a gente logo percebe.

– Obrigado – disse Isoba. – Estou aqui para tratar de outro assunto. Talvez da próxima vez.

Neste momento, Feliciano entrou pela porta da frente. Era um velho com pouco mais de 70 anos; a cabeça raspada, mas com uma barba rala branca como algodão. As pernas arqueadas faziam ele gingar como um marinheiro quando andava e tinha a calma e a seriedade de quem atingiu a maestria no próprio ofício e não precisava sorrir se não quisesse.

– É você quem quer falar com Salomão Gongo? – a pergunta era seca, mas não hostil. Um homem prático resolvendo logo um assunto.

– Exatamente. Fui informado que deveria falar com o senhor.

– O que quer com ele? – perguntou tirando do bolso um par de óculos baratos.

– Não tome como desrespeito, mestre alfaiate, mas o assunto é com ele.

Feliciano ficou examinando Isoba por trás dos óculos.

– Venha à meia-noite – disse dando as costas e tirando de uma prateleira moldes recortados em papelão. – Se Salomão quiser falar com você, eu o levo até ele.

Isoba passou o dia na cidade resolvendo assuntos da fazenda, almoçou na Taberna do Thierry e descansou algumas horas na Farmácia Viena, preparando-se para o que prometia ser uma longa noite de trabalho. Na hora marcada, estava na porta da alfaiataria, mas encontrou todos os cômodos do casebre fechados. Amarrou o cavalo na grade de um jardim e de cócoras acendeu o cachimbo. A rua estava silenciosa e mal iluminada. Ouviu um cão, uma criança chorando e depois um assovio. Dois negros surgiram na esquina. Usavam roupas de escravos do campo e um deles levava um facão.

Logo surgiu um terceiro e então se aproximaram. Isoba ficou de pé. Guardou o cachimbo e, quando eles estavam mais próximos, ele avaliou a situação. Não pareciam amigáveis e colocaram-se ao redor fechando as saídas. Um deles, o único que estava calçado, avançou um passo e o sorriso era um desafio.

– Você é o tal que anda com o branco bêbado... o jogador.
– O nome dele é César.
– É escravo dele?
– Não sou escravo de ninguém.

Os três homens riram e avançaram mais um passo.

Neste momento, Feliciano saiu da Alfaiataria. Os três negros se empertigaram como se estivessem diante de uma autoridade. O alfaiate entregou ao negro calçado um lenço e já sabiam o que fazer. Isoba não ofereceu resistência. Vendaram os seus olhos e alguém trouxe uma carroça. Deitado, colocaram sobre ele uma lona cheirando a peixe e saíram da cidade, pois Isoba percebeu a estrada ruim pelos solavancos e pelo silêncio da mata. Talvez o local do encontro fosse longe ou estivessem dando voltas para que ele perdesse a noção do tempo e da distância, mas, pelos seus cálculos, chegaram ao destino uma hora e meia depois da partida.

A carroça parou e ele foi desembarcado sem nenhuma gentileza. Quando Feliciano mandou que removessem a venda, Isoba viu que estavam próximos a um cemitério no meio da mata. Havia um negro junto ao portão de ferro segurando um lampião, mas não era Salomão Gongo. Era mais jovem, com pouco mais de 30 anos, e vestia roupas simples, mas limpas. Quando se aproximou, Isoba notou uma cicatriz perto da boca que tornava o desagrado uma expressão permanente.

– Sou Barasa – disse ele aproximando o lampião do próprio rosto para que Isoba o visse bem. – Depende de mim se sairá ou não daqui com vida. O que quer com Salomão?

– É um assunto que pretendo tratar apenas com ele – respondeu calmamente, mas já considerando que, para escapar, teria que derrubar primeiro o homem do facão e Barasa em seguida.

Barasa chegou mais perto.

– Talvez ele não queira conversar com você – e acrescentou com um tom que era uma mistura de hostilidade e desprezo. – Talvez ele não goste das suas roupas. Talvez ele pense que você é um negro que se comporta como um mulato *esfolado*. É assim que aqui chamamos o mulato que acredita que é branco e renega o sangue negro. Talvez Salomão pense tudo isso. Talvez ele queira que você morra aqui esta noite.

– E talvez ele não seja um grande homem se não tem coragem de me dizer tudo isso pessoalmente.

O negro do facão grunhiu e avançou, mas Barasa ergueu a mão e ele recuou.

Isoba havia criado um impasse e por alguns instantes Barasa não soube o que fazer. Foi quando uma voz vinda do cemitério resolveu o problema.

– Ele tem razão!

Ruídos de passos, galhos estalando e então surgiu no portão Salomão Gongo. Ao seu lado, um menino mulato de 12 ou 13 anos segurando um lampião.

– Ele tem razão – repetiu Salomão.

Barasa deu passagem e Salomão se aproximou de Isoba. Era fácil perceber por que era um líder; um homem velho, mas cheio de força jovem, um guerreiro preso a um corpo com muitas décadas e sem planos de se render. Tinha os ombros largos, olhos pequenos e astutos, o nariz achatado como um triângulo no meio da face e narinas poderosas na base. O sorriso era franco, sinal de muito poder assim como as botas de cano alto.

– Você tem razão, Isoba. Sim, eu sei o seu nome, mas sei muito pouco sobre você e este é o problema que vamos resolver esta noite. Aqui estou para dizer cara a cara que não gosto dos seus modos de cavalheiro e da maneira como trata aquele jogador como se ele fosse seu amigo.

– Ele *é* meu amigo.

– Não existe amizade entre brancos e negros! – exclamou e o grupo ao redor murmurou em concordância.

– Um modo de derrotar o inimigo é transformá-lo em amigo – disse Isoba.

– Você perdoa os brancos? – a expressão era de repulsa. – Não há perdão e eles vão aprender isso quando chegar a hora certa.

– A hora certa... a hora certa... – repetiu Isoba para si mesmo e então bateu na própria testa. – Mas é claro! Eu devia ter percebido! Meu avô deve estar furioso comigo. Pensei que as dificuldades de se ter uma palavrinha com o grande Salomão Gongo fosse uma medida de cautela de uma Confraria.* Com essas botas é claro que está no topo, mas a ameaça do facão, a venda nos olhos, este encontro na mata... eu devia ter percebido que era coisa da Ogboni.*

Salomão empertigou-se.

Isoba continuou:

– Os segredos, o medo nos olhos de cada um... medo de traição como aconteceu na Bahia. Tudo isso indica um plano em andamento. Sem que tenham dito uma palavra, sei que em algum lugar desta mata há um buraco cheio de armas e barris de pólvora. Outra revolta!* Outro levante! Outro banho de sangue!

– Sangue branco desta vez – disse Salomão. – O facão vai cantar uma canção de negros.

O grupo sorriu como se já tivessem vencido. Salomão fechou o punho na frente do rosto de Isoba.

– Vou queimar os campos e apagar o fogo com o sangue dos brancos.

– E depois? – perguntou Isoba com as mãos nos bolsos. – O que vai fazer depois?

– Liberdade! – exclamou Salomão abrindo os braços como se tivesse rompido grilhões. Outra vez o grupo murmurou aprovando.

– Talvez por três dias – disse Isoba. – Não mais do que quatro porque virão os soldados. E virão os canhões, a metralha, as espadas e as baionetas com sede de sangue negro. Eu sei o que os soldados são capazes de fazer. Lutei com eles e contra eles no Paraguai.

– Estaremos prontos para os soldados – o punho fechado novamente.

– Não, não estarão. Haverá um lago de sangue negro nesta região e na semana seguinte mais uma manchete anunciando outra revolta sufocada.

– Você é um covarde! – Salomão cuspiu.

Isoba ignorou o insulto e continuou.

– Uma revolta vai espalhar medo e talvez até algum respeito, mas por pouco tempo. Nada disso é liberdade. Se você sabe que o que estou dizendo é verdade e não pretende fazer nada a respeito, o covarde é você e do pior tipo. Um covarde vaidoso. Para dar uma lição nos brancos, vai matar milhares de negros e condenar os sobreviventes a castigos ainda mais cruéis. Vivo ou morto, cada negro nesta terra vai pagar pelos seus sonhos de glória. Quando uma canoa vira, todo mundo se molha.

– Você não fala como um guerreiro. Sua tribo deve ter vergonha de você. Jamais poderá voltar à sua terra.

– Sou um "homem de conhecimento". O céu é o meu teto e minha terra é onde estou.

Salomão suspirou. Por alguns instantes mostrou o peso da idade. A conversa tinha tomado um rumo inesperado e a expressão era de desagrado. Os outros estavam inquietos e o menino segurando o lampião acompanhava tudo de olhos arregalados. Isoba sentiu que havia conquistado algum terreno, mas sabia que também precisava ceder.

– Alguns brancos merecem morrer – disse ele. – Alguns brancos *precisam* morrer e eu não teria problema em matá-los com minhas próprias mãos, mas não porque são brancos. Odiar pela cor é odiar pela cor, branca ou negra. E o que faremos depois? Perseguir os que são de outra tribo como fazemos na África? Ir atrás de quem tem olhos pequenos? Quem fala outra língua? Quem tem outros deuses?

Salomão abriu a camisa e mostrou o peito cobertos de cicatrizes.

– Olhe estas marcas! – gritou. _ Vinte anos nas minas de Gongo Soco!* Somos tratados como animais!

– Também tenho as minhas cicatrizes e sei que outra revolta armada não vai mudar isso.

Isoba pegou um graveto e traçou uma linha no chão.

– Esta linha é o homem branco, o inimigo. Como você o enfrentaria?

Salomão não teve tempo de responder. Barasa avançou e apagou a linha com o pé descalço e fez isso com raiva.

– Esta resposta parece boa – disse Salomão sorrindo.

– Exatamente. Mostra como você vai empregar todas as suas forças para destruir – explicou Isoba. – Não vai sobrar nada para construir. E depois desta linha virá outra – e dizendo isso traçou uma nova linha no chão.

– Sua vez então, "homem de conhecimento" – desafiou Salomão. – O que propõe, afinal?

Isoba traçou outra linha em paralelo só que seis vezes maior.

– Você pretende impor o medo – explicou – e, quando esse medo ficar insuportável, eles farão a guerra. E então teremos outro levante e outra guerra e outro levante... Você quer só acabar com a escravidão, pois eu quero muito mais. Melhor do que matar os brancos é fazer com que nos admirem. Quero que desejem ter nascido negros. Quero o respeito verdadeiro que nasce da admiração.

O homem do facão baixou a lâmina.

Feliciano, que até então acompanhava tudo sentado no banco da carroça, saltou para o chão com surpreendente agilidade e aproximou-se de Isoba no seu passo gingado.

– E como pretende fazer isso? – perguntou olhando Isoba por cima das lentes.

– Ah! O verdadeiro líder – exclamou Isoba. – O único olhar sem medo que encontrei esta noite. Não vamos resolver isso com uma conversa de pé na escuridão e ensopados de orvalho. Meu plano não é um passe de mágica.

– O que é então?

– Uma revolução silenciosa que começa devolvendo a cada um aquilo que perdemos nos porões dos navios... – e, depois de uma pausa, acrescentou – ... a dignidade.

Capítulo 8

Naquela noite, Isoba conseguiu convencer os membros da Ogboni que uma insurreição não seria o melhor caminho para a liberdade. Por melhor que fosse o plano e por mais bem armado que o grupo estivesse, a única liberdade que teriam seria fugir para o mato e esperar pelos soldados. Na prática, era apenas a liberdade de escolher um lugar para morrer. Os fracassos de rebeliões na Bahia e no Serro, para citar os exemplos recentes da época, confirmavam os seus argumentos. O Império enfrentara inúmeros levantes de cativos e estava preparado para esmagar qualquer rebelião não apenas do ponto de vista militar, mas também jurídico. Diferentemente de outros países onde houve escravidão, não havia aqui um Código Negro, um conjunto de regras que garantissem aos negros alguns direitos. Ao contrário disso, o Código Criminal do Império estabelecia uma clara diferença entre crimes praticados por homens livres e aqueles cometidos por escravos. As punições para os cativos eram muito mais severas e bastavam vinte escravos reunidos para configurar uma rebelião ou, como definia o Código, "uma ameaça à segurança interna do Império e pública tranquilidade". Os líderes seriam condenados à morte e os demais receberiam penas que variavam de prisão perpétua a vinte e cinco anos nas galés. Não havia nisso nenhum vestígio de Justiça. Era apenas o Poder sendo o Poder e preservando o Poder. A Constituição do Império não reconhecia a escravidão, mas o Código Criminal distinguia o escravo para tornar o negro mais culpado do que o branco.

O alfaiate Feliciano, que na verdade se chamava Lubanzi, ouviu tudo o que Isoba tinha a dizer e concluiu que não era um bom plano despachar jovens e velhos para morrer sob o fogo da metralha em troca de alguns dias de liberdade. Melhor era devolver primeiro aos negros a dignidade "de forma que jamais possa ser roubada novamente", como explicou Isoba.

Há muito a ser dito sobre as escolas secretas de Isoba e sobre como a aliança com a Ogboni provou ser uma sábia decisão também para nós. Inúmeras vezes fomos salvos pela irmandade e de nossa parte, tanto eu quanto Agnes também fizemos o que estava ao nosso alcance para o sucesso de inúmeras missões da seita secreta.

Naquela noite, o objetivo era obter informações de Salomão Gongo sobre a Baronesa. Sobre isso, quando por volta das cinco da manhã Lubanzi declarou Isoba acima de qualquer suspeita, tudo ficou mais fácil. Foi oferecida a ele a possibilidade de tornar-se um membro iniciado. Isoba com diplomacia respondeu que Ajani já havia traçado para ele um caminho, mas que a Ogboni o considerasse um aliado dedicado. Lubanzi então voltou para a cidade na carroça com seus homens, mas deu ordens para que Salomão Gongo voltasse a pé com Isoba e pelo caminho contasse sem reservas tudo o que ele quisesse saber.

O menino que antes segurava o lampião agora ia um pouco à frente, caminhando na trilha, brincando com um graveto como se fosse uma espada. Isoba percebeu que ele não havia pronunciado uma única palavra durante toda a noite.

– É seu filho? – perguntou.

Salomão riu.

– Este não. Tenho muitos por aí, mas Tiago não é um dos meus. Um menino estranho. Vive com um tio que tem alguma doença e fabricam velas. Está por toda a parte. *Ẹni iṣẹ́ rẹ́ pọ́ bí òjìṣẹ́ iko èèrà.* Ocupado aqui e ali como o mensageiro das formigas.

– Ele é membro da Ogboni?

– Não exatamente. Fazendo pequenos serviços e entregando velas ouve muito por aí e tem boa cabeça. Ele nos ajuda em troca de algum dinheiro. Já provou diversas vezes a sua lealdade e trouxe informações importantes. Acho que, além do tio, somos a coisa mais parecida com família que ele possa ter. Talvez mais tarde ele seja iniciado. Lubanzi não vai ver problemas nisso. Mas o que quer saber sobre a Baronesa?

– Primeiro preciso contar o que me levou até você.

Salomão Gongo ouviu toda a história. Isoba contou tudo nos mínimos detalhes: do ritual de fogo à suspeita de Agnes sobre a doença da Baronesa, da tortura de Baltazar às letras no incêndio do bordel e na toalha da capela.

– Conheci Baltazar – disse Salomão. – Era um fraco. Não imagino que segredo ele teria... a menos... só pode ser isso. Foi Baltazar quem começou o fogo. A ideia era incendiar a palha no estábulo do bordel, mas ele acabou se atrapalhando e derrubou óleo sobre uma égua. O animal pegou fogo e se encarregou do serviço pulando e escoiceando por toda parte antes de morrer.

– Ele estava cumprindo ordens da Madame Vitória?

– Das três viúvas! São três bruxas! Sua amiga está certa sobre a doença da Baronesa e foi ela quem atirou no marido. Estavam na sala de jantar e, pouco antes dos criados servirem a comida, ela foi até o quarto, pegou uma pistola e estourou a cabeça do Barão. Eu ainda era escravo na mina e tudo isso aconteceu dois anos antes da minha chegada. Soube da história por um velho escravo da família chamado Dunga. Ele viu tudo e me contou que, na mesma noite, a Baronesa pegou ao acaso um negrinho e jogou nele a culpa. Para as autoridades, contou que foi um acidente de caça. O rapazinho foi torturado com a salgadura* e Dunga me disse que a forca foi um ato de compaixão. Ele mesmo subiu nos ombros do rapaz no enforcamento.* E há muito mais além do incêndio do bordel.

– O que quer dizer?

– Seu amigo branco não encontrou nenhum sobrevivente porque foram levados para o Sumidouro* do Diabo. A terra engoliu todo mundo. Atirados ao poço. Um por um. Mortos, vivos e feridos. Dez ou doze e tudo foi feito na mesma noite do incêndio. E antes que me pergunte como sei disso... eu estava lá. Recebi ordens da Baronesa para cuidar disso pessoalmente, juntar o povo como gado e tocar todo mundo para o buraco. Os mortos e os feridos foram levados de carroça e o resto foi andando.

– Por que fez isso? – a pergunta não tinha um tom de censura. Era uma pergunta, não um julgamento.

– Eu poderia responder que fiz porque a Baronesa é a patroa. A verdade é que fiz para continuar onde estou. Minha posição naquela família permite que eu ajude o meu povo. De onde estou, posso salvar cem negros do açoite e, se para isso tiver que jogar mil brancos no buraco, faria novamente sem hesitar. Esta é a minha razão e eu ao menos tenho uma. Nesta terra, vi todo tipo de crime ser cometido contra nós sem qualquer razão. Lubanzi esta noite deu ordens para seguirmos o caminho que sugeriu. A tal conversa sobre dignidade... mas por mim... seguiríamos com o meu plano e eu mataria quantos brancos pudesse. Mas fiz um juramento. Lubanzi é meu mestre, meu chefe, meu senhor. Se ele mudar de ideia, saiba que nenhum branco desta região estará seguro, nem mesmo o seu amigo jogador.

– Já estou avisado. Obrigado.

– Ele talvez não dure muito de qualquer forma. O Coronel Borja trouxe de longe um capitão do mato. É conhecido como Meia-Noite.

– Já ouvi falar dele – disse Isoba.

– Se eu não gostasse tanto da ideia de ver os brancos se matando, diria para o seu amigo tomar cuidado.

O menino jogou o galho fora e se aproximou com a mão estendida. Salomão deu-lhe uma moeda. Sem dizer uma palavra, o garoto estendeu a mão para Isoba.

– Tenho que pagar também?

Tiago não respondeu. Ficou ali com a mão estendida, olhando os próprios sapatos surrados. Não parecia intimidado ou envergonhado. O olhar baixo era uma espécie de desinteresse, quase desprezo. Parecia ter coisas importantes para fazer e ali estava Isoba fazendo perguntas idiotas, tomando um tempo precioso.

– Muito bem, aqui está! – disse colocando uma moeda na mão jovem, mas já calejada. Tiago guardou o dinheiro no bolso e, sem agradecer ou se despedir, caminhou pelo o mato até sumir.

– Aqui também nos separamos – disse Salomão. – Vou para a fazenda da Baronesa. Siga esta estrada, atravesse uma roça de milho e estará na cidade.

– Obrigado pelas informações – disse Isoba estendendo a mão. Salomão ignorou-a.

– Estou só cumprindo ordens, "homem de conhecimento" – e afastou-se seguindo por uma trilha de gado e desapareceu numa curva.

※

Isoba chegou à fazenda pouco depois do almoço e Agnes juntou-se a nós no final da tarde. Depois do jantar, fomos para a biblioteca levando tabaco, cigarrilhas e bebidas e, saboreando os nossos vícios, fizemos os nossos relatórios.

Isoba contou tudo o que havia descoberto e Agnes não escondeu o orgulho por ver confirmada a doença da Baronesa. Também havia feito a sua própria investigação e podia dizer com absoluta certeza que Achiles tinha sido envenenado. Colhera uma amostra do cadáver e no laboratório da farmácia confirmou que ele havia recebido uma grande dose de veneno, nas suas palavras, "o suficiente para derrubar um regimento de cavalaria incluindo os cavalos". Ela descreveu com detalhes a natureza do veneno e as reações, mas confesso que não prestei atenção. Eu estava arrasado. Finalmente sabia o que tinha acontecido aos empregados do bordel e talvez até mesmo ao cadáver de Dália. Sofri imaginando a cena, o horror, o grupo sob a luz dos archotes seguindo em procissão para o buraco, os gritos, o medo, as dores e depois a escuridão. Pensei na bela Dolores, a mulata que estava fazendo uma fortuna seduzindo os coronéis; Antônio "Canhoto", o melhor *croupier* que eu já vira; Ramiro, o jovem garçom de olhos de um azul metálico e sotaque gaúcho, o primeiro que fez com que eu me sentisse em casa com a garrafa de *Perrier-Jouet* oferecida por Madame Dália na minha primeira visita ao bordel. Todos mortos. Quebrados. Desfigurados. Apodrecendo no buraco, dissolvidos lentamente pela água da chuva. Não, eu não tinha nada a relatar sobre a investigação e não teria condições mesmo se tivesse descoberto alguma coisa importante. Naqueles dias, enquanto Isoba e Agnes faziam grandes descobertas correndo riscos em nome da Justiça, vendi milho e feijão. Cuidei dos negócios da fazenda porque as nossas reservas financeiras estavam minguando e, pelo rumo que a investigação tomara, pensei que eu seria mais útil colocando em prática o que aprendera trabalhando para meu pai. Além disso, minha função no grupo, talvez a única, era de tempos em tempos formular a mesma pergunta:

– E agora o que faremos?

– A bruxas jamais vão confessar – disse Agnes servindo para si mesma a última dose de *scotch* da garrafa. – E mesmo se confessarem com mão na Bíblia, não serão julgadas e, mesmo se forem, duvido que sejam condenadas.

– Não podemos ficar aqui fumando e bebendo! – eu disse pensando em todos aqueles inocentes apodrecendo no buraco. – Temos que fazer alguma coisa! Talvez se o caso for levado ao Imperador... – mas nem eu mesmo acreditava naquela possibilidade. Era muito mais um desejo do que um plano.

Isoba estava olhando o cachimbo como se estivesse vendo aquilo pela primeira vez. Eu e Agnes esperamos alguns instantes imaginando que ele estaria refletindo e prestes a nos oferecer mais uma vez um plano de ação. Mas então percebi que ele não estava prestando atenção e não havia escutado uma palavra do que havíamos dito. Cansaço, eu pensei, e era compreensível. Tinha passado a noite convencendo a Ogboni a desistir de uma insurreição e depois a caminhada até a cidade interrogando Salomão. Entretanto, não foi cansaço o que vi. Minha experiência interpretando as máscaras indicava que Isoba estava com medo.

– Esta noite? – disse ele baixinho como se estivesse conversando com o cachimbo. – Não esta noite, por favor... – e pensei ter ouvido ele dizer "Ajani", mas Agnes levantou-se e as tábuas do assoalho rangeram tão alto que eu não poderia afirmar que ele tivesse mesmo dito "Não esta noite. Por favor, Ajani".

Agnes estava de pé, embalando a garrafa vazia como se fosse um bebê.

– Tudo indica que será uma longa noite – disse ela. – Mas tenho certeza de que ao voltar da adega com o irmão gêmeo deste aqui, Isoba terá mais um plano infalível. Posso? – e sacudiu na minha frente a garrafa segurando-a pelo gargalo.

– É claro, Agnes! A casa é sua – respondi.

Ela soprou um beijo para mim e saiu da biblioteca. Instantes depois, Isoba ficou de pé e ouvimos então o ruído de vidro estilhaçando. Agnes apareceu na porta. Um facão reluzente ameaçava o seu pescoço e o negro que o empunhava estava logo atrás, segurando-a pelos cabelos ruivos com a outra mão. Isoba tinha outra expressão. Não era mais medo, mas concentração, um grande esforço para não soltar da coleira uma fúria imensa. Fiquei de pé e segurei a bengala. Era só o que eu tinha. A faca estava em uma das gavetas do quarto.

– O que está fazendo, Barasa? – perguntou Isoba sem tirar os olhos do facão.

Barasa sorriu; a mão segurando firme a lâmina, o gume tocando a pele alva do pescoço de Agnes. Procurei medo nela, mas encarava a parede com olhos vazios. Pensei que fosse coragem diante da morte, mas a expressão era de cansaço, um grande cansaço diante da vida. Quando os seus olhos encontraram os de Isoba, vi amor.

Barasa assoviou.

Ouvimos um estrondo e outra vez vidro estilhaçando. Um tronco foi atirado contra a porta da frente como um aríete e quatro negros com armas de fogo entraram rapidamente e nos cercaram na biblioteca. Torso nu, descalços, vestiam apenas calças de trabalho arregaçadas até os joelhos. As armas eram mosquetes ingleses *Brown Bess*, descartados como obsoletos pelo exército durante a Guerra do Paraguai, mas naquela distância bons o suficiente para nos manter obedientes.

– Para fora! – ordenou Barasa.

Passamos pela porta destruída e sob a mira dos mosquetes ficamos no pátio. A luz da casa era suficiente para que eu visse as máscaras de ódio e as armas engatilhadas. Barasa continuava com o facão no pescoço de Agnes e ficamos ali em silêncio por alguns minutos, ouvindo apenas os ruídos da noite e o murmurar da fonte no centro do pátio até que comecei a ouvir uma carroça vindo pela estrada. Ela surgiu com dois homens na boleia e um deles saltou para abrir a porteira. A carroça contornou a fonte enquanto o homem que saltara se aproximava com um revólver. Era jovem, muito magro e tinha no rosto cicatrizes tribais. Engatilhou o revólver e manteve Isoba sob a mira.

– O que significa isso, Lubanzi? – perguntou Isoba ao homem que conduzia a carroça.

O alfaiate nada disse. Puxou a alavanca de freio e ficou olhando para nós, um por um, e vi uma fúria antiga, mas domada por uma sabedoria igualmente antiga. Sentado na boleia, com os cotovelos apoiados nos joelhos, girava o cabo do chicote nas mãos.

– Ouvimos o seu belo discurso sobre dignidade – disse ele depois de um longo silêncio. – Pensei que a Ogboni pudesse ter encontrado um novo caminho. Salomão queria a guerra. Há razões de sobra para isso, mas o preço em sangue por alguns dias de liberdade... sangue jovem... sangue precioso... seria caro demais e você tem toda razão sobre isso.

– E agora que vi as armas que estão usando tenho certeza de que seria um massacre.

O alfaiate desceu da carroça. Caminhou no seu passo gingado até nós e ficou frente a frente com Isoba. O rapaz que empunhava o revólver também se aproximou e encostou o cano na cabeça de Isoba.

– Por que mentiu? – perguntou Lubanzi – O que tinha contra Salomão?

– Não tenho nada contra ele. Eu precisava de algumas informações e ele me contou o que sabia exatamente como você ordenou.

– Então, "homem de conhecimento", me conte... – Lubanzi caminhou de volta à carroça e levantou a lona – ... por que esmagou a cabeça dele?

Lubanzi fez sinal para que o rapaz baixasse o revólver e Isoba se aproximou da carroça.

– Salomão... morto? – olhou para nós mostrando as palmas das mãos e foi a primeira vez que vi Isoba sem saber o que dizer.

– Deixem eu examinar o corpo – pediu Agnes.

Lubanzi colocou os óculos.

– Eu conheço você! – exclamou – É a curandeira! Fez o parto da minha sobrinha. A menina estava virada.

– Então me agradeça deixando-me examinar o corpo.

– Ele está morto. Não pode fazer nada por ele.

– Também não posso fazer qualquer mal. Só quero vê-lo por alguns instantes.

Lubanzi assentiu e Barasa baixou o facão.

– Preciso de um lampião – disse ela subindo na carroça com a ajuda de Isoba. Um dos homens correu até a casa e trouxe o lampião que estava sobre a mesa da biblioteca.

Agnes ajoelhou-se ao lado do corpo.

– Um golpe forte na cabeça... muito forte... – disse ela – Pelas bordas irregulares e pela sujeira eu diria que foi uma pedra, mas a força... mesmo um homem forte não seria capaz de desferir um golpe tão violento. Não há lividez e a rigidez já está completa. Ovos de insetos nos cantos dos olhos e da boca. Está morto há menos de um dia.

Abriu a camisa de Salomão procurando outros ferimentos e subitamente ficou de pé e olhou para nós aterrorizada.

– No peito escreveram as letras SLD usando uma lâmina afiada – ela disse. – Remexeu nos bolsos da vítima e encontrou um pequeno canivete ainda sujo de sangue.

Lubanzi subiu na carroça e ajeitou os óculos. Olhou o ferimento e examinou o canivete.

– Não tínhamos visto isso... o que significa?

Perguntou para Isoba certo de que era ele o autor das marcas.
– Não fiz isso. Não matei Salomão – respondeu com firmeza. – Nos separamos no caminho de volta. O garoto seguiu pelo mato, Salomão foi para a fazenda da Baronesa pela trilha de gado e eu voltei para a cidade pela estrada.
– Foi onde o encontramos – disse Lubanzi guardando os óculos. – Na trilha que vai para a fazenda, no bosque depois do rio. Por que matou Salomão, "homem de conhecimento"? O que significam estas letras?
Lubanzi se agachou para descer da carroça e então tudo fugiu do controle. Isoba se aproximou para ajudá-lo e segurou-o pelo braço, mas o rapaz do revólver interpretou este gesto repentino como um ataque. Ou talvez o revólver tenha disparado acidentalmente como ele alegou depois e isso também é possível. Era um revólver belga do tipo *Lefaucheux* com um sistema de ignição que usa um pino para fora, na lateral do cartucho. Uma arma instável e por isso outro descarte da guerra, pois qualquer impacto poderia provocar o disparo. Intencional ou acidente, a arma disparou e Isoba foi atingido no abdômen. Ele olhou o ferimento com uma expressão de surpresa e virou-se para ajudar Lubanzi a descer como se nada tivesse acontecido, mas então caiu.
Agnes gritou.
Um uivo que saiu das entranhas.
Saltou da carroça e abriu a camisa de Isoba, já encharcada de sangue.
– Lubanzi! – gritou Isoba com a voz ainda forte – Não fui eu! O menino deve ter visto quem foi. Mande Barasa perguntar!
– Eu trago o menino aqui! – gritei.
O ferimento de Isoba não abalou Lubanzi. Parte do seu plano de vingança ou justiça já estava realizado e sua expressão era de indiferença. Foi Barasa quem falou a nosso favor.
– Vou com o jogador. Trazemos o menino e esclarecemos tudo.
Eu poderia dizer que foi a sabedoria ou a bondade de Lubanzi que nos deu uma chance ou mesmo o apoio de Barasa, mas foi a chuva. Grossos pingos começaram a tamborilar no telhado e Lubanzi considerou que entre enfrentar o temporal na estrada conduzindo a carroça ou passar a noite abrigado na fazenda, era melhor ser benevolente ao menos por conforto. Outra vez um homem prático resolvendo um assunto.

Barasa guardou o facão e me ajudou a carregar Isoba para a casa. Nós o colocamos sobre a mesa da cozinha e Agnes abriu a sua inseparável maleta. Com uma eficiência dramática começou a espalhar frascos, instrumentos de metal e jogou sobre a ferida um líquido transparente que fez Isoba grunhir e ranger os dentes. Ele ainda estava consciente, mas perdendo muito sangue e a respiração estava acelerada.

– Ele não vai morrer – disse Agnes e eu não sabia se era uma opinião médica ou uma ordem enviada aos céus.

Isoba me chamou e me segurou pela lapela.

– Preste atenção... – disse ofegante – Não tenho muito tempo. Agnes disse que foi um golpe forte demais até para um homem, mas pode ter sido o menino. Pode ter jogado uma pedra do alto. Se foi mesmo ele, não pode... – e acrescentou num cochicho – ... não pode trazê-lo aqui. É uma criança! Vão matá-lo.

– Vá, César! – ordenou Agnes – Preciso trabalhar! É a hora de ouro.* Cada segundo conta.

꙳

Barasa montava o cavalo de Isoba, eu esporeava o meu baio e seguíamos em direção ao rio. A chuva era grossa, implacável; água, vento, relâmpago e trovão despachados do céu para testar a nossa disposição para a tarefa. Eu seguia Barasa e, quando chegamos ao rio, tivemos que desmontar. A ponte precária sobre o Rio da Farinha nos obrigou a atravessar desmontados, puxando pelas rédeas os animais inquietos. O rio era uma serpente negra deslizando veloz sob a construção frágil de tábuas, troncos e cordas estalando e rangendo a cada passo. Chegamos à orla do bosque e consultei o relógio. Em cinco horas, o Sol estaria nascendo e, se não estivéssemos de volta com respostas, Isoba e Agnes seriam mortos e minha garganta seria cortada pelo facão de Barasa, eu não tinha dúvidas.

Puxando os animais e, na luz precária dos lampiões da Marinha que levávamos, entramos no bosque. O estalar da chuva nas copas era como o ruído da metralha e a água escorrendo das encostas seguia para o rio em dezenas de córregos da largura de um braço. A lama me obrigava a avançar com cuidado redobrado. A bengala seria inútil naquele terreno e estava amarrada ao arreio.

Isoba estava certo. Aquele bosque seria um bom local para uma emboscada. O garoto poderia ter se instalado em um galho alto e bastaria esperar Salomão passar onde a trilha se estreitava entre duas grossas raízes. Barasa confirmou que Salomão teria que passar por ali, mas daquele ponto em diante não saberia dizer qual direção deveríamos tomar. Não sabia onde Tiago morava e então ficou me olhando esperando que eu soubesse o que fazer.

Não me dei ao trabalho de procurar vestígios de sangue ou mesmos rastros, não com aquele temporal. Disse para seguirmos em frente, mas sem saber se aquela era a melhor decisão.

Depois do bosque, a trilha continuou ainda mais estreita entre dois morros. Disse a Barasa para deixarmos os cavalos ali e escalar o morro mais alto, de onde teríamos uma visão do vale. A ideia era no clarão do relâmpago procurar uma casa na mata e com esse plano tão frágil, feito só de esperança, começamos a subir.

Foi uma etapa de dor, dúvida e desespero. Não sabia se estava fazendo a coisa certa ou perdendo um tempo precioso. A minha perna começou a latejar e, com aquele esforço, temi estar comprometendo todo o processo de cicatrização, conjurando outra vez o terrível fantasma da amputação. Por duas vezes, a dor foi tal que meu pé resvalou e teria sido o fim se Barasa não estivesse ali para me ajudar.

Chegamos exaustos ao topo.

Barasa sorriu celebrando a vitória.

– Por que está nos ajudando? – perguntei.

Ele ficou sério, a cicatriz perto da boca desenhando uma expressão quase feroz.

– Há algo estranho naquele menino. Matei um homem quando tinha 13 anos e isso mudou a minha cara para sempre. Ele tem o mesmo olhar. Além disso...

Ele pareceu hesitar. Não sabia se eu era confiável ou se entenderia o que estava prestes a dizer.

– Além disso... – repetiu – é muito fácil matar. Descobrir a verdade é muito mais difícil.

– Isoba é inocente – eu disse.

– Veremos. E, se não for, quero que saiba que vou cortar a sua garganta de um lado a outro e não vou perder o sono por causa disso.

Eu sabia que ele estava dizendo a verdade.

Ficamos olhando o vale, o céu pesado de nuvens e descobri que o meu plano estava destinado ao fracasso. Para além do pasto do Omar, a mata fechada se estendia até o horizonte e poderia esconder cem casas. Foi então que me ocorreu que deveríamos procurar por fumaça. O garoto e o tio fabricavam velas e na certa mantinham caldeiras fervendo dia e noite. No terceiro clarão do relâmpago, mostrei a Barasa uma grossa coluna de fumaça dançando na ventania e começamos uma etapa tão perigosa e dolorosa quanto a subida.

Descendo o morro, senti a minha perna doer tanto quanto nos primeiros dias de cicatrização. Aquele pesadelo de barro escorregadio e pedras soltas não devia ser o melhor caminho e tive certeza de que ao chegar ao vale descobriríamos uma trilha suave contornando o morro, mas, na luz fraca dos lampiões e sob um temporal encomendado pelo Diabo, aquilo era o melhor que podíamos fazer.

Tentando afastar a dor, comecei a pensar sobre os fatos recentes. Era óbvio que Isoba não tinha matado Salomão. As letras riscadas no peito ligavam o crime a tudo o que estávamos investigando, mas aquele assassinato em nada sugeria o ritual sofisticado que havíamos presenciado na capela. Salomão fora executado de um modo apressado, um crime vulgar, e isso me fez duvidar se havia sido cometido pela mesma pessoa. Um animal empalhado flamejante, uma vítima habilmente torturada levando na morte uma mensagem escrita em latim... em tudo um crime cuidadosamente planejado como uma obra de arte ainda que perversa. Um ladrão de estrada poderia ter matado Salomão... mas não poderia ter assinado o crime no peito da vítima daquela forma. Estávamos ali no meio da noite e sob o temporal na esperança de que um garoto tivesse todas as respostas. Eu tinha que admitir que estava confiando nisso muito mais por desespero do que por lógica, mas isso explicava a minha obstinação e minha força para esquecer a dor. A ausência de alternativas torna a mente muito clara.

Vencido o morro e com a chuva já diminuindo, seguimos por uma trilha limpa que cortava o pasto do Omar. Confesso que me surpreendi ao ver um plano tão frágil dar certo, pois em poucos minutos chegamos ao local de onde saía a coluna de fumaça. Eram três construções de alvenaria; duas casas pequenas às escuras e um galpão de meia parede com cerca de vinte passos de comprimento e dez de largura. Mesmo de onde eu estava era possível ver as chamas da caldeira, a única luz além dos relâmpagos e dos nossos lampiões. Eu estava preparado para levar o menino à força caso ele soubesse o que aconteceu e principalmente se fosse o assassino. Se já era capaz de tirar a vida de alguém, também estava pronto para sofrer as consequências. Haviam dito que ele morava com um tio que padecia de alguma doença terrível, mas não sabíamos se eram os únicos que estavam ali e, por tudo o que estávamos dispostos a fazer, o melhor era avançar com cautela.

Apagamos os lampiões e resolvemos que Barasa examinaria as casas e eu cuidaria do galpão.

Protegido pelas sombras, avancei lentamente até a porta aberta. A fábrica de velas era ali, não tive dúvidas. Sob a luz da caldeira vi dezenas de réguas de madeira que pendiam do teto com velas de várias cores e espessuras amarradas pelos pavios, penduradas como linguiça para secar. Vi mesas com ferramentas, rolos de corda, barbante e uma bancada de ferro semelhante a um tear mecânico, mas que deduzi ser algum tipo de máquina de moldagem para a cera. Vi ainda uma bancada de marceneiro junto a um painel na parede repleto de ferramentas limpas e duas prateleiras cheias de latas, frascos e garrafas com rótulos indicando produtos químicos, essências e corantes. Uma terceira prateleira estava abarrotada de livros sobre temas variados: uma gramática de latim, obras de Medicina, mecânica, uma edição barata da Bíblia, manuais de Química, um livro sobre técnicas de mineração, vidas de santos e dois grossos volumes sobre a História da Igreja. Vi pacotes de papel no chão com estampas litográficas de vários santos e imaginei que eram selos comemorativos para velas especiais de devoção. Ao fundo, uma caldeira lançava a única luz do local e, junto ao fogo, onde cera de abelha era derretida em banho-maria em uma grande panela, uma caixa cheia de conchas do mar e um pilão de ferro onde as conchas estavam sendo trituradas.

Não havia ninguém, mas apurei os ouvidos e escutei passos. Amaldiçoando a dor na perna, com grande esforço agachei-me atrás de alguns cestos de vime e rolos de corda.

Reconheci a silhueta de Barasa na porta empunhando o facão.

Saí do meu esconderijo.

– Não há ninguém aqui – ele disse – Uma das casas é só um depósito e na outra não há ninguém. Vi comida no fogão, mas a casa está vazia.

Não havia nada a fazer a não ser esperar que voltassem, mas aquilo não fazia muito sentido. Se a doença do tio do garoto era tão terrível quanto diziam, ele não estaria fora de casa, especialmente com aquele temporal. Do galpão eu podia ver a encosta do morro por onde havíamos descido e talvez tivessem visto os nossos lampiões. Neste caso, poderiam estar nos observando da mata ou então bem ali, muito bem escondidos.

Acendi o lampião que estava sobre a bancada de marceneiro e percebi que ainda estava quente.

– Procure um alçapão... um piso falso – eu disse.

Barasa começou a bater o pé testando o assoalho de tábuas e como a minha perna não me permitia fazer o mesmo, procurei no chão aberturas ou argolas de ferro, mas não encontramos nada. Por alguma razão, olhei para o teto e sobre o local onde eu havia me escondido havia duas roldanas e uma engrenagem presas ao madeirame do telhado. Duas cordas usadas na Marinha e uma grossa corrente pendiam do teto e terminavam em outro conjunto de roldanas e engrenagens junto à parede. Havia uma alavanca e, quando a acionei, o piso onde eu estava começou a ceder lentamente, um quadrado de um metro descendo no *clac clac* de engrenagens e correntes. Barasa estava no outro lado do galpão e correu para o buraco quadrado que eu havia criado com a alavanca. Com agilidade, pendurou-se na borda e saltou.

Descemos cerca de quatro metros e chegamos ao fundo. Acionei uma outra alavanca na parede do buraco e a plataforma subiu fazendo outra vez *clac clac* e encaixou-se novamente no assoalho.

Estávamos em um túnel de mina e só havia uma direção a seguir. O local estava iluminado por velas e lampiões e avançamos lentamente, com Barasa à frente empunhando o facão e eu me apoiando nas paredes, procurando esquecer a dor.

Andamos pelo túnel cerca de cinquenta passos e sei disso porque para mim cada passo foi um suplício. Senti que minha perna estava molhada, mas não tive coragem de olhar e fiquei me dizendo que era apenas água da chuva. O túnel foi ficando mais largo e terminou no que parecia ser o depósito de uma antiga mina, uma sala ampla escavada na pedra, iluminada por velas, lampiões e com duas aberturas que deduzi serem passagens para outros túneis. Junto às paredes, caixas cobertas com lonas do exército.

Tiago surgiu por uma das portas escavadas. Veio andando para o centro da sala e ficou ali parado, com as mãos às costas e os pés unidos, como um aluno obediente prestes a ouvir uma reprimenda. Como eu já supunha, era o mesmo garoto que vi suportando com rara coragem o castigo da palmatória. Ali, de pé, outra vez a sua expressão era vazia, um enigma até para mim e só a postura do corpo indicava obediência e submissão. Barasa se aproximou dele e no instante em que baixou o facão, Tiago avançou e desferiu quatro golpes rápidos com o punhal que estava mantendo escondido às costas. O sangue começou a brotar do ventre de Barasa. Ele tentou segurar o garoto, mas largou o facão, cambaleou e então caiu de bruços sobre os caixotes. Tudo aconteceu em poucos segundos. Tiago atacou sem mudar a expressão. Não vi raiva e nem mesmo esforço. Foram quatro golpes rápidos, desferidos com a precisão e a eficiência que só se adquire com treinamento.

Ele então olhou para mim.

O sangue ainda pingava do punhal.

Avançou dois passos e procurei ao redor algo que eu pudesse usar como arma.

Não havia nada.

Recuei mais um passo mergulhando nas sombras e sem querer apoiei-me na perna ferida. Um relâmpago de dor e então fui agarrado por trás. Alguém aplicou sobre a minha boca e nariz um lenço encharcado de um líquido de cheiro forte e sabor doce.

※

Quando acordei estava sentado em uma cadeira de ferro e minhas mãos estavam presas por argolas fixadas atrás no espaldar. Uma gargantilha de latão mantinha a minha cabeça erguida e não foi difícil concluir que estava sentado onde Baltazar estivera, o impiedoso aparato para asfixia descrito por Agnes. A sensação de náusea era terrível e percebi um tanto envergonhado que tinha vomitado. Era a mesma sala. Vi Barasa caído no mesmo lugar junto aos caixotes e tentei chamá-lo, mas eu estava salivando muito. Minhas palavras saíram incompreensíveis e babei como uma criança.

Tiago apareceu por uma das passagens escavadas e carregava uma cadeira. Colocou-a bem na minha frente. Aumentou a luz dos lampiões e se retirou por onde entrou. Comecei a ouvir um som metálico, cadenciado, como uma bomba de ar funcionando ou alguém martelando placas de metal com golpes cadenciados.

Então surgiu pela porta um homem ou o que restara de um ser humano.

Era uma mistura de homem e maravilhas mecânicas, a fusão da Natureza com a engenhosidade humana, milagre divino e Ciência compondo a mesma criatura.

A perna direita era uma prótese de placas e tubos, fios e cabos que saíam da virilha e terminavam em uma pequena caixa de metal que substituía o pé. Presilhas, cilindros e engrenagens tão delicadas como as que fazem funcionar um relógio de parede tornavam possível a articulação no joelho e no que seria o tornozelo, mas cada passo denunciava o enorme esforço humano e mecânico para tornar isso possível. A prótese estava exposta em toda a sua crueza, mas os genitais estavam cobertos por um tecido negro, como calções de um hindu e a perna esquerda, coberta por uma calça também negra, sugeria uma perna humana de um homem forte. Usava um cinto de couro, com três dedos de largura e uma bonita fivela de prata. A camisa branca fechada com botões até o pescoço revelava um peitoral vigoroso, mas o braço direito, assim como a perna, era outra maravilha da Ciência inserida numa espécie de armadura de couro, com fios, cabos e engrenagens. A mão, pela rigidez, também devia ser uma prótese e estava coberta por uma luva de couro. O braço esquerdo, com as mangas da camisa arregaçadas, mostrava músculos e veias acostumados a grandes esforços. O rosto estava oculto por uma touca negra de lã e uma mascarilha de veludo negro, deixando à mostra apenas parte do maxilar esquerdo e expondo a metade da boca marcada de cicatrizes de queimadura. Os olhos eram vivos, de um cinza metálico perturbador.

Com esforço, aquela estranha criatura sentou-se na cadeira que Tiago trouxera.

– Há quanto... tempo... – eu falei tentando controlar a saliva abundante. – Há quanto tempo... estou aqui?

Ele continuou me olhando e sua boca deformada sorriu mostrando dentes surpreendentemente bons.

– Seis minutos – respondeu com uma voz firme e o timbre agradável de um tenor – Usei clorofórmio suficiente apenas para prendê-lo na cadeira. Essa solução tem os seus limites e lamentavelmente também os seus inconvenientes – e apontou com a mão humana a mancha de vômito no chão.

– Quem é você? – perguntei e algo me dizia que eu já o conhecia.

– Esta é a grande pergunta, não é mesmo?

O sotaque gaúcho, os olhos metálicos...

Ele percebeu pelo meu olhar que eu estava desesperadamente juntando vestígios da memória, costurando os menores indícios para dar a tudo algum sentido, um rosto e um nome.

– Vou ajudar – disse ele e, empostando a voz como fazem os atores, declamou: "Madame deseja que nesta casa sua garganta jamais fique seca outra vez".

Ramiro, o jovem garçom do bordel, o rapaz bonito de olhos azuis que julguei que subiria na vida.

Ele sorriu percebendo que eu tinha decifrado o mistério.

– Não posso dizer que sou Ramiro – ele disse – e por mais de uma razão. Primeiro, porque não é este o meu verdadeiro nome e, segundo, porque não sou mais quem era. Transformei aquele homem que teve muitos nomes em outra coisa. Tenho certeza de que tem muitas perguntas, mas não vai conseguir falar muito. Os efeitos do clorofórmio ainda vão demorar a passar. A salivação, a náusea... mas não se preocupe. Eu não seria um bom anfitrião se não procurasse aliviar uma visita tão ilustre de tantos desconfortos. Vou responder a tudo sem que precise perguntar. Pode não acreditar, César, mas gosto de você. Não sei ainda se vou matá-lo, mas gosto de você.

Tiago entrou trazendo uma garrafa com um tubo metálico preso ao gargalo. Com carinho ajeitou o tubo na boca de Ramiro e ele tomou alguns goles deixando escorrer pelo queixo deformado o que parecia ser água. Tiago enxugou com a ponta da camisa.

– Obrigado, meu filho. Fique conosco – disse Ramiro.

O garoto sentou-se no chão ao lado de Barasa evitando sujar-se na poça de sangue.

Mais uma vez analisei a sua expressão. Não aparentava ter mais do que 12 anos e estava sentado ao lado do homem que acabara de matar. Nos seus pequenos olhos negros não havia qualquer emoção. Ramiro percebeu que eu avaliava o menino.

– Impressionante, não é mesmo? Uma força da Natureza! – exclamou – Talvez eu devesse começar contando a você que Tiago está comigo há cinco anos. Ele parece ter 12, mas já tem 15 e nos braços tem a força de um adulto. Eu precisava de um jovem que permanecesse jovem por muito tempo, um moleque que pudesse andar por aí ouvindo conversas e que fosse capaz de interpretar o que ouvia. Encontrei outros garotos como ele, mas Tiago tem qualidades muito raras e com certo orgulho digo que nestes cinco anos ele se tornou único. Lapidei este diamante, mas já era um diamante quando o encontrei. Alguns felizardos descobrem o próprio destino muito cedo. Tiago havia matado os pais e a irmã e estava escondido em um acampamento de ciganos. Eu estava negociando com eles panelas e instrumentos de cobre e percebi no garoto este olhar vazio, a indiferença que você também percebeu. Não há nestes olhos nenhum vestígio de remorso ou compaixão. Falta em Tiago tudo o que nos faz humanos... e fracos. Pessoas assim são muito raras. Sei disso porque procurei por mais de dez anos. Tive outros aprendizes, crianças furiosas. Foi um erro empregar jovens que sabiam odiar como adultos e nada mais tinham a oferecer. Só depois de Tiago eu descobri a diferença entre a maldade e o Mal... o verdadeiro e antigo Mal. Foi uma descoberta que deu novo sentido à minha própria transformação. A maldade é um desvio, uma deformação da alma, enquanto o Mal é pleno e perfeito e ocupa o lugar onde a alma deveria estar. Sob o poder do Mal grandes obras podem ser realizadas. Não há hesitação mesmo diante dos crimes mais perversos e das tarefas mais sangrentas. O Mal não hesita, não se importa e não se arrepende.

Se nos olhos de Tiago não havia qualquer emoção, no olhar de Ramiro, nas duas pedras azuis brilhando na máscara negra, vi um pai orgulhoso.

Ele continuou:

– Este garoto foi então as respostas às minhas preces ao Diabo e desde então caminhamos juntos para a terra que fica muito além das fronteiras humanas. Em algumas etapas desta viagem, eu sigo na frente, mas às vezes é ele quem mostra o caminho.

Ramiro tossiu e Tiago levou a garrafa para mais uns goles e voltou a sentar-se onde estava.

Ramiro continuou:

– Vamos ver por onde eu começo... – disse colocando a mão boa no queixo em um gesto teatral. – Talvez pelo seminário. Acho que é suficiente. Saiba então, meu caro César, que em outra vida eu me chamei Miguel Martins e fui seminarista. Meu irmão gêmeo fez os votos, mas pulei os muros antes disso e fugi. Nas ruas do Rio de Janeiro, fiz o que apareceu para sobreviver e minha bela estampa, meu verniz de cultura e meus belos olhos fizeram a balança pesar a meu favor. Correndo atrás de dinheiro fácil, acabei me envolvendo com prostitutas, contrabandistas e trapaceiros. Foi quando conheci o Capitão Lombardi, o velho soldado que você conheceu como Matias, o distinto anfitrião do bordel. Que grande artista! Era um trapezista talentoso, mas sofreu uma queda e assumiu a identidade de um velho Capitão, embora jamais tivesse vestido a farda. Se ele estivesse vivo, entenderia a minha transformação. Eu amava aquele velho! Soube que deu a ele um enterro decente. Eu agradeço, meu caro, e ele merecia. Juntos aplicamos muitos golpes, você sabe. Pai e Filho, Tio Rico e Sobrinho Pobre, o clássico Herdeiro da Fortuna... a vida era boa, mas Maria Cadaval desembarcou no Cais da Imperatriz* e a vida ficou muito melhor. Sei que você pensa que sabe tudo sobre a sua Dália, mas muito pouco do que foi dito a você é verdade. Ela era uma prostituta portuguesa e matou dois homens em Lisboa. Precisava de dinheiro e o veneno foi o caminho mais curto. Ambiciosa e com um apetite insaciável por homens mais novos, veio para o Brasil fugindo da polícia e atrás da Fortuna. Você é do nosso ofício. Sabe que com três artistas talentosos as possibilidades são infinitas e fomos promovidos a uma classe diferente de pecadores. Preparamos armadilhas sofisticadas e muito lucrativas. Fizemos uma fortuna com a Virgem e o Soldado, a Joia da Família e a Viúva Desamparada. Maria era perfeita... tão perfeita que eu a tomei como minha mulher. O Certificado de Casamento deve ser o único documento na vida que não falsifiquei.

Aquela revelação foi um duro golpe. Ramiro viu isso nos meus olhos.

– Lamento, César – continuou. – Se serve de consolo, saiba que ela tinha um carinho especial por você. De todo o rebanho que estávamos pastoreando, você era a ovelha favorita. Mas onde eu estava? Ah! Sim! Aplicando golpes com os nossos folhetins bem ensaiados. O dinheiro grosso começou a entrar e também começamos a ficar muito conhecidos. O último golpe quase saiu pela culatra. O Capitão Lombardi julgou que estava na hora de mudar o cenário. Passou a ler os jornais das Províncias procurando novas pastagens e a história do marido que fugiu de Santana do Ouro Velho com uma jovem amante era exatamente o que estávamos procurando. O velho Lombardi se apresentou à pobre mulher ultrajada como um policial experiente naqueles casos e assumiu a tarefa da vingança mediante uma quantia considerável, é claro. Aquela mulher é uma criança boba sentada sobre um monte de dinheiro. Maria preparou os venenos e cuidamos do serviço como falsos empregados do hotel. Dinheiro fácil. Tão fácil que nos fez pensar que era a hora certa de sair de vez da Corte. Há tempos sonhávamos em ter um bordel e um cassino, dois modos infalíveis de fazer dinheiro sem ter que decorar papéis ou correr da polícia no meio da noite. Maria e o Capitão planejaram tudo. Com o dinheiro dos golpes e os apertos ocasionais que dávamos na viúva boba ameaçando levar o caso do envenenamento às autoridades, tínhamos o suficiente para sair da Corte sem olhar para trás. O velho Lombardi veio na frente avaliar as nossas oportunidades e você, meu caro César Marcondes, estava no topo da nossa lista. Com tempo e paciência tomaríamos a fazenda e você apodreceria em algum canto depois que Maria tivesse se cansado de brincar.

Não pude conter as lágrimas.

– Ora, vamos, meu amigo! – o tom era de deboche. – Essas lágrimas vão arruinar a sua máscara de vigarista. Lágrimas verdadeiras em um rosto falso é a ruína do jogador. Não finja que tem coração, César. Não você! Posso perder o respeito que tenho pelas suas virtudes. Saiba que Lombardi tinha contatos na Europa e descobrimos que os seus dedos ágeis fizeram história por lá.

Ele aproximou o rosto, os olhos cravados nos meus.

– Será que também ficava emocionado ao roubar a pensão de velhos soldados? Seus olhos marejavam quando guardava no bolso da casaca elegante o dote de uma jovem antes cheia de esperança, mas para sempre arruinada pelo seu ás na manga? Aceite a própria sorte, homem! – ele estava exaltado. – Você foi um brinquedo para Maria Cadaval, um ornamento de luxo para o cassino como a roleta *Evans* ou as obscenas aquarelas chinesas. Só isso. Mas para você... para você, Dália foi o destino finalmente obrigando o jogador trapaceiro a engolir uma dose do próprio veneno.

Ele tossiu e fez um gesto para Tiago. O garoto repetiu a operação com a garrafa e Ramiro bebeu bastante. Ficou em silêncio alguns instantes e, quando sorriu, já mais calmo, Tiago voltou a se sentar.

– Onde eu estava? – continuou. – Sim, César Marcondes sentindo na pele o que significa ser um otário. Pois saiba que caiu porque de fato a armadilha era muito boa. A Casa de Madame Dália era o golpe perfeito, um arranjo muito feliz. O velho Lombardi de olho em tudo, eu controlando o salão e Maria... Maria sendo Dália, como você bem sabe.

Os olhos piscaram e o tom de voz mudou.

– E então veio o Inferno. O negro colocou fogo na égua e o animal espalhou as chamas. Eram duas horas da manhã quando ouvi uma mulher gritar "fogo". O cheiro da fumaça. Depois mais gritos agudos e homens berrando palavrões.

Os olhos piscaram rápido e a voz desceu mais um tom.

– As portas estavam bloqueadas por fora. O fogo invadiu o cassino e os biombos chineses queimaram como tochas por causa do verniz. Na fumaça sufocante, procurei Maria e Lombardi. Vi quando Maria subiu as escadas e ficou batendo na porta do quarto de Dolores. O piso cedeu... o andar de cima desabou no centro de uma fogueira. Encontrei o Capitão perto da roleta, ferido, pisoteado por mulheres seminuas, rapazes e cavalheiros de ceroulas. O fogo então rugiu e consumiu tudo. Algo atingiu a minha cabeça e depois o lado direito do meu corpo queimou no Inferno. Alguém finalmente abriu a porta da frente, mas não me lembro como fui levado para fora. Lembro-me dos gritos. Da dor. Já na carroça, junto com outros corpos, vi ao redor alguns homens armados, brancos e negros. Usavam capuzes, mas não luvas. Um deles, um negro alto com voz rouca, dava as ordens. Mais gritos e fomos empurrados no Sumidouro, no meu caso jogado no buraco como um saco de esterco.

Gritos, choro, escuridão, depois silêncio e então... a falta de ar... a falta de ar...

Ramiro fez uma pausa. Ficou olhando o teto, piscando os olhos azuis. Quando retomou a sua história, havia uma espécie de euforia, uma satisfação imprópria para aquela tragédia e tal comportamento só poderia ser explicado pela perda da razão.

– Não estou contando as coisas direito – disse sorrindo. – Não pode entender o que é ser jogado em um buraco com doze pessoas mortas. Metade do corpo queimado, ossos partidos... e a falta de ar... a terrível falta de ar...

Olhou para Tiago e a mão boa indicou a cadeira onde eu estava e então algo realmente assustador aconteceu.

Tiago sorriu.

O garoto rapidamente se colocou atrás do espaldar. Ouvi o torniquete metálico estalar apertando um pouco a gargantilha. Mais alguns estalidos e a pressão era tal que minha respiração se tornou ruidosa. O torniquete estalou outra vez e não havia mais ar. Senti as veias do pescoço inchadas, a baba escorrendo pelo queixo, a língua para fora e os olhos querendo saltar das órbitas. O corpo tremia e sacudi as mãos tentando desesperadamente escapar das argolas. Escutava o meu coração palpitar dentro da minha cabeça.

O garoto afrouxou, mas apenas o suficiente para que eu conseguisse respirar duas ou três vezes e então girou o torniquete e mergulhei outra vez no vácuo. A cadeira estava fixada no chão ou eu a teria derrubado esperneando, mas tudo o que consegui foi deixar marcas no chão com as solas das botas. E outra vez ele relaxou e outra vez apertou um pouco mais e comecei a desmaiar, mas antes ouvi Ramiro dizer:

– A falta de ar era assim, César – seus olhos me observando com cruel atenção.

Alguns segundos antes do ponto em que eu perderia a consciência, Ramiro fez um sinal e o garoto afrouxou a gargantilha. Voltei a mim tossindo e enchendo os pulmões com a urgência dos desesperados. Ramiro esperou que eu me acalmasse. Queria a plateia em condições de apreciar o seu relato. Quando julgou que eu já era capaz de prestar atenção, continuou:

– A asfixia é um castigo terrível, como você sabe agora. Eu tinha certeza de que morreria naquele buraco. Mas então no meu último sopro algo estranho aconteceu. A melhor explicação que eu posso oferecer é que... como direi... enlouqueci. Metade do meu corpo ainda podia se mover, então eu tinha um trabalho a fazer. Precisava me vingar e para isso a primeira providência era ignorar todos aqueles corpos amontoados. Não eram mais as pessoas que eu conhecia. Eram pedras e eu precisava passar por cima delas para sair do buraco. Não vi mais pernas, braços ou rostos conhecidos, mas pedras. Lidando com a dor e com as dificuldades dessa escalada, descobri na minha loucura dois ou três minutos de paz. Não senti dores e respirava com liberdade. Quando esses minutos de milagre acabavam, as dores voltavam como golpes do tridente do Diabo, mas eu insistia com raiva, com fúria, com a força que os loucos possuem. E a paz voltava outra vez por alguns minutos, o suficiente para que eu conseguisse galgar mais alguns centímetros. Saí daquele buraco porque queria me vingar, mas só sobrevivi porque estive naquele buraco e aprendi ali uma lição que não poderia ter aprendido em nenhum outro lugar. Minha vingança me puxou para fora, mas a loucura tornou tudo o mais possível, especialmente a minha transformação. Arrastei-me até a beirada da estrada e fui acolhido por um casal de velhos de Barbacena. Ela era uma *raizeira* e fez o que podia. Fiquei com eles quase dois anos. O velho seguiu as minhas instruções e trouxe para mim uma caixa de metal que Maria e eu havíamos enterrado sob o bordel; dinheiro e joias para um dia de chuva. Graças a essas reservas, fui tratado nos hospitais da Corte. Quando disseram que eu não poderia andar novamente, comecei a procurar tratamentos na Europa consultando revistas médicas. Seria impossível nas minhas condições viajar, mas descobri que um engenheiro francês estava construindo próteses mecânicas revolucionárias. Escrevi uma longa carta ao Sr. Garasse e inventei uma versão triste e heroica das minhas aflições. Ele enviou os planos de construção e desenhos do que eu precisava e levei seis anos para construir estes mecanismos. Contratando jovens aprendizes, comecei a fazer algum dinheiro, nem sempre por meios legais, e ao longo de mais sete anos tornei-me um artesão hábil em muitos ofícios. Tiago era a peça que faltava e há quatro anos viemos para os arredores de Santana do Ouro Velho e nos instalamos sobre esta mina abandonada. A fábrica de velas foi um recurso premeditado. Entre outras conveniências, permitiu que Tiago encontrasse um lugar perfeito para escutar as confissões na Igreja. Madame Vitória um dia foi bastante indiscreta. Padre Clemente a repreendeu pelo incêndio no bordel e o nome de Baltazar foi citado. Depois de atear fogo na égua cumprindo ordens das três viúvas, ele não suportou a culpa e decidiu fugir, mas antes escreveu com carvão nos escombros uma denúncia, a sigla da irmandade, as verdadeiras culpadas pelo crime. Quando foi recapturado, sofreu uma punição severa. Ele me contou tudo isso sentado onde você está. Entendi o resto graças aos relatórios de Tiago, mas eu ainda precisava descobrir quem era o negro dando ordens para que fôssemos atirados ao buraco.

Tentei falar, mas as palavras ficaram presas na garganta. Fiz um grande esforço e consegui perguntar.

– Por que... eu... para mim... o ritual na capela?

– Ah! Pensei que tivesse entendido. Foi um presente, César! A mensagem na boca de Baltazar era para que você apenas apreciasse aquilo e tudo o mais que estava para acontecer. Você foi o único que restou de um tempo cheio de boas lembranças. Uma espécie de parente. Conheceu as pessoas que conheci e compartilhamos a mesma mulher. Para um homem sem vínculos como eu, isso é um laço forte, meu amigo. Aquela obra grandiosa deveria ser compartilhada com você que amou Dália tanto quanto eu amei Maria. Foram 21 anos preparando para você a minha obra, a minha homenagem às nossas almas sem salvação, o nosso ritual celebrando os 21 pecados da lista de Paulo na carta aos Romanos. Eu, você e Maria cometemos todos eles, meu amigo... mais de uma vez. Mas confesso que não contava com o seu negro bisbilhoteiro e com a curandeira maluca. Isso não estava nos meus planos. O que era um presente para você transformou-se em um risco. Eu também não contava com o fato de que, um dia, todo pássaro jovem abre as asas e voa. Eu precisava descobrir quem nos atirou ao buraco e tinha preparado para ele um ritual inesquecível, uma obra grandiosa que mostraria tudo o que aprendi de Mecânica e Anatomia ao longo desses anos. Até ontem de manhã eu procurava este ator para o meu espetáculo e então Tiago ouviu Salomão Gongo contar para o seu negro que foi ele quem ficou encarregado de lidar com o sumiço dos sobreviventes do incêndio. Meu jovem pássaro decidiu então abandonar o ninho e voar. Tiago resolveu participar da minha vingança com a sua primeira obra. Não foi nada sofisticado, temos que admitir, e ele também precisa aprender a empalhar, mas merece crédito pelo senso de oportunidade e pela eficiência do método. Esta manhã, quando me contou tudo sobre a reunião da Ogboni e como tinha acabado com Salomão, eu sabia que era uma questão de tempo até aparecer alguém. Esperava visitas como ele – disse apontando Barasa –, mas quando percebi que você estava nisso, tive certeza de que descobriria o meu engenhoso alçapão, o meu ás na manga. É preciso um vigarista para pegar outro.

Ramiro se ergueu da cadeira, uma operação que exigiu um grande esforço e os mecanismos clicaram e rangeram até que ele estivesse de pé. A perna boa avançou e a outra seguiu com esforço até que ele ficou muito próximo. A mão humana tocou meu ombro.

– Há uma carroça pronta para a nossa partida. Eu e Tiago já fizemos aqui tudo o que era preciso. A única questão a ser resolvida é se vou deixá-lo com vida ou não. O mais justo seria permitir que Tiago brincasse um pouco mais com você como fez com Baltazar. Seria uma recompensa por ter cuidado de Salomão e também seria muito conveniente. Não deixaríamos rastros. Mas a vaidade... ah! A vaidade do artista! Com você morreriam as minhas obras, as minhas conquistas. Querendo ou não, meu amigo, você é a testemunha mais preciosa de toda esta história.

Ramiro começou a penosa operação de caminhar para a porta, o pé de ferro raspando a pedra, ecoando pelo salão. Tiago passou por ele e ouvi caixas sendo arrastadas em outro cômodo. Da porta escavada, Ramiro fez uma pequena vênia como um artista ao fim do espetáculo.

– Aceite mais este presente. Deixo você aqui sob a terra. Naquele buraco descobri a loucura salvadora, o caminho para uma poderosa transformação. Talvez você descubra também este milagre. Aceite o meu gesto generoso e você sabe...

Já oculto pelas sombras completou:

– ... se não pode ser generoso quando é difícil, o que vale a sua generosidade quando for fácil?

Capítulo 9

Não mexi um músculo até ter certeza de que Ramiro e Tiago não estavam mais ali. Quando não ouvi mais passos de ferro ecoando pelo túnel, comecei a sacudir as algemas, mas foi inútil. Olhei para Barasa e ele continuava de bruços sobre os caixotes, exatamente como tinha caído. Gritei o seu nome várias vezes e depois gritei, apenas gritei, horrorizado com a ideia de que iria morrer ali. Exausto, recostei a cabeça no espaldar de ferro. Pelo menos para mim havia naquilo tudo uma certa justiça, um fim merecido. Também considerei perfeitamente justo ter sido enganado por Dália... ou Maria, a mulher que sabia preparar o veneno mais doce do mundo. Era justo. Ramiro tinha toda razão. Na Europa, com as minhas trapaças eu havia me apossado de dotes e pensões, economias e heranças e celebrado essas vitórias embriagando-me de álcool e vaidade no meu quarto de hotel.

Fiquei em silêncio aceitando a minha sorte, mas então ouvi um ruído, o raspar de madeira no chão de pedra.

Barasa estava se mexendo.

Ele conseguiu se virar. A mão direita espalmada sobre o ventre, impedindo que as vísceras saíssem. Era um milagre ainda estar vivo, mas o sangue ao redor deixava claro que não iria durar muito.

Ele grunhiu, tossiu e cuspiu. Rolou para ficar de bruços novamente e com o braço esquerdo e as pernas rastejou na minha direção. Estava coberto de sangue e suor. Alcançou o espaldar da cadeira e retirou o pino que prendia as algemas. Livrei-me da cadeira e ajudei-o a ajeitar o corpo contra a parede fazendo um encosto com uma lona dobrada.

– Ouvi... tudo – disse ele com sangue e saliva escorrendo pelos cantos da boca.

– Não consigo levá-lo de volta – eu disse. – Mesmo que consiga achar uma trilha que contorne o morro. Não consigo carregá-lo.

– Eu... sei...

– Mas preciso de você vivo. Não vão acreditar em mim.

– Papel...

Procurei nas caixas sob as lonas uma folha de papel e encontrei um folheto de instruções de um fabricante de pavios para dinamite. O verso estava em branco.

Barasa colocou o papel no chão. Molhando o dedo mínimo na poça de sangue traçou com habilidade estranhos sinais usando figuras geométricas.

– Entregue... Lubanzi...

Olhei ao redor procurando um milagre que impedisse Barasa de morrer, mas não havia nada que eu pudesse fazer. Nos seus olhos a vida era só um fiapo, uma linha prestes a arrebentar. Ele me puxou gentilmente pela manga e sussurrou:

– Não disse?... Matar é fácil... mas a verdade...

Barasa morreu.

Cobri-o com a lona. De certo modo ele provara como verdade aquilo que Ramiro dissera. Se você não pode ser generoso quando é difícil... Barasa decidira ser generoso mesmo com todas as evidências contra Isoba e lamentei a sua morte. Pensei que com ele também havia morrido qualquer chance de escaparmos da sentença da Ogboni. Guardei o papel com cuidado, mas não acreditava que aquelas poucas figuras traçadas com sangue pudessem descrever tudo o que foi dito e tudo o que aconteceu. O mais certo é que não acreditariam em mim e nós três seríamos mortos para vingar Salomão e também Barasa.

Consultei o relógio e eu teria pouco menos de duas horas para percorrer o caminho de volta. A perna doía como se eu tivesse sido alvejado outra vez. Mesmo que escapasse com vida daquilo tudo haveria um preço em carne a ser pago.

Usei novamente o alçapão para subir e no galpão encontrei um cabo de enxada e um pedaço de madeira. Na bancada de marceneiro, improvisei rapidamente uma muleta que poderia garantir minutos preciosos até eu chegar aos cavalos. Com a muleta e o lampião, levando no bolso a mensagem de Barasa, comecei a jornada de volta e, para meu alívio, a chuva agora era apenas um borrifo. Estava fora de questão arriscar-me novamente escalando o morro e gastei algum tempo procurando uma trilha que o contornasse. Eu tinha razão. Achei a trilha e, ao atravessar o bosque, tomei o cuidado de olhar para cima temendo ser outra vítima de Tiago, mas cheguei onde havíamos amarrados os cavalos.

Montado no meu baio e puxando pelas rédeas Malembo, o cavalo de Isoba, cheguei à ponte precária sobre o Rio da Farinha e atravessei um animal de cada vez. Não estava mais chovendo, mas o rio continuava perigoso, correndo veloz nos limites mais altos das margens. Minha perna estava rígida, inchada, dolorida até a virilha, mas esse não era o maior sofrimento. Nesta última etapa do caminho, fui tomado por um medo profundo, não de morrer, mas de ser o responsável pela morte de Isoba e Agnes.

O dia já estava amanhecendo a ponto de tornar o lampião inútil e enquanto galopava, exaurindo os animais, imaginei com realismo doentio os meus piores temores. Lubanzi recebia do rapaz magro o revólver. Encostava o cano na têmpora de Isoba, ainda deitado sobre a mesa da cozinha, e então disparava espalhando os miolos do meu amigo e mentor pelas paredes. Agnes era executada do lado de fora da casa, a golpes de facão, junto à fonte. Era deixada ali em pedaços, com as vestes rasgadas e o sangue empapando a cabeleira ruiva. E tudo porque eu havia falhado em provar a inocência de Isoba.

Talvez ele já estivesse morto apesar de todos os esforços de Agnes.

Talvez eu estivesse vendo no clarão do horizonte o meu último amanhecer.

O Sol lançava as primeiras sombras do dia quando cheguei à estrada da fazenda. Meu coração estava cada vez mais apertado. Galopei até o pátio e desmontei sentindo a dor irradiar até os ombros. Vi fumaça saindo da chaminé e a carroça de Lubanzi ainda estava ali. Um dos homens da Ogboni surgiu na varanda e fez sinal para que eu entrasse. Eu havia jogado a muleta fora quando cheguei aos cavalos e mesmo com a bengala, os dez passos que me separavam da escada da varanda foram uma batalha entre a dor extrema e a responsabilidade extrema e os degraus uma oferenda que fiz aos céus.

185

Estavam todos na sala, exceto Isoba. Agnes estava sentada, exausta, as mãos e o vestido sujos de sangue. Viu o desespero em meus olhos.

– Ele está vivo. Está no quarto – disse ela. – Fiz tudo o que podia.

Vi o quanto ela havia lutado para manter a morte a distância, mas seu cansaço e desânimo diziam que a qualquer momento todo o esforço poderia ter sido em vão.

Lubanzi estava tomando café e fumando com o meu cachimbo. Quando entrei, ele ficou de pé e tirou os óculos do bolso.

– Onde está Barasa? – perguntou colocando os óculos.

– Morto – respondi. Um murmúrio correu entre os homens e ouvi as armas sendo engatilhadas. – Posso me sentar?

– Não! – exclamou com raiva – O que houve?

De pé, apoiando-me na bengala, contei tudo.

Lubanzi ouviu com atenção e não consegui decifrar se estava acreditando em mim ou apenas concedendo a um condenado à morte o direito de falar até o fim. Eu também não sabia dizer se Agnes estava prestando atenção. Seus olhos estavam baixos, fixos no tapete da sala e percebi novamente a indiferença diante da morte.

Ouvindo a mim mesmo tive dúvidas se acreditaria no meu relato. Um garoto assassino? Uma criatura metade humana e metade máquina? Um alçapão secreto? Um plano de vingança por um crime cometido há mais de vinte anos? Meu relato soava como um folhetim barato.

O rapaz magro se aproximou de Lubanzi e falou com ele em dialeto africano. O tom não escondia a sua raiva e os outros pareciam aprovar o que ele dizia. Com o revólver ele apontava para o quarto, para mim e para Agnes e não era difícil deduzir o que queria.

Lubanzi limpou o cachimbo no cinzeiro e olhou para mim.

– Quer mesmo que eu acredite nisso? – vi desprezo em seus olhos.

– É a verdade. E antes de morrer Barasa escreveu isso com o próprio sangue.

Entreguei o papel e vi que minha mão tremia.

Lubanzi descolou com cuidado o papel dobrado. Ajeitou os óculos e leu os estranhos sinais.

Descobri que estávamos salvos quando vi escorrer uma lágrima. Ele mostrou o papel ao rapaz magro, que se dirigiu aos outros em dialeto. Imediatamente baixaram as armas e os facões foram guardados nas bainhas. Tudo foi feito em silêncio respeitoso, lentamente, do modo como as pessoas se comportam em um funeral. O rapaz colocou no cinto o revólver e estendeu a mão para Agnes.

– Eu sinto muito – disse ele. – Foi um acidente.

Ela ignorou a mão estendida. Sequer ergueu os olhos.

Eles se foram. Silenciosamente.

Agnes colocou o rosto entre as mãos e chorou.

Eu tinha muitas perguntas sobre o estado de Isoba, mas a dor era insuportável e, além disso, eu estava febril.

Arrastei-me para o quarto e desmaiei.

Acordei e senti um cheiro forte, um odor familiar. Lembrei-me que era o mesmo cheiro que eu sentira no porão de Agnes depois da cirurgia, mas estava em minha cama, nu, coberto com um lençol. Tive outra vez receio de olhar para a minha perna e descobrir que não estava mais lá.

Respirei fundo, tomei coragem e olhei.

Estava coberta de gazes e placas de metal exatamente como da outra vez. Perto da janela vi a maleta de Agnes sobre a mesinha e uma bacia com bandagens sujas de sangue.

Agnes entrou com uma jarra de água.

– Ora! De volta ao mundo dos vivos! – exclamou e, embora parecesse estar de bom humor, seu aspecto era horrível. A pele oleosa, os cabelos sujos, os lábios ressecados e olheiras profundas. Suspeitei que toda aquela disposição, em contraste com o seu aspecto, era efeito de suas bebidas fortificantes, a maioria com álcool, ópio e outras drogas fortes.

– Minha perna...

– Você quase arruinou tudo – disse ela em tom de censura. – Se tivesse andado mais dez metros ou se eu tivesse estudado Medicina dois dias a menos, teria amputado. O risco ainda existe, mas ela parece muito apegada a você.

Eu ri.
– Isoba...
– Está bem. Melhor do que você, para falar a verdade. É muito forte. Sobreviveu aos três dias mais perigosos. Está no quarto e ainda não pode se levantar, mas amanhã virá vê-lo.
– Há quantos dias...
– Cinco dias. Tenho mantido você sob os cuidados de Morfeu.
– Você precisa descansar também...
– Estou ótima!
– Agnes... muito obrigado...
– Que bom que tocou no assunto. Queria pedir... como direi...
– Qualquer coisa...
– O que acha da ideia de... eu morar aqui... permanentemente.
– Aqui na fazenda?
– Sim.

Na prática, era o que já estava acontecendo há meses pelo menos três vezes por semana.

– Pode ocupar o quarto de casal... mas e o laboratório?... Suas coisas...
– Isoba disse que podemos construir um novo cômodo perto da adega.
– Perto da adega... – eu ri – providencial...

Ela riu também.

– Quanto às minhas visitas, prometo trazer meus amigos apenas quando for absolutamente necessário.
– Visitas?
– Meus amigos do Além, colegas de estudo. Sei que é uma questão... incomum... mas agradeça a esses colaboradores. Sem eles eu não teria conseguido manter você sobre duas pernas.
– Claro... é o mínimo que posso fazer.
– Você é um amor, César. Você e Isoba são os meus amores, cada um a seu modo. Vou vender a farmácia. A casa vale alguma coisa. Com o dinheiro contribuo aqui nas despesas e construímos um novo laboratório.
– Ajudo assim que... ficar de pé.
– Já trouxe quase tudo. Coloquei no estábulo e no barracão de ferramentas.
– Sozinha?

– Tive ajuda. Tibério Angola foi muito prestativo.
– Quem?
– O rapaz que atirou em Isoba. Você sabe... o magro, com cicatrizes... Já está tudo certo. Ele e Isoba conversaram bastante. Lubanzi mandou que ele me ajudasse a cuidar de vocês e a porta da frente já está consertada. Mesmo bebendo litros dos meus fortificantes, eu não teria conseguido se não fosse ele. Falando nisso...
Ela foi até a mesinha e preparou uma das suas beberagens.
– Beba isto.
Obedeci.
Ela se foi levando a bacia com as bandagens sujas. Fiquei pensando em Ramiro e Tiago, viajando pelas estradas... a imagem foi ficando escura e embaçada até que adormeci.

꙳

Quando passou o efeito da bebida que Agnes havia preparado, acordei sentindo dores, mas, pelo que ela já havia me explicado, naquelas circunstâncias a dor era um bom sinal. Pela claridade do quarto eu tinha dormido muito.
– Agnes! – gritei.
Mas foi Isoba quem apareceu.
Estava muito magro, com bandagens envolvendo o abdômen e uma camisa branca desabotoada mostrando no peito as marcas do açoite. Entrou apoiando-se nas paredes e sentou-se na beirada da cama.
– Ela foi à cidade. Vai ficar fora até o fim da tarde. Quer alguma coisa?
– Chamei para saber como você estava.
– Vou sobreviver. Graças a você. Ela me contou tudo.... sobre o homem-máquina e o menino-diabo. A Ogboni esteve lá e acharam tudo como você disse. Deram a Barasa um funeral africano.
– Era um bom homem. O garoto sequer piscou ao dar as punhaladas.
– Eu devia ter percebido que ele representava um perigo quando o conheci. Ajani já me repreendeu.
– E o que ele disse sobre você ter sido ferido? – perguntei, já acostumado com as conversas que ele tinha com o avô morto.

189

– Ah! Sobre isso ele me avisou antes... enquanto você e Agnes conversavam na biblioteca.

– Eu percebi.

– Ele disse que estávamos em uma encruzilhada. Alguém deveria receber um tiro... "o caroço da fruta", como ele chamou. Ficou acertado que eu seria o mais indicado. Foi o melhor caminho.

– Agnes disse que você conversou com o rapaz que atirou.

– Sim! Gosto dele! Aqui é chamado de Tibério Angola, mas seu nome é Ekumdayo, o que explica muita coisa. Em iorubá significa "tristeza que se transforma em alegria". Deu tudo certo. Um bom caminho, exceto por Barasa. Eu vou me recuperar e você em breve estará de pé.

– E Agnes vai morar aqui – completei e havia no meu tom alguma provocação.

– Não é maravilhoso? Como diz Ajani, cem amigos verdadeiros podem morar em uma casa pequena. Mas falemos de Ramiro e o pequeno demônio. Pelo que Agnes me contou, eles foram embora.

– Ele tinha uma carroça preparada. Quando Tiago contou que havia matado Salomão e que tinha sido ele o responsável por jogar todo mundo no buraco, Ramiro entendeu que tinha que abandonar o seu sofisticado plano de vingança. Baltazar foi punido e, ainda que de um jeito improvisado, Salomão também recebeu a sua sentença.

– Mas não as viúvas – completou Isoba.

– Ramiro disse que o presente para mim se transformou em risco. Deve ter se contentado com as duas mortes. Não poderia fazer mais nada diante do rumo que as coisas tomaram.

– Pode ser, mas talvez tenhamos que fazer mais algumas perguntas, cavar um pouco mais.

– Acha que ele ainda vai tentar alguma coisa contra as viúvas? O garoto foi desmascarado e não pode mais andar por aí. Já devem estar longe.

– Ele é um artista. E um louco. Acho difícil que esteja satisfeito deixando a sua obra inacabada.

– Não tem alternativa.

– Pode ser. Agnes disse que em três semanas você poderá caminhar e eu estarei recuperado bem antes disso. Vamos pensando no assunto enquanto isso.

༄

Nas semanas seguintes nos concentramos em recuperar a saúde e planejar as novas instalações para Agnes. Tibério Angola apareceu algumas vezes para saber notícias em nome de Lubanzi. A princípio, fiquei chocado pelo modo como Isoba tratava o homem que havia tentado matá-lo, intencionalmente na minha opinião. O melhor modo de descrever a atenção de Isoba é dizer que Tibério – ou Ekumdayo – era tratado como um afilhado, um parente próximo e querido. Esse comportamento acabou nos contagiando e também Agnes e eu passamos a ter por ele esse tipo de carinho. Mais uma vez Isoba provava o seu ponto de vista: transformar um inimigo em amigo é o melhor modo de vencer um conflito.

Pouco antes do Natal eu já caminhava com a bengala quase tão bem quanto antes e Isoba já estava plenamente recuperado. A vida estava seguindo por uma estrada bonita e florida e confesso que todas as nossas desventuras começavam a flutuar na correnteza do rio do esquecimento. Na noite de Natal, ficamos na biblioteca bebendo e conversando, ouvindo a chuva tamborilar no telhado. Nenhum de nós poderia desejar presente maior.

No começo de janeiro, Agnes estava no quarto estudando e Isoba sugeriu que fôssemos para a varanda com nossos cachimbos.

– Estive pensando – disse ele enchendo o fornilho com a mistura de tabaco que preparava com a mesma atenção com que Agnes fazia os seus remédios. – Acho que devemos conversar novamente com o padre.

– Padre Clemente? – soltei uma longa baforada tentando entender onde Isoba queria chegar. – Ele não vai me dizer nada. Na certa vai mandar outra vez eu procurar um padre de verdade.

– Pedi que a Ogboni ficasse de olho nele. Disseram que está no fim. Apodreceu. Com tudo o que sabemos agora, quem sabe uma conversa não ajude a esclarecer alguns pontos e talvez até evitar mais mortes?

– Mais mortes?

Isoba então me explicou de que forma eu poderia abordar o padre e o que estávamos procurando desta vez.

Como sempre, ele estava certo.

Em meados de janeiro eu já estava forte o bastante para cavalgar e na cidade disseram que Padre Clemente estava cuidando da horta da Casa Paroquial.

Amarrei o cavalo, abri o ferrolho do portão e segui o caminho de cascalho. O dia estava quente e a horta era uma festa de cores, odores e zumbidos de insetos. A horta bem cuidada era mérito de dois velhos escravos que encontrei arrancando cenouras e enchendo um cesto. Padre Clemente estava sentado em um caixote à sombra de um quiosque feito de bambu e sapê e e, ao me ver, escondeu com o pé o copo de aguardente.

– Bom dia, padre!

Ele não respondeu. Ficou me olhando e estava claro que aquele não era o primeiro copo da manhã.

– Estive com Madame Vitória outro dia – disse ele acreditando que dessa vez atacar primeiro seria a melhor maneira de lidar comigo. – E lamento informar que ela não estava sequer avisada das suas intenções. Se bem me recordo das palavras exatas, ela disse que preferia arder em fogo lento no Inferno a se unir ao senhor pelos laços do matrimônio. Sendo assim, meu caro César, filho de uma dama decente e que o Senhor a tenha em Seus braços, por que não escolhe hoje outra pessoa para ouvir as suas mentiras?

A voz era pastosa e a coragem do tipo que se encontra depois da terceira dose de álcool.

Por alguns instantes hesitei sem saber se aquela era a melhor ocasião para uma conversa, mas conclui que estava diante da oportunidade perfeita. Como havia aprendido com o Sr. Gurney, só os bêbados e os loucos falam a verdade. Padre Clemente naquela manhã parecia reunir as duas condições.

– Lamento ter mentido sobre a viúva, padre. Foi um mal necessário e mais um pecado na minha longa lista.

Ele deu de ombros como se nada daquilo ou nada do que eu dissesse fosse do seu interesse.

– Há quanto tempo o senhor sabe que foram as viúvas que mandaram incendiar o bordel?

Ele derrubou o copo ao ficar de pé.

Caminhou na minha direção e parou a dois passos. Dali eu podia sentir o cheiro de álcool barato, urina e suor. A batina estava imunda, salpicada de vinho, café e gordura. A barba era de três ou quatro dias e os cabelos oleosos há tempos não viam um pente. O nariz estava coberto de vasos vermelhos e os olhos tinham o brilho opaco das vidraças sujas. Apodrecido como Isoba dissera. Padre Clemente havia perdido a fé e com isso perdeu tudo. Não havia sobrado o suficiente para um homem inteiro.

– Você quer conversar? Quer falar do passado? Então vamos falar do passado! – disse com raiva – O incêndio do bordel chinês... soube há quinze... dezesseis anos... talvez dezessete... talvez mais...

– E não fez nada?

Padre Clemente começou a rir. A gargalhada se transformou em tosse e depois pigarro. Ele cuspiu. Esperei pacientemente ele se recuperar. Os escravos ficaram olhando a cena com interesse. O padre mandou um deles buscar a garrafa de aguardente que estava na cozinha e o velho negro foi tão rápido quanto permitia a idade. Trouxe a garrafa e Padre Clemente limpou o copo com a batina. Tomou uma dose generosa e serviu outra. Fiquei ali apoiado na bengala vendo aquele homem jogar fora todas as máscaras.

– Um padre ouve muitas coisas em confissão – ele disse sentando-se novamente no caixote. – Pecadilhos inocentes, pequenas transgressões, tropeços no caminho... e de tempos em tempos a nossa fé é testada. Incestos, assassinatos, roubos, estupros, adultério... todo o lixo da Humanidade é vomitado ali naquele cubículo. O incêndio do bordel foi o excremento deixado ali por Madame Vitória, a sua noiva – acrescentou com ironia.

– Os corpos atirados no Sumidouro também?

Pela expressão, vi que ele não sabia do que eu estava falando.

– Por ordens da Baronesa, os sobreviventes do incêndio foram atirados no Sumidouro – expliquei.

Esperei que ficasse chocado, mas ele apenas serviu outra dose.

– Há muito mais – disse ele oferecendo a informação que eu tinha ido buscar – Muito mais... se olhar os jornais de toda a região e até da Corte vai encontrar outros crimes sem conclusão. Algumas notícias vão registrar as letras SLD sem ninguém saber o que significam. Se forem mortes envolvendo prostitutas e maridos infiéis, são encomendas das viúvas, as irmãs da Luz Divina – e riu com escárnio.

Isoba estava certo ao suspeitar que a irmandade não teria ficado inativa todos aqueles anos. O incêndio e o cruel sepultamento talvez tivessem sido os maiores crimes, mas não os únicos além dos maridos e da jovem amante.

– Por que não fez nada?
– Procurar a polícia?

Tomou outra dose e limpou a boca com a manga da batina. Demorou tanto a voltar a falar que julguei que a nossa conversa por ele já tinha terminado.

– Os padres são homens – ele disse. – E os homens são pecadores, os maiores de toda a Criação.

Eu já tinha obtido a informação de que precisava. Não esperava encontrar naquele dia Padre Clemente saltando do Abismo... justamente naquele dia.

– Não podemos revelar o que ouvimos em confissão – disse ele olhando o copo vazio outra vez. – Isso não teria me segurado. Teria contado tudo à polícia e me acertado depois com Deus nas minhas orações e penitências. Teria sido nobre. Quer saber então o que me impediu de ser nobre?

Ele levantou e segurou os genitais.

– Foi isso!

Atirou o copo contra a parede da casa.

Os escravos que estavam de cócoras ficaram de pé.

Padre Clemente com um gesto mandou que fossem embora. Eles pegaram as trouxas e se foram pelo caminho de cascalho. Eu e ele ficamos sozinhos em silêncio, ouvindo o zumbido dos insetos.

– Tive um filho com uma escrava da Baronesa – disse ele. – Eu era jovem, cheio de fé e ambição, mas aconteceu. Fiquei louco de raiva, medo, arrependimento... não importa. Fiquei louco. Foi isso. Pedi à Baronesa que me vendesse a escrava quando soube que ela estava grávida. A irmandade das viúvas já estava matando por aí e a Baronesa concluiu com razão que seria melhor não me vender a negra. Teria sobre mim algum controle e isso me deixou ainda mais louco.

Os olhos se encheram de lágrimas.

– Sua mãe sabia a verdade – ele disse. – Não sei como descobriu, pois nunca contei a ninguém, mas ela sabia. Viu nos meus olhos a minha fraqueza... a minha culpa.

Tomou na garrafa um gole generoso.

– Tive um filho com uma escrava porque os padres são homens. Um filho destruiria a minha carreira e eu tinha ambições.

Eu ainda não tinha entendido o que ele estava querendo me dizer. Olhou para mim esperando encontrar uma expressão de horror, mas eu simplesmente não tinha entendido.

Ele se levantou.

– Matei os dois, seu imbecil!

Os olhos ferozes, os lábios frouxos de bêbado molhados de saliva e aguardente.

– Vá embora! – ordenou e voltou a se sentar.

Deixei o padre se embriagando de álcool e culpa. Percebi que ele nada sabia sobre as mortes do Sumidouro e aquela informação tornava um fardo já insuportável ainda mais pesado. Isoba estava certo. Avisado pelos espiões da Ogboni, soube que o padre estava no fim. A culpa consome a alma até não sobrar nada a não ser um amargo sentimento de inutilidade. Esse aniquilamento é produto do ódio na sua forma mais destrutiva: o ódio a si mesmo.

Pensei em voltar logo à fazenda e contar o que havia descoberto ou confirmado. Exatamente como Isoba supunha, a irmandade macabra estava matando há décadas e alguma coisa precisava ser feita. A única alternativa que me ocorreu foi confrontar as viúvas, deixar claro que sabíamos dos crimes e então ameaçá-las com a espada da Justiça. Eu podia ouvir Agnes rindo do meu plano. Diria que o único resultado prático deste enfrentamento seria a inclusão dos nossos nomes na lista de condenados da SLD. Há anos as viúvas estavam matando protegidas pelo anonimato, mas também pelo dinheiro e pelo medo, duas formas eficientes de controlar os jurados* e a lei nos tribunais. Na certa dariam gargalhadas diante de uma denúncia feita por um jogador viciado, um negro abusado e uma curandeira maluca. Não representávamos nenhum perigo para aquelas mulheres. Até mesmo a simples tarefa de comunicar a nossa ameaça parecia impossível, considerando que eu não passara dos portões de Madame Vitória e a Baronesa tinha ainda menos razões para me receber.

Mas e Leonarda? E se o César Marcondes de sua juventude ainda fosse uma lembrança inocente o bastante para que ela abrisse a porta?

Não vi sentido em voltar à fazenda para pedir permissão para dar este passo. Decidi assumir os riscos e fiz isso sentindo voltar às veias o sangue de jogador. Há muito tempo não fazia apostas. Toquei o cavalo para a casa da viúva dizendo a mim mesmo que era uma daquelas ocasiões em que eu precisava jogar para saber se estava com sorte.

A casa de Leonarda era a mais bonita da cidade, mas havia algo de infantil nessa beleza. O sobrado cor de salmão ficava na mesma rua do jornal e o contraste era desconcertante. A sede da *Voz da Província* era como um velho jagunço coberto de cicatrizes e cheirando a tabaco. A casa de Leonarda, rodeada por um jardim delicado, parecia a reprodução em tamanho natural de uma casa de bonecas. Diferentemente da propriedade de Madame Vitória, não havia portão e eu ao menos teria acesso até a porta da frente.

Bati a aldrava e um criado bem-vestido veio atender. Reconheci-o como o rapaz que saltou da carruagem e abriu a portinhola no dia do encontro das viúvas.

– Meu nome é César Marcondes – entreguei o meu cartão. – E gostaria de dar uma palavrinha com Dona Leonarda. Sou um velho amigo da família e, por favor, diga que é importante.

O criado fez sinal para que eu aguardasse ali mesmo do lado de fora. Voltou instantes depois e pediu que eu o acompanhasse.

A casa era decorada com extremo bom gosto e Achiles, antes de fugir, havia investido um bom dinheiro em tapetes, vasos, espelhos e quadros a óleo de boas escolas europeias. O criado indicou uma cadeira francesa na sala de visitas e se retirou. Minutos depois escutei o farfalhar de vestido e passos pesados no corredor e então Leonarda entrou. Usava um vestido negro fechado até o pescoço com rendas da mesma cor e os cabelos estavam arrumados com uma tiara de ouro em um coque elegante. Ela veio de braços abertos, braços enormes, com a gordura testando os limites das costuras das mangas.

– Meu querido César! – o abraço era um gesto inadequado, uma intimidade censurável naquelas circunstâncias, mas ela fez parecer natural. Foi a mulher menos sensual que conheci.

– Que prazer! Tantos anos... veja essas costeletas grisalhas... meu Deus! Você quase não tinha barba da última vez que nos vimos.

Fui pego de surpresa. Toda aquela amabilidade parecia tornar a minha tarefa ali ainda mais difícil.

– Você não mudou nada – menti.

Estava muitos quilos mais gorda. A maquiagem era pesada e as cores vibrantes tentavam reproduzir o frescor e a alegria da juventude, mas o resultado lembrava as damas tristes do Beco do Lampião.

Ela mandou o criado trazer café e bolo de fubá. Sentou-se no sofá inglês e deu tapinhas no assento ao seu lado.

Obedeci.

– Soube da morte de seus pais – ela disse tomando a minha mão entre as suas e recuando no tempo duas décadas. – Mandei uma coroa de flores para cada um. As coisas são como Deus quer e Ele sabe o que é melhor para nós. Também perdi pessoas queridas, mas encontrei forças na religião e em boas amizades.

– É exatamente sobre isso que gostaria de conversar, Leonarda.

– Sim, meu amigo. A amizade. Mesmo depois de tantos anos... você aqui...

Os olhos dela vagaram pela sala.

– Meu Deus! A casa está uma bagunça! Com os preparativos para a celebração tenho me descuidado. Peço que me perdoe. Madame Vitória vai passar o dedo nos móveis e me repreender. Quando ouvi a aldrava achei que fosse ela. Ficou de me visitar esta tarde para combinarmos os últimos preparativos. Falando nisso, quero pedir a sua opinião. Você sempre foi muito elegante e é um homem viajado. Precisa ser totalmente sincero – e acrescentou com severidade teatral. – Não hesite em ser absolutamente franco!

Ela se levantou e foi até a mesa da sala. Tirou da gaveta duas revistas e voltou a se sentar. Eram revistas francesas de moda e ela folheou lambendo os dedos até achar as páginas que estava procurando.

– Para uma ocasião solene, realmente importante, qual vestido acha mais adequado? Este ou este? Acha estas fitas um exagero? Encomendei os dois e chegaram ontem, mas não consigo me decidir. Na semana que vem vamos fazer uma celebração especial na capela de Madame Vitória. Vinte e seis de janeiro, dia da nossa querida Santa Paula. A Baronesa garantiu que Padre Clemente estará lá para benzer a nova imagem em tamanho natural e com cabelos humanos. Uma fortuna para trazer a nossa santa da Itália, mas valeu a pena. É linda! E então? Qual dos dois vestidos? Seja sincero!

Fechei as revistas. Decidi que não havia outro jeito a não ser tomar as rédeas daquela conversa.

– Leonarda, preste atenção. Estou aqui para falar sobre os crimes que você e suas amigas cometeram. O incêndio do bordel, o envenenamento do seu marido e da amante e Deus sabe quantos mais vocês mataram.

Ela arregalou os olhos e ficou piscando como uma criança assustada.

– Não sei do que está falando, César.

– Estou falando da *Sorores Lucis Divinae*, um nome em latim para uma quadrilha de três viúvas assassinas.

Ela se levantou e guardou com raiva as revistas na gaveta. O criado entrou com a bandeja e me ofereceu uma xícara. Eu recusei com um gesto.

– Espere lá fora – ordenei.

Ele obedeceu.

Leonarda me olhou furiosa.

– O que pensa que está fazendo? Dando ordens na minha casa?

– A gravidade do assunto me dá essa autoridade. Há anos você e suas amigas beatas têm matado prostitutas e maridos infiéis. Mandou envenenar o seu marido e a amante usando para isso os serviços de um velho policial. Sei também que foi chantageada por esse crime.

Ela se sentou.

– Onde ouviu essas histórias horríveis, César? – a expressão era de repugnância. – As pessoas falam tanto! Há tanta falsidade no mundo! Poucos amigos, isso eu aprendi. Dois ou três, não mais do que isso. O resto é desvio e pecado – e então me olhou com olhos bondosos. – Eu também escutei histórias horríveis a seu respeito, César. Não acreditei em nada. Sabia que era o povo falando... o povo sempre fala. É preciso ter fé para não desviar. Achiles foi um bom marido, mas não foi forte. Caiu em pecado e Deus o puniu. Em Hebreus, aprendemos que o casamento deve ser honrado por todos e o leito conjugal deve ser conservado puro, pois Deus julgará os imorais e os adúlteros. Deus também julgou as pecadoras daquele bordel e tudo foi purificado no fogo sagrado.

– Foi um incêndio criminoso, Leonarda!

– Foi um ato de Justiça – exclamou uma voz atrás de mim.

Madame Vitória estava na porta da sala.

Os comentários sobre a sua beleza eram justificados. Tinha traços europeus delicados e grandes olhos verdes, mas seu rosto tinha uma beleza feita de solidão, como as paisagens despovoadas e os oceanos. Os anos haviam sido generosos com a sua pele, mas décadas de rancor haviam destilado uma aura de autoridade feita de violência, nem sempre contida, como bem sabíamos, e ela não tinha nenhum problema em cultivar essa impressão.

– Vejo que o senhor, quando não está jogando, bebendo ou descobrindo outros modos de pecar, gosta de importunar as viúvas da cidade. Se não se retirar imediatamente, mandarei o meu escravo atirá-lo no meio da rua.

– Não será necessário – eu disse pegando o chapéu. – Vim apenas avisar que os crimes que cometeram não ficarão impunes. – Era um blefe e ela percebeu. O sorriso era genuíno e transbordava autoconfiança.

– Não há nada que o senhor possa fazer sobre isso. Não possui sequer as condições mínimas para fazer essa ameaça, especialmente do ponto de vista moral. Todo mundo sabe das suas abominações. Homens como o senhor é que arrastaram o meu marido para aquele inferno. Na casa daquela prostituta corromperam um homem bom e transformaram a sua boa alma cristã em carne para o demônio.

– Madame, posso assegurar com toda a minha experiência de pecador que não foram homens como eu que levaram o seu marido ao lugar que a senhora chama de Inferno. Ele foi sozinho e talvez estivesse buscando lá o prazer que não tinha em casa.

– Retire-se imediatamente! – ela cerrou um pouco os olhos e os lábios cor de coral se contraíram na mais perfeita máscara de ódio.

– Estão avisadas – eu disse tentando soar ameaçador.

Fui acompanhado até a porta pelo criado.

Já do lado de fora tive que concluir que havia mostrado um jogo fraco para uma mesa de apostas altas. Podia ouvir as gargalhadas de Agnes.

※

Atravessei a cidade vendo os comerciantes fecharem as portas dando o dia por encerrado. Eu queria chegar logo à fazenda e contar sobre os meus sucessos e fracassos. Não fosse a pressa, teria seguido pela estrada principal e cruzado o Rio da Farinha pela sólida ponte de pedra feita pelos escravos, mas segui pela trilha dos tropeiros para tomar o atalho pela pinguela, a ponte improvisada de tábuas, cabos de atracação da Marinha e amarras de sisal, a mesma que Barasa e eu atravessamos sob o temporal. Não era segura, especialmente puxando a montaria, mas encurtaria o caminho em quase duas léguas.

Mantive o baio a meio galope até chegar à margem e desmontei. Ouvi passos na trilha e duas pessoas conversando animadamente. Dois mulatos fortes surgiram na curva, ambos sem camisa, descalços, chapéus de palha e enxadas nos ombros como tantos trabalhadores que haviam terminado a tarefa do dia. Estavam alegres e me cumprimentaram tirando os chapéus. Retribui a saudação e disse que poderiam atravessar na frente. Passar ali com o cavalo exigia calma e eu iria atrasá-los. Agradeceram e atravessaram. Quando chegaram ao outro lado acenaram para que eu passasse. Puxei o baio e as tábuas começaram a estalar. O rio dessa vez corria manso, tingido de dourado pela última luz do dia.

Os homens começaram a rir.

Um deles brincou de sacudir os cabos e as amarras e gritei um palavrão. Os dois então começaram a sacudir tudo e a pinguela se transformou em uma armadilha. Eu já estava bem no meio da travessia, segurando as cordas como podia e tentando acalmar o baio já muito assustado; olhos arregalados e bufando muito. Olhei para baixo e medi cinco ou seis metros de queda sobre um leito de pedras. Foi então que um deles fez sinal para que eu olhasse para trás, para a margem de onde eu tinha saído.

Vi o capitão do mato do Coronel Borja, o gigante que estava com ele na redação do jornal.

Não era mais uma brincadeira.

Comecei a avançar tão rápido quanto permitia a prudência. Rindo, os dois homens sacudiam com violência as amarras e uma das tábuas se soltou caindo no rio. Eu precisava escolher entre me arrebentar nas pedras ou enfrentar na margem os dois homens e também o capitão do mato quando ele atravessasse. Fazer o animal recuar e retornar seria impossível. Assim, soltei as rédeas e bati com a bengala na anca do baio para que ele atravessasse sozinho. Segui atrás ouvindo o ranger das cordas e o estalar da madeira sob os pés. O baio chegou à salvo e abriu caminho entre os homens. Venci como pude a distância que faltava e cheguei à margem com a bengala pronta.

Com os movimentos da perna limitados, eu havia perdido quase toda a mobilidade para uma luta. Poderia girar como um compasso, mas recuar ou avançar com rapidez estava acima da minha capacidade. Por sorte, a lama espessa da margem também impedia que os dois homens se movessem com rapidez e éramos três estacas fincadas no chão. Pelo modo como estavam se divertindo, julgaram que o trabalho para o qual haviam sido contratados era coisa fácil, sem grandes riscos: derrubar um bêbado aleijado até que o capitão do mato chegasse para terminar o serviço com o revólver ou a faca e então levar para o Coronel a minha orelha ou o meu dedo com o anel de jogador como prova do serviço realizado.

Com alguma displicência os dois atacaram.

Nos meus tempos de vigarista em Londres recebi uma preciosa educação sobre o uso da bengala. Um irlandês a serviço do Sr. Gurney foi meu instrutor sobre o uso mortal da bengala ou *shllelagh*, como os irlandeses chamam seus bastões de pastoreio e seus cajados. Aqueles dois homens não tinham nenhum treinamento nem acreditavam que a ocasião exigia qualquer coisa além de maldade e força bruta. Meu problema não era apenas enfrentá-los, mas vencêlos antes que o capitão do mato cruzasse a pinguela.

Ele começou a travessia sem muita pressa, divertindo-se ao me ver em posição de luta.

O primeiro homem lançou um golpe à minha cabeça como se a enxada fosse uma marreta e eu, a estaca a ser cravada na lama. Apoiando-me na perna boa, consegui fazer uma esquiva e escapar do golpe, girando o corpo apenas o suficiente. A enxada passou por mim com um silvo e cravou no solo. O homem tinha as duas mãos no cabo e preparava-se para armar outro golpe. Com a mão esquerda, segurei o cabo impedindo que fosse erguido e aproveitando a distância e as mãos ocupadas do atacante, segurei a bengala como se fosse um florete e desferi uma estocada que entrou quatro dedos pelo olho esquerdo. Retirei a bengala rapidamente enquanto ele caía de joelhos urrando de dor. Meu golpe seguinte o acertou na têmpora e ele rolou pela margem até cair no rio.

O segundo homem atacou e fiquei grato por ele ter sido tão rápido. Se tivesse me segurado ali, eu não teria como enfrentar ele e o capitão do mato juntos. O jagunço já estava no meio da travessia, mas já não sorria.

O mulato fez o oposto de seu companheiro e usou a enxada como uma lança, esperando talvez me derrubar com a estocada. Outra vez a falta de treinamento fez com que usasse mais força do que juízo. Segurando a bengala nas duas extremidades, consegui desviar para a esquerda o golpe sem perder o equilíbrio. Liberei a mão esquerda e puxei para mim a enxada ao mesmo tempo que com a direita fiz a bengala descrever no ar um círculo paralelo ao solo e o atingi com o castão de prata na base do crânio. Era um golpe mortal. Ele caiu de bruços na lama como uma marionete que tem todos os cordéis cortados de uma só vez.

O jagunço do Coronel parou.

Nos poucos metros de travessia que ainda faltavam, dei a ele o que pensar. Eu havia mostrado boas cartas, mas ele ainda tinha o melhor jogo. Uma coisa é enfrentar dois vagabundos violentos e muito confiantes e outra muito diferente ter que vencer um assassino experiente.

O capitão do mato avançou então de faca em punho, disposto a terminar logo o serviço antes que aquilo ficasse ainda mais embaraçoso.

Estava a poucos metros da margem quando decidi fazer aquilo que faço melhor: trapacear.

Saquei da bainha a faca que levava junto à axila desde a primeira ameaça e com ela cortei as amaras de sisal. O jagunço se deteve alguns segundos horrorizado porque entendeu. Jogou fora a faca e tentou sacar o revólver, mas já era tarde. A ponte estalou e as amarras foram se rompendo em cascata. As tábuas se soltaram e vi o corpo se arrebentar nas pedras; depois o rio levando mansamente o jagunço e lavando o sangue. Com esforço consegui rolar o corpo do terceiro homem para que o rio também o levasse e que o Coronel Borja queimasse os miolos tentando entender o que tinha acontecido. A pinguela estava perdida e todo mundo teria que passar pelo caminho mais longo. Jurei a mim mesmo que era o que eu também faria, mesmo se ela fosse reconstruída.

Epílogo

Cheguei à fazenda muito depois da hora do jantar porque não foi fácil encontrar o baio. Meu relato ficaria para o dia seguinte e decidi deixar de fora o confronto com os homens do Coronel. Isoba ficaria excessivamente preocupado com a minha segurança. "Os amigos devem ser carregados com ambas as mãos", ouvi ele dizer muitas vezes.

Ele não estava no quarto e a porta de Agnes estava trancada. Não foi difícil deduzir que havia uma relação entre uma coisa e outra.

No dia seguinte, enquanto trabalhávamos medindo a área para o laboratório, contei a eles sobre o meu sucesso com o Padre Clemente, descobrindo mais do que esperava, e o meu fracasso tentando assustar as viúvas. Isoba pareceu interessado na celebração mencionada por Leonarda. Expliquei que era o dia de Santa Paula e Padre Clemente iria benzer a nova santa na capela de Madame Vitória.

Isoba ficou em silêncio o resto da manhã e eu já o conhecia o suficiente para saber que ele estava vendo indícios e relações que nenhum de nós era capaz de ver.

Estávamos nos refrescando na varanda com um clarete depois do almoço e foi Agnes que fez a conversa voltar à investigação.

– Não imagino o padre benzendo a santa. Pelo que você contou, ele não quer mais saber dessas coisas e parece estar nos últimos estágios de alcoolismo.

– Tenho que concordar – eu disse. – Também acho difícil que ele esteja lá, mesmo se for chantageado.

Isoba ficou de pé e acenou. Ekumdayo estava chegando na carroça de Lubanzi. Busquei outro copo e ele se juntou a nós na varanda.

– Lubanzi manda lembranças – ele disse –, e trago notícias.

Era uma visita oficial da Ogboni, parte do nosso acordo de ajuda mútua.

– O padre que vocês pediram para ser vigiado...

– Estávamos falando justamente nele – eu disse.

– Morreu. Foi encontrado esta noite por um dos nossos. Estava pendurado na viga da Igreja. Parece suicídio. Lubanzi achou que isso poderia ser importante. Este bilhete estava no chão.

Entregou a Isoba um pedaço de papel.

– Está em latim – disse Isoba me entregando o bilhete.

– *Multum incola fuit anima mea*. Por muito tempo minha alma esteve fora de sua morada – traduzi.

– Parece que foi mesmo suicídio – disse Agnes. – Para falar a verdade, isso não me surpreende.

– Quando é a celebração na capela, César? – perguntou Isoba.

– Amanhã. Vinte e seis de janeiro. Foi o que disse Leonarda.

Ekumdayo tomou de um gole o clarete.

– Algum recado para Lubanzi? – perguntou já de pé.

– Apenas agradeça e diga que foi importante.

Ekumdayo começou a descer as escadas.

– Desculpem a pressa, mas é a alfaiataria que paga as contas. Tempo é dinheiro. Ah! Se estiverem pensando em ir à cidade, o atalho da pinguela não existe mais. Desabou. Acharam três corpos rio abaixo.

Coloquei no rosto a minha melhor máscara de espanto.

– Três corpos? Sabe quem são?

– Gente do Coronel Borja. Dizem que ele está furioso.

Sorri. Mas só por dentro.

Ekumdayo se foi.

Ficamos bebericando em silêncio tentando encaixar a morte do padre no contexto da nossa investigação, mas não parecia ser coisa das viúvas. Tudo indicava que a dor tinha ficado insuportável e ele achara um modo de acabar com o sofrimento ao mesmo tempo que decretava para si mesmo um tipo de punição. Para a Igreja, ao cometer suicídio ele tinha atentado contra os direitos de Deus, Senhor da Vida e da Morte. Não cabia à Igreja determinar se com isso o padre estava condenado ao Inferno porque não se pode medir o tamanho da Misericórdia Divina, mas pelo suicídio ele estava excluído dos ritos de morte. Não seria enterrado em campo santo, nem receberia as exéquias eclesiásticas, nem celebrações públicas. Ele sabia disso e deve ter considerado um desfecho adequado, uma punição para um padre na medida do seu pecado.

No dia seguinte, uma chuva fina impediu que trabalhássemos fora da casa nas fundações do laboratório. Depois do almoço nos reunimos na biblioteca e a ideia era passar uma tarde preguiçosa munidos de clarete, cachimbos, *scotch* e cigarrilhas. Pelo menos assim pensávamos eu e Agnes. Isoba estava calado, olhando as nuvens pela janela.

– Alguma coisa está errada – disse por fim. – Ajani deve estar furioso comigo. Posso ouvi-lo dizendo que estou me concentrando na cobra e não estou vendo o escorpião.

– Acha que o padre foi assassinado? – perguntou Agnes. – Minha opinião médica é que ele já apresentava todas as características de um suicida.

– Também é a minha opinião – concordei. – Se tivessem visto a sua expressão de dor, o descuido com a aparência, o ódio e o desprezo pelo mundo e sobretudo por si mesmo...

– Faz sentido – disse Isoba. – Não acho que as viúvas sejam responsáveis, não mais do que ele confessou. É com Ramiro que estou intrigado.

– Sobre isso contei tudo o que sabia – eu disse.

– Conte de novo – pediu Isoba me servindo outra dose.

Fiz novamente o relato daquela noite, o percurso sob o temporal, a coluna de fumaça, as casas e o galpão. Descrevi outra vez a fábrica de velas, o alçapão, a cadeira de torturas, a longa confissão de Ramiro e a morte de Barasa.

– Você disse que Ramiro tinha uma carroça pronta – ponderou Isoba – e consegue se lembrar do que ele disse ao se despedir?

– Sim, ele tinha uma carroça pronta e disse que ele e Tiago tinham feito tudo o que era preciso. A única questão era se me deixaria vivo ou não, mas sobre isso decidiu ser generoso.

– O que não se encaixa em tudo isso é ele ter dito que fez tudo o que era preciso. Deveria ter reconhecido que estava deixando incompleta uma parte importante do seu plano de vingança, ou seja, as viúvas. Ele não fez tudo o que era *preciso*. Fez o que *pôde* até ser descoberto.

– Pode ter sido apenas modo de dizer – sugeriu Agnes.

Isoba sacudiu a cabeça discordando.

– Ele também disse que a única questão que não estava resolvida era se deixaria César vivo ou não. A *única*.

– Acha que ele vai voltar para terminar o serviço? – perguntou Agnes.

– Isso é que está me intrigando – disse Isoba. – É pouco provável que se arrisque tanto. Seus olhos, braços e pernas eram o garoto e ele perdeu este trunfo.

– Outro cúmplice? – sugeri. – Alguém que ainda está por aí e não descobrimos até agora?

– Pode ser. A sensação que tenho é justamente essa, algo que não descobrimos até agora. Ajani diria que estamos olhando onde caímos e não onde tropeçamos.

Isoba ficou em silêncio esfregando o copo vazio nas mãos.

– Talvez não seja *alguém* – disse finalmente – mas *algo*. Ramiro deixou alguma coisa para fazer o serviço por ele.

– Alguma coisa? Algum tipo de aparato mecânico? – perguntei.

– Talvez – respondeu. – Quero que me descreva exatamente o que havia na fábrica de velas. Se ele pensou em fazer algum tipo de máquina, foi lá que construiu.

Gastei alguns instantes tentando voltar mentalmente à fábrica. Passei pela porta aberta e de olhos fechados comecei a descrever o lugar.

– Velas penduradas no teto, presas pelos pavios em réguas de madeira. Mesas com ferramentas diversas, rolos de corda e barbante de várias espessuras. Vi uma bancada, uma mesa de ferro que parecia um tear mecânico, mas pelos buracos deduzi que servia para a moldagem da cera. Usei uma bancada de marceneiro para improvisar uma muleta. Vi duas prateleiras cheias de latas de corante, frascos de produtos químicos e essências. Uma prateleira tinha livros sobre Medicina, manuais de Química, uma Bíblia, um livro sobre mineração e sobre a vida dos santos. E dois volumes sobre a História da Igreja. Havia pacotes no chão com estampas de santos impressas em litografia. Imaginei que eram selos para velas de devoção dedicadas a este ou aquele santo. Havia uma caldeira, uma panela derretendo cera de abelha e uma caixa de metal cheia de conchas do mar. Ao lado, um pilão de ferro sobre um tronco onde as conchas estavam sendo trituradas. Não me lembro de mais nada ali a não ser o alçapão e então o túnel.

Isoba foi até a estante e retirou um volume sobre mineração. Meu pai tinha muitos livros sobre o tema e sobre qualquer outro assunto que significasse ganhar dinheiro.

Recolocou o livro na estante e tirou outro. Foi até a janela onde a luz era melhor e então achou o que estava procurando. Consultou o relógio de bolso e pela sua expressão o fato de já passar das três da tarde era uma péssima notícia.

– Para a cidade, César! A todo o galope! Não há tempo para explicar. Vá com a carroça, Agnes, e leve a sua maleta. Vamos precisar.

Tentei acompanhar Isoba como pude. Os cavalos estavam soltos no pasto e com a chuva fina eu precisava tomar cuidado com o barro escorregadio do curral. Com os cavalos encilhados partimos a galope para a cidade. A pinguela teria reduzido a jornada, mas agora não havia alternativa a não ser seguir pela estrada principal e vencer o mais rápido possível aquelas léguas extras.

Hoje, avaliando tudo o que aconteceu fico me perguntando se há uma Ordem Divina, um plano traçado que une e costura tudo e todos, trama e urdidura do Destino interligando todas as causas a todos os efeitos. Se eu não tivesse perdido todos os meus bens, teria conhecido Isoba? Se não tivesse acertado a cara do Coronel com a minha bota teria conhecido Agnes? Se não tivesse ido ao bordel estaria a caminho da cidade a todo galope, ensopado até os ossos, tentando impedir algo que só Isoba parecia estar prevendo? Se não tivesse destruído a pinguela para escapar do capitão do mato, será que teríamos chegado a tempo?

Porque não chegamos.

Poucos minutos depois das seis da tarde estávamos atravessando a galope a ponte de pedra na entrada da cidade quando ouvimos a explosão. Na verdade, cinco ou seis detonações com alguns segundos de intervalo. A fumaça negra subiu mais forte do que a chuva e depois se dissipou.

Gritos e correria à medida que nos aproximávamos da propriedade de Madame Vitória transformada em ruínas, fogo e fumaça. Os coches de Leonarda e da Baronesa destruídos e os animais mortos. Pedaços de corpos espalhados, alguns sobre o chão e até sobre as mesas da Taberna do Thierry do outro lado da rua.

Pânico, caos, sangue, gritos, dor e fumaça.

Começamos a ajudar os feridos como foi possível. Agnes chegou com a carroça, arregaçou as mangas e começou a salvar quem ainda tinha chances de sobreviver.

Ninguém sabia o que tinha acontecido a não ser Isoba.

֍

Na manhã do dia seguinte, exaustos depois de uma noite cuidando dos feridos, voltando para a fazenda na carroça de Agnes, ele contou o que tinha descoberto.

– Ramiro não iria deixar as viúvas impunes. Foi a caixa de conchas do mar e o pilão que chamaram a minha atenção. Não sei o processo que ele estava usando para a fabricação das velas, mas conheço um pouco de explosivos.

– Quando trabalhava em mineração e era surdo e mudo – acrescentei me recordando do dia em que o conheci.

Ele sorriu.

– O pó de conchas do mar é usado como estabilizador para o preparo de dinamite – explicou.

– Encontrei folhetos sobre pavios de dinamite – eu disse. – Talvez se tivesse mencionado isso antes...

– Não se culpe – ponderou. – Talvez Ramiro tivesse ainda outros planos alternativos caso esse falhasse.

– Se ele queria o fim das viúvas, escolheu um método e tanto – disse Agnes. – Não sobrou nem para os enterros.

– Estavam muito próximas da explosão – disse Isoba. – Ele escondeu a dinamite em tubos e por fora revestiu de cera colocando um selo da imagem de Santa Paula. Velas por fora, dinamite por dentro. Minutos depois de acesas, tudo foi pelos ares.

– Oito mortos, dois cavalos e treze feridos – eu disse. – Um saldo e tanto para uma vingança.

– Ele queria acabar com a cidade – disse Isoba. – Ninguém ajudou a apagar o incêndio. Para ele, todos eram culpados. Tenho certeza de que esperava pegar também o Padre Clemente na celebração, uma sentença pelo silêncio por todos esses anos.

– O que acha que a cidade vai pensar sobre a explosão? – perguntou Agnes.

– Não vão achar uma explicação – eu disse. – Duvido que a polícia investigue muito. As viúvas não deixaram herdeiros e hoje mesmo depois do almoço os abutres vão começar a sobrevoar as propriedades. Fazendeiros ricos e uma legião de advogados a serviço das empresas estrangeiras vão tirar vantagem da tragédia e nos cartórios os tabeliães já devem estar preparando os carimbos.

– Parece que isso encerra esse caso – disse Agnes.

– Ajani diz que sim – Isoba sorriu. – Mas avisou que ainda temos muito trabalho pela frente.

– Ele está se referindo ao meu novo laboratório – disse Agnes com uma piscadela.

Alguns anos depois, visitei Lubanzi em seu leito de morte. Agnes havia feito tudo o que podia, mas o coração estava no fim, embora a cabeça ainda estivesse boa e os olhos mostrassem toda a astúcia que fizera dele o líder da Ogboni por tanto tempo. Tentei oferecer o consolo possível, mas éramos homens práticos e ele estava resolvendo aquele assunto como resolvia tudo o mais. Iria morrer em breve e não havia nada a ser feito a não ser esperar.

Eu estava na beirada da cama e ele pediu a uma sobrinha que abrisse a gaveta da cômoda e achasse um pacote de papéis presos com uma fita amarela. Ele espalhou os papéis sobre a cama e encontrou o que estava procurando. Era um folheto com instruções impressas, dobrado em quatro, e com as mãos trêmulas me entregou o papel. Abri e reconheci o bilhete de Barasa escrito no verso com os estranhos sinais traçados com sangue que nos salvaram da sentença de morte.

Lubanzi, ofegante e com a voz fraca, então me explicou os sinais.

– Este símbolo na Ogboni era a representação de Salomão Gongo e dois traços cortados significa "sangue" ou "ferido". Este outro símbolo, que é apenas um triângulo com um pequeno círculo no topo, significa "criança" ou mesmo "rapaz". Aqui aparece associado a uma seta e ao símbolo seguinte, um círculo com orelhas e dentes ferozes. É o sinal para a "hiena" e quer dizer "assassino" quando se trata de um crime de emboscada e não uma luta franca. Este outro sinal só fez sentido quando contou o que houve. É um símbolo para "demônio" e está associado ao sinal para "engenho de cana" ou "máquina". O próximo símbolo é o Sol com uma seta e para nós isto significa "liberdade" e aqui está associado aos três símbolos seguintes. O primeiro se parece com o leão. Veja aqui a juba e o focinho. O segundo é uma leoa, o mesmo símbolo do leão, mas sem a juba. Barasa representou assim Isoba e Agnes.

– O terceiro símbolo sou eu – deduzi.

Lubanzi riu.

– Sim, o terceiro é você. Como pode ver se parece com a cabeça de um pássaro. Veja os olhos e o bico. É o símbolo do corvo, um pássaro esperto, mas rouba objetos brilhantes e deixa pedrinhas no lugar. É o símbolo que usamos para "ladrão" ou "vigarista".

Rimos juntos.

– E este último símbolo? – perguntei. – Este que se parecesse com um olho?

– É o símbolo que usamos para "verdade".

Este papel está hoje ricamente emoldurado sobre o piano, junto com outras lembranças importantes. Olhando essas relíquias, as provas de tantos momentos de dor, coragem, luta, vitória, derrota, amizade, nobreza e até mesmo amor, não consigo evitar uma conclusão, para mim hoje tão óbvia quanto desconcertante, uma lição aprendida quase tarde demais. Soubesse eu essa verdade há sete ou oito décadas, minha vida teria sido muito diferente. Mas talvez não seja assim tão tarde para entender que não é a Fortuna que é cega. Somos nós.

FIM

Glossário

Absinto – Surgido na Suíça a partir do século XVIII, é uma das bebidas alcóolicas mais fortes já produzidas e seus efeitos são acentuados pelo potencial psicotrópico da artemísia. Era chamado de *Fada Verde* por sua cor característica.

Alforria paga – Trata-se da alforria paga pelo próprio escravo por meio de suas economias pessoais.

Atenuante – O artigo 194 do Código Penal da época estabelecia um atenuante para o assassinato, considerando que o mal causado poderia não ser mortal por si só, mas porque o ofendido não teria aplicado toda a diligência para removê-lo.

Bergantim – Embarcação ligeira a vela e de dois mastros.

Cabiúnas – Nome dado aos negros desembarcados clandestinamente.

Cabriolet – Carruagem leve de duas rodas para dois passageiros e puxada por um cavalo.

Cais da Imperatriz – Assim passou a se chamar o Cais do Valongo depois das reformas de 1843.

Caminho Novo da Estrada Real – Entre o Rio de Janeiro e Minas Gerais a viagem podia ser feita pelo Caminho Velho, que aproveitava antigas trilhas indígenas, ou pelo Caminho Novo de Garcia Rodrigues, aberto no início do século XVIII. O percurso pelo Caminho Velho durava cerca de 73 dias, sendo 35 dias de jornada e 38 paradas e um trecho era feito por mar. Pelo Caminho Novo, ainda chamado dessa forma na época em que se passa o livro, gastava-se no percurso apenas 25 dias e a distância estimada era de 80 léguas.

Chernoviz – Em meados do século XIX, o médico polonês Piotr Czerniewicz, ou Luiz Napoleão Chernoviz, publicou no Brasil o *Formulário e Guia Prático da Saúde*. A obra, conhecida simplesmente como *Chernoviz*, tornou-se a maior e frequentemente a única fonte de consulta para médicos e boticários.

Coiteiro – Assim era chamado quem abrigasse malfeitores ou escravos em fuga.

Confraria – A partir do século XVI, os negros procuraram se organizar em *confrarias* e irmandades, grupos de ajuda mútua que também reivindicavam junto à Coroa algum tipo de liberdade religiosa. Tornaram-se especialmente importantes no século XIX e muitas estão em atividade até hoje. Alguns exemplos dessas agremiações são a Confraria da Venerável Ordem Terceira do Rosário de Nossa Senhora das Portas do Carmo, Confraria de Nossa Senhora Guadalupe, Confraria do Cordão de São Francisco e Irmandade de Nossa Senhora dos Homens Pretos.

Coupé – Carruagem fechada de quatro rodas, para dois passageiros e puxada por dois cavalos.

Enforcamento – No Brasil não se adotava o sistema de cadafalso e alçapão. A forca era erguida sobre três estacas formando um tripé e chegava-se ao alto por uma escada. Com o nó ajustado ao pescoço, o carrasco içava o condenado, prendia a corda e subia nos ombros do enforcado para abreviar a morte.

Escravo de dentro – Assim eram chamados os escravos do serviço doméstico.

Febre Califórnia – A febre amarela era chamada de febre Califórnia e chegou a provocar em certos períodos 100 mortes por dia. Trazida do Golfo do México pelo navio *New Orleans*, a doença teve ciclos intermitentes iniciados no verão de 1849 e permanecendo como ameaça até 1903.

Ferdinand von Hebra – Considerado o fundador da Dermatologia.

Glasgow – No século XIX, MacFarlane, de Glasgow, fornecia ao Brasil belos trabalhos em ferro fundido.

Gongo Soco ou **Socco** – Nome dado a uma grande mina de ouro próxima a Ouro Preto, Minas Gerais. Em 1827, sob a supervisão dos ingleses, chegou a ter 600 trabalhadores entre escravos e libertos. Suas atividades foram encerradas em 1857.

Hora de ouro – Desde as Guerras Napoleônicas, os médicos de campanha consideravam a primeira hora desde o ferimento como a *hora de ouro*, a grande chance – sob certas circunstâncias – de salvar 90% dos feridos. Tratados depois de 8 horas, apenas 25% dos feridos sobreviviam.

Ingratidão – Esse dispositivo legal, em vigor até 1871, era muito amplo. Tornava possível revogar a alforria por inúmeros motivos, incluindo ingratidão e até mesmo simples calúnia.

Jurados – No Brasil do século XIX, as pessoas convocadas como jurados tinham pouca capacidade. Além disso, não contavam com nenhum tipo de proteção e ficavam sujeitas a subornos e, principalmente, ameaças.

Ladino – Nome dado ao africano já instruído no português, na religião católica e no serviço doméstico. O africano recém-chegado e sem esses conhecimentos era chamado *boçal*.

Lei 1101 – A Lei 1101, de 20 de setembro de 1865, depois Decreto 3513, permitia que escravos substituíssem os brancos que deveriam se alistar.

Lei 2040 – A Lei 2040, de 28 de setembro de 1871, chamada Lei dos Nasciturnos ou ainda Lei Rio Branco, ficou popularmente conhecida como Lei do Ventre Livre. Na prática, os fazendeiros podiam liberar essas crianças com a idade de 8 anos e então recebiam do Estado uma indenização ou então o escravo era liberto com 21 anos e nenhuma compensação era paga. Poucos fazendeiros libertavam as crianças e preferiam a segunda opção.

Libata – O mesmo que *pombeiro* e *moçambeze*. Agentes do tráfico no interior da África. Quando reuniam cativos por meio de ataques e emboscadas eram chamados também de *tangosmãos*.

Macuma – Escrava doméstica que acompanhava a senhora.

Marie Josephine Mathilde Durocher – Nasceu em Paris e foi a primeira mulher da América Latina a se graduar em Medicina. Formou-se na Escola de Medicina do Rio de Janeiro em 1834 e, como parteira, obstetra e médica, exerceu a profissão por mais de 60 anos.

Máscara de pano – A obrigatoriedade de os detentos de Pentonville usarem uma máscara de pano foi abolida em 1850.

Michaelis – Gustav Adolf Michaelis, obstetra de Kiel, por sentir-se culpado pela morte de uma sobrinha querida, vítima da febre puerperal, matou-se na própria clínica.

Ogboni – Poderosa sociedade iniciática africana com importante papel nas insurreições do século XIX, especialmente na Bahia. Sabe-se muito pouco sobre a sua organização no Brasil.

Polícia Metropolitana – O Secretário do Interior, Sir Robert Peel, criou em 1829 a Polícia Metropolitana de Londres, uma força profissional para o combate ao crime. Até então, o policiamento era realizado por vigias noturnos e detetives da Corte agindo sob contrato.

Primavera dos Povos – Nome pelo qual ficou conhecido o período de Revoluções de 1848. Os levantes, iniciados na França, rapidamente se espalharam pela Europa Central e Oriental. O ano foi marcado por choques e instabilidades causados por diversos fatores, tais como regimes autoritários, crises econômicas e surtos de nacionalismo. Nesse período, a Hungria buscou libertar-se do poder da Áustria numa revolução que fracassou.

Progresso – Navio usado no tráfico de escravos até ser capturado pelas autoridades inglesas em Quelimane em abril de 1845. Levava a bordo 447 cativos, sendo 213 crianças.

Relações diplomáticas Brasil x Inglaterra – As relações diplomáticas entre o Brasil e a Inglaterra não eram boas desde 1845 com o *Bill Aberdeen*, o poder concedido aos navios ingleses para vistoriar e prender qualquer embarcação suspeita de tráfico de escravos. O golpe seguinte nas relações foi o saque do veleiro inglês HMS *Prince of Wales*, encalhado na costa brasileira em junho de 1861. A Inglaterra exigiu desculpas formais e o Brasil preferiu cortar relações em 1863. O caso ficou conhecido como a "Questão Christie", por ser William Dougal Christie o embaixador inglês no Brasil.

Revolta – Faz referência à Revolta dos Malês, que foi uma grande insurreição na Bahia ocorrida em 1835. Seu fracasso é atribuído a uma delação.

Rokitansky – Karl von Rokitansky, considerado o criador do campo da Anatomia Patológica.

Salgadura – Suplício que consistia em aplicar sobre as feridas recentes do açoite uma mistura de sal, pimenta, vinagre e até pólvora.

Skoda – Joseph Skoda, chamado de "rei do diagnóstico clínico", foi responsável por grandes avanços na técnica da auscultação.

Sumidouro – O sumidouro natural é um buraco formado pela água da chuva ou corrente superficial e pelo escoamento alimenta rios subterrâneos. O fenômeno alcança profundidades que podem chegar a dezenas de metros.

Tumbeiro – Termo usado para navios negreiros, explicado pelos altos índices de mortalidade durante as viagens, podendo chegar a 30% dos cativos embarcados.

Vidocq – Depois de uma longa carreira como criminoso, Eugène-François Vidocq passou para o lado da lei e, em 3 de janeiro de 1834, abriu o *Bureau de Renseignements*, a primeira agência de detetives particulares do mundo. Por empregar apenas ex-criminosos experientes, obtinha sucesso em todos os casos.

Agradecimentos

De certo modo, o ofício literário é a arte de ficar sozinho, mas felizmente, de tempos em tempos, recebemos carinho, uma palavra amiga e calor humano. Por ter recebido tudo isso, registro aqui o meu muito obrigado a Valdir Mano, Marcos Sobral, Fernando Campos Maia, Ailton Assis, Júlio César Carvalho, Helber Soares, Juliano Castro, Luciana Villas Boas, Pedro Almeida, Carol Resende, Nathália Frizzo e Samara Nonada. Tudo teria sido bem mais difícil sem vocês.

A Editora Contexto agradece a Sikiru Salami pela consultoria sobre a língua iorubá.

O autor

Max Velati trabalhou por duas décadas em Publicidade e Jornalismo. Como escritor, publicou obras juvenis de Filosofia e História e seus livros são adotados nos currículos escolares. De 2014 a 2018 foi chargista da *Folha de S.Paulo*, onde publicou mais de 400 charges sobre economia. Vive no interior de Minas Gerais, na região descrita neste livro, de onde trabalha na área editorial para clientes do Brasil e do exterior.

GRÁFICA PAYM
Tel. [11] 4392-3344
paym@graficapaym.com.br